SIBYLLE NARBERHAUS
Syltleuchten

BRANDGEFÄHRLICH Eigentlich wollte Anna Bergmann, die sich gerade auf der nordfriesischen Insel Sylt als Landschaftsarchitektin selbstständig gemacht hat, den nahenden Frühling genießen und sich ganz ihrem ersten Projekt widmen. Doch ihre Pläne werden durch den überraschenden Besuch ihres ehemaligen Freundes Marcus durchkreuzt, der sie um Hilfe bittet. Auch Annas beste Freundin Britta benötigt dringend ihren seelischen Beistand. Dann ist Anna plötzlich spurlos verschwunden. Ihr Verlobter, der Polizist Nick Scarren, und sein Kollege Uwe machen sich auf die Suche nach ihr. Kurze Zeit später wird eine verbrannte Frauenleiche in den Dünen entdeckt. Wer ist die Tote? Was hat Marcus mit Annas Verschwinden zu tun? Und wer ist ihm auf den Fersen? Stürmische und spannende Zeiten stehen allen Beteiligten bevor. Ein Wettlauf mit der Zeit beginnt!

Sibylle Narberhaus wurde in Frankfurt am Main geboren. Sie lebte einige Jahre in Frankfurt und Stuttgart und zog schließlich in die Nähe von Hannover. Dort lebt sie seitdem mit ihrem Mann und ihrem Hund. Als gelernte Fremdsprachenkorrespondentin und Versicherungsfachwirtin arbeitet sie bei einem großen Versicherungskonzern. Schon in ihrer frühen Jugend entwickelte sich ihre Liebe zu der Insel Sylt. So oft es die Zeit zulässt, stattet sie diesem herrlichen Fleckchen Erde einen Besuch ab. Dabei entstehen immer wieder Ideen für neue Geschichten rund um die Insel.

SIBYLLE NARBERHAUS
Syltleuchten
Kriminalroman

GMEINER SPANNUNG

Besuchen Sie uns im Internet:
www.gmeiner-verlag.de

© 2017 – Gmeiner-Verlag GmbH
Im Ehnried 5, 88605 Meßkirch
Telefon 07575 / 2095 - 0
info@gmeiner-verlag.de
Alle Rechte vorbehalten
1. Auflage 2017

Lektorat: Claudia Senghaas, Kirchardt
Herstellung: Mirjam Hecht
Umschlaggestaltung: U.O.R.G. Lutz Eberle, Stuttgart
unter Verwendung eines Fotos von: © Martina Berg / fotolia.com
Druck: CPI books GmbH, Leck
Printed in Germany
ISBN 978-3-8392-2039-9

Personen und Handlung sind frei erfunden.
Ähnlichkeiten mit lebenden oder toten Personen
sind rein zufällig und nicht beabsichtigt.

KAPITEL 1

Eine dumpfe Detonation riss die Gäste, Bewohner und Anwohner des Dorfhotels in Rantum in der Nacht aus dem Schlaf. Ein heller Feuerschein war am nächtlichen Himmel von Sylt zu erkennen. Gleich darauf durchbrach das Heulen einer Sirene die bis vor Kurzem friedliche Stille. Nur wenige Minuten später rasten mehrere Einsatzwagen der örtlichen Feuerwehr mit Blaulicht und Martinshorn an die Brandstelle, wo die Feuerwehrleute umgehend mit den Löscharbeiten begannen. In einigen Fenstern der weitläufigen Hotelanlage brannte Licht. Menschen waren zu erkennen, die das Spektakel von dort aus gebannt verfolgten. Die Einsatzkräfte der Feuerwehr hatten alle Hände voll zu tun, das lodernde Feuer unter Kontrolle zu bringen. Die Anwohner und Gäste wurden aufgrund der starken Rauchentwicklung über Lautsprecherdurchsagen dazu aufgefordert, Türen und Fenster geschlossen zu halten und nach Möglichkeit nicht ins Freie zu gehen. Immer wieder entfachte der plötzlich einsetzende Westwind das Feuer von Neuem, das mit seiner zerstörerischen Kraft wütete und meterhohe Flammen emporschlagen ließ. Ein stechender Brandgeruch durchzog die Luft. Obwohl es dunkel war, konnte man trotz allem die schwarze Qualmwolke erkennen, die sich säulenartig in den Nachthimmel schraubte. Mittlerweile war neben der Feuerwehr die Polizei an der Brandstelle eingetroffen.

»Was brennt denn da? Das beißt ja richtig in der Nase«, sagte einer der beiden Polizisten, als sie aus ihrem Wagen ausstiegen, und hielt sich schützend eine Hand vor Mund und Nase.

»Keine Ahnung, aber das riecht extrem nach Kunststoff. Das Feuer kommt von der ›Sylt Quelle‹. Wahrscheinlich brennen die leeren Getränkekästen, die dort gelagert werden«, erwiderte der Kollege und sah in die Richtung, aus der der schwarze Rauch zu ihnen herüberkam.

Die Beamten hatten ihren Wagen quer über die gesamte Fahrbahn abgestellt, damit niemand unbefugt dichter an das Feuer heranfahren und sich in Gefahr bringen konnte. Außerdem wurde dadurch verhindert, dass Unbefugte den Weg für weitere Rettungsfahrzeuge blockierten. Ein zweiter Streifenwagen war in der Zwischenzeit eingetroffen. Die Kollegen riegelten eine weitere Zufahrt zur Brandstelle weiträumig ab. Ein älterer Herr, der trotz der späten Stunde seinen Hund ausführte, wurde von der Polizei aufgefordert, unverzüglich umzudrehen und nach Hause zu gehen.

»Bitte verlassen Sie diesen Bereich«, forderte ihn einer der Polizisten auf.

»Was ist denn los?«, wollte der Mann wissen und sah an dem Beamten vorbei zu der Stelle, wo die Feuerwehrleute versuchten, dem Feuer Herr zu werden.

»Es brennt, mehr kann ich Ihnen im Moment nicht sagen. Bitte gehen Sie zurück. Es ist nicht gerade gesund, die Dämpfe einzuatmen, außerdem behindern Sie die Rettungsmaßnahmen.«

»Aber ich mache doch gar nichts. Und ich kann sehr wohl auf mich selbst aufpassen, junger Mann«, entgegnete der ältere Herr in entrüstetem Tonfall.

»Das glaube ich Ihnen gerne, trotzdem fordere ich Sie zum letzten Mal auf, sich unverzüglich aus dem Gefahrenbereich zu entfernen. Bitte, in Ihrem eigenen Interesse«, erwiderte der Polizist.

Die Verärgerung in seiner Stimme war nicht zu überhören. Immer wieder gab es Leute, die erst lange diskutieren mussten, bevor sie das taten, worum man sie gebeten hatte. So auch in diesem Fall. Das machte die Arbeit nicht leichter – und freundlich musste man auch bleiben. Endlich drehte sich der Mann um und trat widerwillig mit seinem Hund den Rückzug an. Er murmelte irgendetwas vor sich hin, was der Beamte aber nicht verstand und auch nicht böse darüber war.

»Na, der wollte wohl nicht so einfach gehen, was?«, fragte der zweite Beamte seinen Kollegen mit schelmischem Grinsen.

»Nein, aber letztendlich hat er es doch eingesehen«, seufzte dieser.

»Das ist der zweite Brand in kurzer Zeit«, erwiderte der andere Polizeibeamte.

Sein Kollege nickte zustimmend.

»Ja, glücklicherweise ist auch dieses Mal niemand verletzt worden. Jedenfalls haben die Jungs von der Feuerwehr bislang nichts entdecken können. Wieder nur ein reiner Sachschaden. Hoffen wir, dass es dabei bleibt.«

»Ich frage mich nur, warum jemand leere Getränkekisten anzündet. Was bezweckt man damit? Das macht überhaupt keinen Sinn. Ist es die bloße Lust am Zerstören? Oder der Anblick des Feuers? Letzte Woche war es ein Müllcontainer auf dem Gelände einer Bäckerei im Gewerbegebiet von Tinnum, der gebrannt hat. Wo steckt der Sinn?«

Sein Kollege zuckte mit den Schultern.

»Keine Ahnung! Eine Erklärung habe ich dafür nicht. Anderswo sind es Strohballen, die angezündet werden. Aber wie es aussieht, liegt es nicht in der Absicht der Brandstifter, jemanden zu verletzen. Wenn der Brand gelöscht ist, wissen wir vielleicht mehr. Ich halte es mittlerweile nicht mehr für reinen Zufall. Vermutlich hat jemand kräftig nachgeholfen. Was immer ihn oder sie dazu veranlasst haben mag. Ich hoffe, wir finden es bald heraus. Du, ich glaube, da drüben wird unser Typ verlangt«, sagte er und deutete zu den Feuerwehrleuten auf der gegenüberliegenden Straßenseite. »Lass uns zu den Kollegen von der Feuerwehr gehen. Vielleicht haben sie einen ersten Hinweis.«

Mit diesen Worten gingen die beiden Polizeibeamten zu einem der Einsatzkräfte der Feuerwehr, der sie zu sich winkte.

KAPITEL 2

»Volker, das Telefon klingelt!«, rief Maria Bergmann aus der Küche in den Flur. »Gehst du bitte ran? Ich kann gerade nicht weg. Volker? Hast du mich gehört?«

»Ja, ich gehe ja schon«, antwortete ihr Mann knurrig. »Du brauchst nicht so zu schreien, ich bin schließlich nicht schwerhörig.«

Er setzte die Brille ab, erhob sich von seinem Stuhl und ging zum Telefon, das neben dem Wohnzimmerfenster auf der Anrichte stand. Seine Frau wusch sich schnell die Hände, die vom Apfelschälen ganz klebrig waren. Am Nachmittag sollten Freunde zu Besuch kommen, und sie wollte ihren berühmten Apfelstrudel backen. Sie bereitete ihn nach einem alten Familienrezept zu, das sie von ihrer Großmutter hatte. Während sie die Äpfel viertelte, das Kerngehäuse sorgfältig entfernte, sie schälte und anschließend in dünne Spalten schnitt, wanderten ihre Gedanken zu ihrer Tochter Anna. Sie wohnte seit Kurzem auf der nordfriesischen Insel Sylt, dem nördlichsten Fleckchen von Deutschland. Seit ihrem Umzug waren zwar erst einige Monate vergangen, aber Maria Bergmann vermisste ihre Tochter bereits jetzt sehr. Anna hatte den größten Teil ihres bisherigen Lebens in Hannover verbracht. Nicht weit von ihren Eltern entfernt, hatte sie vor knapp zwei Jahren eine kleine Eigentumswohnung erworben. Eigentlich war sie gerade dabei gewesen, die

Wohnung zu verschönern, da kam alles anders, und sie zog nach Sylt. Auch wenn Maria Anna nicht ständig sah, so wusste sie doch, dass sie ganz in ihrer Nähe war. Sie hätte sie jederzeit sehen können. Und heute hätte sie ihr schnell einen frischen Apfelstrudel vorbeigebracht. Anna aß ihn so gerne, am liebsten warm aus dem Ofen mit einem Klecks frischer Schlagsahne. Sie seufzte bei dem Gedanken an ihre Tochter. Natürlich war Anna mit fast 30 Jahren längst erwachsen und lebte ihr eigenes Leben, in das sie sich als Mutter nicht einmischen wollte. Aber dennoch fiel es Maria Bergmann schwerer, ihr einziges Kind loszulassen, als sie es sich manchmal eingestehen wollte. Die gewohnte Nähe fehlte ihr. Zwischen ihnen lagen nun mehr als 300 Kilometer.

»Bergmann«, hörte sie ihren Mann Volker sagen, als er das Gespräch annahm und somit das Klingeln verstummte.

Am Telefon sprach er immer lauter als gewöhnlich. Seine Mutter war mit der Zeit zunehmend schwerhöriger geworden, da hatte er es sich angewöhnt, beim Telefonieren lauter zu sprechen, damit er nicht immer alles zweimal sagen musste. Marias Schwiegermutter war zwar mittlerweile verstorben, aber Volker hatte das laute Sprechen beibehalten. Daher konnte Maria ihn selbst in der Küche noch gut verstehen. Sie verteilte die Apfelspalten in der Mitte des vorbereiteten, hauchdünn ausgerollten Teiges, streute Rosinen, eine Mischung aus Zimt und Zucker und zuletzt die gehobelten Mandeln darüber. Anschließend verschloss sie alles mit den überstehenden Teigrändern, bis die gesamte Füllung vom Teig bedeckt wurde. Als Nächstes bepinselte sie den Strudel mit flüssiger Butter, damit er später von außen goldbraun und schön knusprig wurde.

Dann schob sie das Blech mit dem Apfelstrudel in den vorgeheizten Backofen und stellte die Uhr am Ofen auf die entsprechende Backzeit ein. Jetzt spülte sie sich erneut die Finger unter fließendem Wasser ab. Sie ging neugierig ins Wohnzimmer und wischte sich auf dem Weg dorthin die nassen Finger an ihrer Schürze trocken. Fragend sah sie ihren Mann an, während er telefonierte. Aber er war so auf das Telefonat konzentriert, dass er ihr keine Beachtung schenkte. Sie lehnte sich gegen den Sessel und wartete geduldig ab. Dabei zupfte sie mit den Fingern einige kleine Fussel von der Lehne. Gestern hatte sie einen Pullover aus Angorawolle getragen, und der hatte ganz offensichtlich seine Spuren auf dem Möbelstück hinterlassen. Das konnte man im Tageslicht deutlich erkennen, denn gestern Abend war es ihr nicht aufgefallen.

»Das war die Praxis von unserem Hausarzt«, erklärte ihr Mann Volker und stellte das Telefon auf die Basisstation, ehe Maria fragen konnte.

»Und? Was haben sie gesagt? Es ist doch nichts Schlimmes, oder Volker? Das Telefonat hat so lange gedauert.«

»Nein, ich musste zwischendurch kurz warten. Sie haben mir mitgeteilt, dass meine Blutwerte absolut in Ordnung sind. Und so ein anderer bestimmter Wert auch, die Sprechstundenhilfe hat es mir alles genau vorgelesen, aber ich habe vergessen, was es war. Jedenfalls kannst du ganz beruhigt sein, Maria, es ist alles im grünen Bereich, kein Grund zur Besorgnis. Ich wäre ausgesprochen fit für mein Alter, meinte sie. Was immer sie mir damit sagen wollte.« Er runzelte im Nachhinein die Stirn.

Seine Frau hörte ihm aufmerksam zu.

»Na, Gott sei Dank. Brauchst du keine Medikamente mehr nehmen?«, wollte sie wissen.

»Meine Tabletten muss ich trotzdem weiternehmen, das hat damit nichts zu tun. Das neue Rezept ist fertig, und ich kann es jederzeit abholen. Ich werde mich gleich auf den Weg machen. Sonst ist es später im Feierabendverkehr überall so voll. Außerdem kriegen wir nachher Besuch, da kann ich nicht weg. Brauchst du etwas aus der Apotheke oder sonst irgendetwas von unterwegs?«

»Nein, aber du kannst auf dem Rückweg bei der Post halten und die da einwerfen.«

Sie deutete auf zwei Briefe, die mit einer Briefmarke versehen auf der Kommode im Flur lagen.

»Kann ich machen. Du brauchst sonst wirklich nichts?«

»Nicht, dass ich wüsste. Im Moment fällt mir jedenfalls nichts weiter ein«, erwiderte seine Frau und dachte angestrengt nach. Dabei runzelte sie die Stirn. »Für heute Nachmittag habe ich eigentlich alles, und morgen muss ich sowieso einkaufen.«

»Gut, dann bin ich bald zurück. Wenn dir etwas einfallen sollte, kannst du mich auf meinem Handy erreichen. Vielleicht fahre ich auf dem Weg zum Tanken. Kommt darauf an, wie günstig das Benzin ist. Abends ist es meistens billiger.«

Mit diesen Worten zog er seine Jacke an, griff nach den Briefen auf der Kommode und dem Autoschlüssel daneben und verließ das Haus. Gerade als die Haustür hinter ihm ins Schloss gefallen war, klingelte erneut das Telefon. Maria Bergmann war gerade im Begriff, in die Küche zu gehen. Sie machte kehrt und ging zielstrebig ins Wohnzimmer, wo sie nach dem Telefonhörer griff. Wer kann das sein, überlegte sie auf dem Weg dorthin. Vielleicht war es ihre Tochter Anna.

»Bergmann!«, flötete sie daher fröhlich ins Telefon.

Sie war erleichtert darüber, dass Volkers Blutuntersuchung ohne Befund war. Ein mulmiges Gefühl hatte sie im Vorfeld doch gehabt, weil man nie wusste, was bei diesen Untersuchungen herauskam. Dabei war sie kein ängstlicher oder pessimistischer Mensch, der stets mit dem Schlimmsten rechnete. Umso mehr freute sie sich über das gute Ergebnis. Da hatte sich die Umstellung auf cholesterinarme Ernährung gelohnt. Sie hatte eigens dafür ein spezielles Kochbuch angeschafft und streng nach den darin vorgeschriebenen Angaben gekocht. Nicht selten dem Protest von Volker zum Trotz, der das Ganze für völlig überzogen hielt. Er wäre bislang auch ohne diesen Schnickschnack über 60 Jahre alt geworden, hatte er stolz verkündet. Aber letztendlich konnte sie ihn davon überzeugen, dass es besser für ihn sei, denn er hatte ja die schlechten Blutwerte gehabt.

»Hallo, Maria, hier ist Marcus. Ich hoffe, ich störe dich nicht bei etwas Wichtigem«, meldete sich eine Männerstimme am anderen Ende der Leitung.

»Marcus!«, antwortete Maria Bergmann nach einer kurzen Pause. Vor Schreck wäre ihr beinahe das Mobilteil des Telefons aus der Hand gefallen. Sie konnte ihre Überraschung über diesen unerwarteten Anruf kaum verbergen. »Mit dir habe ich ehrlich gesagt überhaupt nicht gerechnet.«

»Das kann ich mir gut vorstellen.« Er lachte künstlich. »Es ist lange her, dass wir uns gesprochen haben.«

»Über zwei Jahre, in der Tat. Was verschafft mir die Ehre? Anna ist jedenfalls nicht da, falls du mit ihr sprechen wolltest.« Maria hatte sich gefasst und zügelte bewusst ihre Freundlichkeit auf ein geringes Maß.

»Das weiß ich. Ich habe gehört, dass sie nicht mehr in Hannover wohnt. Neulich habe ich eine ehemalige Kollegin von ihr in der Stadt getroffen. Wir haben uns kurz unterhalten, und da erwähnte sie, dass Anna ihr ihre Wohnung vermietet hat.«

»Richtig, Anna wohnt nicht mehr in Hannover. Außerdem glaube ich nicht, dass sie mit dir sprechen würde, selbst wenn sie noch hier wäre«, sagte Maria mit fester Stimme, während sie vor dem großen Fenster im Wohnzimmer auf und ab ging wie ein Tier in einem Käfig.

Sie blickte dabei in den Garten, der langsam aus seinem Winterschlaf erwachte. Es war Ende März. Der Winter mit seinem vielen Schnee hatte längst das Feld geräumt, und der Frühling hielt mit aller Macht Einzug. Die Tage wurden spürbar länger, und nachts war es nicht mehr so bitterkalt. Hier und dort waren die ersten zaghaften Triebe der Tulpen zu erkennen, die sich in sattem Grün aus dem Boden gen Himmel reckten. Die Krokusse waren dagegen fast verblüht. Ihre bunten Blütenblätter hingen bereits schlapp herunter. Ihr Anblick war erbärmlich und traurig zugleich. Nur spätere Sorten erstrahlten noch in ihrer ganzen Pracht und erfreuten das Auge des Betrachters mit ihren kräftig leuchtenden Farben. Die Büsche und Bäume hatten teilweise dicke Knospen, die nur darauf warteten, von den ersten wärmenden Sonnenstrahlen wachgeküsst zu werden. Rundherum erwachte alles zu neuem Leben. Eine Amsel war gerade dabei, mit ihrem gelben Schnabel in dem Beet an der Terrasse herumzustochern. Der Vogel hatte Glück, dass Volker nicht zu Hause war. Er hätte das Tier sicherlich verscheucht, da es den ganzen Rindenmulch aus dem Beet auf die Steine der Terrasse schleuderte und er anschließend alles zurück ins Beet fegen musste. Darüber konnte er sich jedes Mal furchtbar aufregen.

»Ja, es tut mir schrecklich leid, wie damals alles gelaufen ist«, fuhr Marcus fort und riss Maria aus ihren Gedanken. »Anna ist so eine wunderbare Frau. Ich war wirklich ein Idiot. Das ist mir erst viel zu spät bewusst geworden. Wenn ich die Zeit doch nur zurückdrehen könnte! Ich würde heute so vieles anders machen, das kannst du mir glauben.«

»Marcus«, unterbrach Maria ihn energisch, »was willst du? Warum rufst du an? Doch bestimmt nicht, weil dir langweilig ist und du mit deiner ehemaligen Fast-Schwiegermutter über die Vergangenheit plaudern willst oder über verpasste Chancen, die du sowieso nicht mehr beeinflussen kannst.«

»Ach, ich habe neulich ein paar Sachen aufgeräumt, und da ist mir eine Schachtel mit Briefen, Fotos und diversen Kleinigkeiten in die Hände gefallen. Sie gehört Anna. Ich wollte sie nicht wegwerfen und dachte, sie würde die Sachen bestimmt gerne zurück haben. Solche Erinnerungsstücke waren ihr in der Vergangenheit immer sehr wichtig gewesen«, sagte Marcus mit leicht wehmütigem Ton in der Stimme.

»Du kannst die Sachen gerne bei Gelegenheit bei uns vorbeibringen. Unsere Adresse kennst du, die hat sich nicht geändert. Ich gebe Anna die Sachen, wenn wir sie das nächste Mal sehen.«

»Prinzipiell wäre das kein Problem, aber ich bräuchte darüber hinaus dringend eine Unterschrift von Anna.« Maria Bergmann kräuselte skeptisch die Stirn. »Es geht um eine Versicherung, die wir damals zusammen abgeschlossen haben«, fuhr Marcus fort. »Eigentlich keine große Sache, aber es gibt eine Frist, die in Kürze abläuft. Die habe ich verschlafen, um ehrlich zu sein, und deshalb drängt die Zeit.« Er lachte verlegen. »Deshalb würde ich Anna gerne alles so schnell wie möglich auf dem Postweg zukommen lassen. Könntest du mir ihre neue Adresse geben? Danach werde ich sie nicht belästigen, versprochen. Und euch auch nicht.«

Maria Bergmann zögerte einen Moment lang und überlegte, ehe sie antwortete. Wenn es wirklich nur um diese eine Unterschrift ging, würde Anna sicherlich nichts einzuwenden haben, wenn sie Marcus die neue Anschrift gab. Sie wollte nicht, dass ihre Tochter Ärger bekam, nur weil sie ihretwegen diese Unterschrift nicht fristgerecht leisten konnte. Sie wusste zwar nicht, wie wichtig diese Versicherung war, aber Volker war bei solchen Dingen sehr korrekt. Und danach gehörten die alten Geschichten endgültig der Vergangenheit an, das hatte Marcus ihr eben versprochen.

»In Ordnung. Aber das ist wirklich das letzte Mal, dass ich dir einen Gefallen tue. Ich möchte nicht, dass Anna Ärger bekommt. Also, hast du etwas zu schreiben?«

KAPITEL 3

Pepper lief bellend zur Haustür, als ein Auto in der Einfahrt vor dem Haus hielt. Ich stand gerade in der Küche und bereitete mir eine Tasse grünen Tee zu. Beim Blick aus dem Fenster sah ich, dass es Nick war, der mit seinem Wagen von der Arbeit gekommen war. Ich ging den gläsernen Gang, die Verbindung zwischen der Küche und der Diele, entlang und öffnete ihm die Haustür. Die Küche befand sich in einem Nebengebäude des Hauses, das vor einigen Jahren von dem Vorbesitzer komplett saniert und aufwendig umgebaut worden war. Das gesamte Gebäude war ursprünglich ein alter Bauernhof gewesen. Auf Nicks Gesicht erschien ein Lächeln, als er mich im Türrahmen erblickte. Pepper lief ihm schwanzwedelnd entgegen und empfing sein Herrchen voller Freude.

»Hallo, Sweety«, begrüßte Nick mich und gab mir einen Kuss.

»Hallo, Nick! Wie war dein Tag?«, fragte ich und schloss hinter ihm die Tür.

»Ganz normal, keine besonderen Vorkommnisse. Ich konnte endlich mal Papierkram erledigen. Da hatte sich einiges angesammelt. Dazu komme ich sonst kaum während der regulären Arbeitszeit. Aber noch ist es einigermaßen ruhig auf der Insel.«

»Stimmt. Das ändert sich spätestens nächste Woche, wenn die Osterferien in den meisten Bundesländern beginnen. Dann füllt es sich hier schlagartig. Britta hat mir neulich erzählt, dass ihr Hotel über Ostern komplett ausgebucht ist.«

»Kann ich mir gut vorstellen. Aber das bedeutet auch, dass endlich wieder Frühling ist, die Tage länger werden und die Insel Farbe bekommt. Diese kargen, farblosen Bäume und Sträucher kann man langsam nicht mehr sehen. Wie war dein Tag?«, wollte er wissen und hängte seine Jacke an die Garderobe.

Pepper war mittlerweile kurz im Wohnzimmer verschwunden und kam mit einem Hundespielzeug in der Schnauze zurück, das er aus seinem Körbchen unter der Treppe geholt hatte. Er legte es Nick direkt vor die Füße. Nick streichelte den Hund und kickte das Spielzeug mit der Fußspitze weg. Es rutschte einige Meter über die glatten Fliesen. Pepper fand es großartig und jagte sofort hinterher.

»Erfolgreich«, beantwortete ich Nicks Frage. »Komm mit in die Küche. Ich mache mir gerade einen Tee, dann erzähle ich dir alles ausführlich.«

Nick folgte mir in die Küche. Pepper lief uns neugierig hinterher, sein Spielzeug fest in der Schnauze.

»Magst du einen Kaffee?«, fragte ich Nick, während ich den Teefilter aus meiner Tasse entfernte.

Nick hatte für meine Teeleidenschaft nicht viel übrig. Er trank lieber Kaffee. Obwohl er auf Sylt geboren wurde, hatte er fast sein ganzes bisheriges Leben in Kanada verbracht. Sein Vater war Kanadier, seine Mutter eine waschechte Sylterin. Irgendwann hatten seine Eltern beschlossen, Sylt den Rücken zu kehren und nach Kanada zu gehen. Nicks Vater zog es zurück in seine Heimat. Nicks Mutter besaß aber noch ihr Elternhaus auf der Insel, in dem Nicks Schwester Jill lebte. Allerdings arbeitete sie zurzeit für drei Monate auf dem Festland in der Nähe von Flensburg. Nach einem schweren Schicksalsschlag war Nick vor fast drei Jahren aus Kanada auf die Insel Sylt zurückgekehrt und wollte einen Neustart wagen. Er war Polizist und arbeitete auf dem Westerländer Revier.

»Gerne«, sagte er und setzte sich auf einen der Stühle an dem großen Tisch.

Dann lockerte er mit einer Hand die Krawatte und öffnete die obersten Knöpfe seines Uniformhemdes. Ich nahm einen Becher aus dem Küchenschrank über der Spüle, stellte ihn unter den Kaffeeautomaten und drückte die entsprechende Taste. Die Maschine begann mit einem leisen Surren, die Kaffeebohnen zu mahlen. Dann floss der heiße Kaffee langsam in die Tasse und verströmte dabei einen angenehmen Duft. Ich liebte diesen Geruch. Selbst trank ich wenig Kaffee, da ich ihn nicht sehr gut vertrug. Nur ganz selten ließ ich mich dazu hinreißen, einen Espresso zu trinken, beispielsweise nach einem guten und reichhaltigen Essen.

»Jetzt erzähl schon, Anna. Ich bin sehr gespannt. Was war los heute?«, drängte mich Nick und sah mich erwartungsvoll an.

»Ich habe heute meinen ersten Auftrag erhalten! Die komplette Neuanlage eines Gartens. Der Vertrag ist unterschrieben, ich habe ihn vorhin zurückgemailt«, sagte ich stolz und konnte meine Freude darüber nicht zurückhalten.

»Das ist ja super! Ich gratuliere dir! Siehst du, dann hat es gar nicht lange gedauert, bis du deinen ersten Auftrag bekommen hast. Wo und bei wem wirst du den Garten gestalten?«

»Bei einem Ehepaar in Kampen. Die beiden haben dort ein bebautes Grundstück gekauft, das alte Haus abreißen lassen und bauen jetzt neu.«

»Hey, gleich an der teuersten Adresse vor Ort. Respekt! Aber das klingt vielversprechend! Der Trend ist also ungebrochen, dass Grundstücke vererbt und sofort verkauft werden. Die alten Häuser werden meistens abgerissen, um an gleicher Stelle neue zu errichten. Die Grundstücke sind es, die in erster Linie interessant und vor allem sehr wertvoll sind. Auf jeden Fall freue ich mich riesig für dich. Komm her!«

Ich ging mit dem Kaffeebecher in der Hand auf Nick zu, nachdem ich etwas Milch hineingegeben hatte, und stellte ihn vor ihm auf dem Tisch ab. Nick umfasste meine Taille mit beiden Händen und zog mich auf seinen Schoß.

»Ist es ein richtig großer Auftrag?«, wollte er wissen und trank einen Schluck Kaffee.

»Ja, das Grundstück hat knapp 1.500 Quadratmeter. Das ist ganz ordentlich. Vielleicht bekomme ich auch den Auftrag für die andere Hälfte. Darauf soll ein weiteres Haus gebaut werden. Soweit ich weiß, ist dieser Teil aber noch nicht verkauft. Früher war es ein Grundstück mit einer Gesamtfläche von 2.500 Quadratmetern.«

Ich hatte mich als Landschaftsarchitektin selbstständig gemacht und gerade erst vor ein paar Wochen mein eigenes Büro eröffnet. Dabei arbeitete ich eng mit einem ansässigen Gartenbaubetrieb zusammen. Mein Leben hatte sich seit dem vergangenen Winter kurz vor Weihnachten völlig verändert. Damals hatte ich meine beste Freundin Britta Hansen besucht, die seit vielen Jahren mit ihrem Mann Jan und den Zwillingen Tim und Ben in Rantum auf Sylt lebte. Britta und Jan führten auf Sylt ein sehr schönes und beliebtes Hotel, den Syltstern, den Jan von seinen Eltern übernommen hatte. Es lag am Rande von Westerland in Strandnähe. Britta kannte ich seit meinem ersten Schultag. Nach der gemeinsamen Schulzeit hatten sich unsere Wege getrennt, allerdings nur in räumlicher Hinsicht, denn wir blieben weiterhin in engem Kontakt. Letztes Jahr hatte sie mich Anfang Dezember dazu überredet, sie auf Sylt zu besuchen. Da ich zu dieser Zeit sowieso gerade Urlaub hatte, nahm ich ihr Angebot gerne an. Eine Auszeit hatte ich sehr gut gebrauchen können. Gleich nach meiner Ankunft auf der Insel war ich zufällig Nick begegnet und hatte mich Hals über Kopf in ihn verliebt. Zunächst sah es allerdings so aus, als ob er meine Zuneigung nicht erwidern würde, doch das änderte sich. Insgesamt war es eine aufregende Zeit gewesen, denn ich hatte durch einen Zufall ein Haus auf Sylt geerbt. Doch diese Erbschaft hielt nicht nur angenehme Überraschungen für uns bereit. Ich konnte es manchmal noch immer nicht begreifen, was uns in diesem Zusammenhang alles widerfahren war. Jetzt wohnten Nick und ich seit über drei Monaten in diesem Haus und fühlten uns sehr wohl. Mittlerweile hatten wir einen vierbeinigen Mitbewohner, Pepper, unseren schwarzen Labradormischling mit weißer Pfote, der fester Bestandteil unseres Lebens geworden war. Er war etwas mehr als ein halbes Jahr alt und hatte eine Menge Flausen im Kopf. Jedenfalls konnten wir uns über Langeweile nicht beklagen, denn er hielt uns ordentlich auf Trab.

»Wie bist du überhaupt an den Auftrag gekommen?«, fragte mich Nick und holte mich aus meinen Erinnerungen.

»Bei dem Auftraggeber handelt es sich um einen ehemaligen Patienten von Frank. Er hatte ihm von seinem

Vorhaben erzählt, und Frank hat mich gleich weiterempfohlen«, erklärte ich.

»Aha, Frank also«, sagte Nick und verzog den Mund.

»Ach, Nick, sei nicht eifersüchtig«, neckte ich ihn, nahm sein Gesicht in meine Hände und küsste ihn zärtlich auf den Mund.

Doktor Frank Gustafson war ein guter Freund von Brittas Mann Jan und arbeitete auf der Insel als leitender Oberarzt im Westerländer Krankenhaus. Ich hatte ihn ebenfalls im vergangenen Jahr bei Britta und Jan kennengelernt und war einmal mit ihm ausgegangen. Zu dieser Zeit war ich allerdings noch nicht mit Nick zusammen. Frank war Porschefahrer, ledig, gut aussehend, erfolgreich und äußerst charmant, wenn es um das weibliche Geschlecht ging. Wie ich fand, trafen einige dieser Attribute ebenso auf Nick zu, doch da war viel mehr, weshalb ich Nick liebte. Frank war in keiner Weise eine Konkurrenz. Trotzdem freute ich mich jedes Mal, wenn bei Nick ein Funken Eifersucht aufblitzte, wenn von Frank die Rede war. Die beiden Männer waren nicht die engsten Freunde, würden es vermutlich nie werden, begegneten sich aber mit gegenseitigem Respekt. Frank war sich bewusst, dass er bei mir gegen Nick sowieso keine Chance hatte.

»Ich bin nicht eifersüchtig, nur wachsam«, rechtfertigte Nick sich und sah mir tief in die Augen. »So, ich gehe mich duschen und umziehen.«

Er griff nach seiner Tasse und trank den Rest seines Kaffees in einem Zug aus. Dann stand er auf.

»Ich will nachher mit Pepper eine Runde drehen. Begleitest du uns?«, fragte ich ihn, bevor er eine Etage höher im Bad verschwand.

»Ja, klar. Ich habe heute nichts mehr vor.«

Während Nick nach oben ins Schlafzimmer ging, stellte ich unsere benutzten Tassen in den Geschirrspüler und verließ anschließend die Küche, gefolgt von Pepper. Gerade, als ich in der Diele war, klingelte das Telefon im Wohnzimmer. Ich lief dorthin und nahm das Gespräch entgegen.

»Hallo, mein Kind!«, hörte ich meine Mutter sagen, nachdem ich mich gemeldet hatte.

»Hallo, Mama! Wie geht es dir?«

»Mir geht es gut, danke. Ich hoffe, bei euch ist alles in Ordnung?«

»Ja, alles bestens«, beantwortete ich ihre Frage. »Was gibt es Neues?«

Eigentlich hatte meine Mutter erst vor ein paar Tagen angerufen, daher war ich verwundert, dass sie sich nach so kurzer Zeit erneut meldete. Öfter als einmal pro Woche telefonierten wir in der Regel nicht, es sei denn, es gab etwas Dringendes.

»Sieht es bei euch auch schon nach Frühling aus? Hier kommen überall die Tulpen durch. Jetzt fehlen noch ein paar warme Tage, und die ersten Sträucher bekommen Blätter. Das wird aber auch langsam Zeit nach diesem endlosen kalten Winter. Ich kann es kaum erwarten.«

»Ja«, erwiderte ich kurz.

Doch ehe ich mehr sagen konnte, fuhr meine Mutter fort: »Papa war neulich beim Arzt. Heute hat er das Ergebnis der Blutuntersuchung bekommen. Es ist alles in Ordnung. Sein Cholesterinwert ist viel besser geworden. Wir haben doch unsere Ernährung umgestellt, hatte ich dir ja erzählt. Du weißt, die Sache mit dem neuen Kochbuch. Papa wollte mir erst nicht glauben, dass das was bringt.

Jetzt hat es sich bestätigt. Und heute Nachmittag haben uns die Schreibers zum Kaffee besucht. Henriette und Günter waren vier Wochen auf den Kanarischen Inseln und sind letztes Wochenende wiedergekommen. Sie haben eine Menge Fotos mitgebracht. Mir schwirrt noch der Kopf. Günter hatte alles auf so einem tragbaren Computer dabei. So einen hast du doch auch, zum Aufklappen.«

»Ja, Mama, einen Laptop.«

»Genau, Günter ist doch so ein Technikfreak. Henriette sagt, er macht nichts mehr ohne dieses Ding. Wir sind da nicht so modern. Jedenfalls hat es ihnen dort sehr gut gefallen. Sie meinten, wir sollten das unbedingt auch in Betracht ziehen. Besonders in dieser trüben Jahreszeit wäre das Balsam für die Seele. Aber du kennst ja deinen Vater, den kriege ich nie lange von Zuhause weg. Außerdem steigt er ungern in ein Flugzeug. Ich hatte übrigens Apfelstrudel gemacht. Den magst du doch auch gerne. Wenn du nicht so weit weg wohnen würdest, hätte ich für dich auch einen gemacht. Henriette hat er jedenfalls sehr gut geschmeckt. Sie wollte sogar das Rezept haben, obwohl sie sehr selten selber backt.«

Meine Mutter war in ihrer Berichterstattung kaum zu bremsen. Ich fragte mich, wie sie so schnell reden konnte, ohne dabei viel Luft holen zu müssen. Und dann diese abrupten Themensprünge. Was kam wohl als Nächstes?

»Ja, Mama, das ist alles sehr interessant, aber du rufst doch nicht an, um mir das alles zu erzählen, oder?«, fragte ich vorsichtig. »Das hätte auch Zeit gehabt.«

Ich ahnte, dass meine Mutter mir zwar irgendetwas mitteilen wollte, aber gleichzeitig nicht mit der Sprache herausrücken wollte. Eine böse Vorahnung beschlich mich, vermutlich wurde es gleich unangenehm.

»Stimmt, Anna, das ist nicht der eigentliche Grund meines Anrufes.« Sie räusperte sich. »Heute Mittag hatte ich einen Anruf. Du kommst sicher nicht von alleine drauf. Du wirst bestimmt nicht begeistert sein, wenn ich es dir sage.«

»Mama! Sag endlich bitte, warum du anrufst! So schlimm wird es schon nicht sein.«

Langsam war ich mit meiner Geduld am Ende.

»Marcus hat heute Vormittag bei uns angerufen. Dein Vater war gerade unterwegs zum Arzt und anschließend zur Apotheke«, sagte sie und machte eine Pause, um meine Reaktion abzuwarten.

»Marcus?«, wiederholte ich, um ganz sicher zu gehen, dass ich mich nicht verhört hatte. »Und was wollte er?«, fragte ich und ahnte nichts Gutes.

Marcus und ich waren lange Zeit ein Paar gewesen, wollten heiraten und eine Familie gründen. Doch eines Tages hatte ich ihn mit einer anderen Frau in unserem Bett überrascht. Daraufhin hatte ich mich sofort von ihm getrennt und war aus der gemeinsamen Wohnung ausgezogen. Es war nicht das erste und einzige Mal gewesen, dass er mich betrogen hatte, aber das Maß war voll. Ich war nicht mehr gewillt, ihm diese ›Versehen‹, wie er sie nannte, zu verzeihen. Daher wunderte es mich umso mehr, dass er sich ausgerechnet bei meinen Eltern meldete, da ich seit fast zwei Jahren keinen Kontakt zu ihm hatte. Unsere Wege hatten sich endgültig getrennt, und es gab nichts mehr zu sagen. In meinem Leben gab es nicht die kleinste Nische mehr für ihn. Ich hatte lange genug unter der Trennung gelitten und damit abgeschlossen.

»Er wollte dir einige Dinge zukommen lassen, die er beim Aufräumen gefunden hat. Und irgendeine Unterschrift braucht er von dir. Dabei geht es um eine Versicherung, hat er gesagt«, berichtete meine Mutter.

»Hm«, erwiderte ich skeptisch, »ich kann mich nicht erinnern, um welche Versicherung es sich handeln könnte. Wir hatten damals alles gekündigt, was wir zusammen abgeschlossen hatten. Naja, er kann euch die Sachen bei Gelegenheit vorbeibringen. Dann könnt ihr sie mir das nächste Mal mitbringen, wenn ihr nach Sylt kommt.«

»Es schien aber sehr dringend zu sein. Er hat von einer Frist gesprochen, die bald endet. Daher habe ich ihm deine Adresse gegeben, damit er dir das Dokument so schnell wie möglich schicken kann.« Meine Mutter senkte schuldbewusst ihre Stimme.

»Wie bitte? Ach, Mama! Wieso hast du das gemacht? Es geht ihn nichts an, wo ich lebe. Das sollte er gar nicht unbedingt wissen.«

»Es tut mir leid, Anna«, entschuldigte sich meine Mutter kleinlaut. »Ich wollte doch nur, dass du keinen Ärger wegen dieser Frist bekommst. War vielleicht doch keine so gute Idee, oder?«, fügte sie beschämt hinzu.

»Nein, Mama, war es wirklich nicht«, sagte ich leicht verärgert, »aber jetzt ist es sowieso zu spät. Mach dir keine Vorwürfe, er wird schon nicht gleich persönlich vor der Tür stehen. Du hast ihm aber hoffentlich nicht erzählt, dass ich ein riesiges Haus geerbt habe, oder? Mama?«

»Nein, natürlich nicht, was denkst du von mir. Ich habe ihm lediglich erzählt, dass du auf Sylt wohnst und es dir sehr gut geht. Und, dass du einen sehr netten Freund hast. Das ist schließlich kein Geheimnis, oder? Das konnte ich doch ruhig erzählen.«

»Nein, natürlich ist es kein Geheimnis, aber mehr muss er nicht wissen.« Ich seufzte. »Dann kann ich mich wohl darauf einstellen, dass ich demnächst Post von Marcus bekomme. Also, Mama, dann grüß mal Papa von uns und bis bald«, sagte ich und blickte in Richtung der Treppe, die Nick in diesem Moment herunterkam.

Einige der alten Holzstufen knarrten, wenn man sie betrat. Nick hatte seine Polizeiuniform gegen Freizeitkleidung getauscht und war frisch geduscht. Er zog fragend die Augenbrauen hoch, als er mich mit dem Hörer am Ohr sah. Aber ich winkte nur beruhigend ab und schüttelte leicht den Kopf.

»Ja, mein Kind. Grüße auch an Nick und Pepper natürlich. Marcus wird schon nichts Unangenehmes schicken. Mach dir nicht so viele Gedanken.«

Mit diesen Worten legte meine Mutter auf. Ich atmete schwerfällig aus.

»Was ist los?«, wollte Nick wissen und kam auf mich zu. »Ist etwas passiert?«

»Ach, das war meine Mutter. Sie hatte heute einen Anruf von Marcus. Du weißt, mein Exfreund. Sie hat ihm dummerweise unsere Adresse gegeben, weil er angeblich dringend eine Unterschrift in einer Versicherungsangelegenheit von mir benötigt. Keine Ahnung, worum es geht«, erwiderte ich und legte meine Arme um seinen Hals.

Er roch betörend gut nach seinem Duschgel, und sein fast schwarzes Haar war noch nass.

»Versicherung?«, fragte Nick misstrauisch.

»Warten wir es ab. Ich laufe ihm bestimmt nicht nach. So, kommst du mit?«, lenkte ich vom Thema ab und versuchte, mir mein Unbehagen in dieser Angelegenheit nicht anmerken zu lassen.

»Ja. Ich bin startklar. Meinetwegen kann es losgehen.«

Wir zogen uns Schuhe und Jacken an und legten Pepper sein Halsband an. Dann verließen wir alle drei das Haus und liefen einen der schmalen Feldwege entlang, die überall rund um Morsum herum angelegt waren. Der Himmel hatte sich zwischenzeitlich bezogen, und es wehte ein lebendiger Westwind. Wenn man bewusst einatmete, konnte man einen Hauch von Frühling spüren. Die letzten hartnäckigen Schneereste waren aus den Entwässerungsgräben, die rechts und links des Weges verliefen, verschwunden. In zwei Tagen war der 1. April, und Ostern rückte immer näher. Die Zeit war so schnell vergangen, seit ich mit Nick zusammen auf Sylt lebte. Aber ich bereute keine einzige Sekunde. Schon immer hegte ich den Wunsch, eines Tages auf dieser Insel leben zu können. Dass es tatsächlich dazu kommen würde, hätte ich mir in meinen kühnsten Träumen nicht ausgemalt. Und jetzt kam es mir vor, als wenn ich schon ewig hier leben würde. Man hatte das Gefühl, dass das Biikebrennen am 21. Februar gerade erst hinter uns lag. Dort wurden alljährlich große Haufen aus Zweigen, ausgedienten Weihnachtsbäumen und Stroh aufgeschichtet und anschließend angezündet, um so den Winter zu vertreiben. Früher diente dieser Brauch vor allem dazu, die Seeleute zu verabschieden, die im Frühjahr hinaus aufs Meer fuhren. Heutzutage war es nicht nur ein alljährliches Ritual für die Insulaner, sondern lockte unzählige Touristen an. Im Anschluss an den Besuch der Feuer, die an verschiedenen Plätzen auf der Insel loderten, ging man in eines der vielen Restaurants zum herzhaften Grünkohlessen. Nick und ich hatten uns mit Freunden getroffen und waren ebenfalls in einem Restaurant zum Essen eingekehrt. Ich hatte zuvor noch nie an einem Biikebrennen teilgenommen und war begeistert, denn es war ein rundum schöner Abend gewesen.

»Denkst du oft an Marcus?«, fragte Nick plötzlich, während wir nebeneinander hergingen.

Pepper lief einige Meter vor uns und hielt die Nase dicht über dem Boden, um alles zu beschnüffeln, was ihm in den Weg kam. Manchmal bremste er mitten im Lauf ruckartig und lief einen halben Meter zurück, als ob er etwas übersehen hatte und auch diese Stelle kontrolliert werden musste. Ich konnte meine Überraschung über Nicks Frage nicht verbergen.

»Nein, überhaupt nicht. Wie kommst du darauf?«

»Nur so«, erwiderte Nick und wandte seinen Blick zum Horizont.

Ich blieb stehen, hielt ihn am Ärmel und blickte Nick direkt in seine schönen dunklen Augen, als er mich ansah. Das war es unter anderem damals gewesen, was mich sofort an ihm fasziniert hatte. Diese Augen.

»Marcus gehört der Vergangenheit an und zwar sehr lange. Ich denke nicht an ihn und empfinde nichts mehr für ihn. Beruhigt dich das?«

»Schon gut. Tut mir leid, ich wollte dir nicht zu nahe treten«, sagte Nick. »Ich liebe dich, Anna.«

Dann gab er mir einen Kuss.

»Ich liebe dich auch. Sehr sogar. Schließlich heiraten wir dieses Jahr. So, und nun lass uns umdrehen. Für heute hat Pepper ausreichend Auslauf gehabt. Ich weiß nicht, wie es dir geht, aber ich habe Hunger!«

Ich griff nach Nicks Hand, und wir traten den Rückweg an.

KAPITEL 4

Am nächsten Morgen, nachdem wir gemeinsam gefrühstückt hatten und Nick zur Arbeit gefahren war, machte ich mich mit Pepper auf den Weg. Ich wollte mir das Grundstück meiner ersten Auftraggeber in Kampen ansehen. Dort wurde zwar am Haus gebaut, aber es konnte nicht schaden, wenn ich mir ein grobes Bild machen würde, wie der Garten im Verhältnis zum Haus geplant war. Bislang waren mir nur wenige Details bekannt. Bei der Gestaltung war es nicht unerheblich zu wissen, wie die Nachbargrundstücke gelegen und gestaltet waren. Schließlich sollte alles zueinander passen und sich gefällig ins Landschaftsbild einfügen. Das Grundstück grenzte unmittelbar an eine freie Heidefläche, daher wollte ich die Übergänge nicht zu abrupt und hart, sondern fließend gestalten. Zäune im klassischen Stil, wie man es vom Festland her kannte, gab es auf Sylt selten. Meistens waren die Grundstücke von einem Steinwall umgeben, der sogenannten Sylter Mauer, oder sie waren überhaupt nicht eingezäunt. Die Sylter Mauer war meistens mit Heckenrosen oder kleinen Kiefernbüschen bepflanzt.

Ich fuhr mit meinem Wagen die Hauptstraße in Morsum entlang nach Archsum und weiter in Richtung Keitum. Als ich den Bahnübergang kurz vor Keitum erreicht hatte, schaltete die Ampel auf Rot und die Bahnschranken schlossen sich. Ich hielt direkt an dritter Stelle hinter einem anderen Auto und stellte den Motor ab. Nach höchstens einer Minute Wartezeit fuhr ein Autozug aus Richtung Niebüll mit lautem Scheppern an uns vorbei. Er war mit wenigen Pkw und einigen Kleintransportern besetzt. Für die vielen Urlauber, die täglich auf die Insel kamen, war es zu früh am Morgen. Der große Ansturm begann um die Mittagszeit, da erst dann die allermeisten Fahrzeuge in Niebüll an der Verladestation ankamen. Schließlich kamen die Gäste aus ganz Deutschland und hatten dementsprechend oft eine lange Anreise. Ab und zu sah man Wagen mit Kennzeichen aus der Schweiz, Frankreich und sogar Italien auf der Insel herumfahren. Ich sah im Rückspiegel, dass Pepper neugierig aus dem Fenster der Heckscheibe blickte, um zu prüfen, warum wir hielten. Während der Fahrt war von ihm meistens nichts zu sehen oder zu hören, und er tauchte erst auf, wenn sich die Geschwindigkeit verlangsamte oder das Auto zum Stehen kam. Behäbig öffneten sich die Schranken, die rote Warnleuchte erlosch, und die ersten Fahrzeuge rollten über den Bahnübergang. Ich beschloss, die Route nach Kampen über Munkmarsch und Braderup zu nehmen und bog entsprechend an der nächsten Abzweigung nach rechts ab. Damit wollte ich dem morgendlichen Berufsverkehr in und um Westerland herum entgehen. Außerdem gefiel mir die Strecke an der Wattseite der Insel entlang besser. Man konnte das Meer und dazwischen Weide- und Heidelandschaft sehen. Auf einigen Wiesen standen große Wasserlachen, die langsam versickerten. Bald würden hier Rinder und Schafe weiden. Der vergangene Winter hatte viel Schnee gebracht, was eher ungewöhnlich für die Nordseeküste war. Ich hatte es trotzdem sehr genossen, denn ich liebte schneereiche und kalte Winter. An der Nordsee rief eine verschneite Landschaft einen ganz besonderen Zauber hervor. Die verschneiten reetgedeckten Häuser wirkten besonders hübsch und behaglich und strahlten eine friedliche Ruhe aus. Man hatte das Gefühl, dass der Trubel und die Hektik völlig an ihnen abprallen würden. Auch der verschneite Strand war ein einmaliger Anblick und ließ mein Herz jedes Mal höher schlagen. An der Wattseite hatten sich in diesem Winter durch die lang anhaltende Kälte dicke Eisschollen gebildet und die Landschaft erstarren lassen. Am späten Nachmittag wurde alles von der untergehenden Sonne in ein bizarres rötliches Licht getaucht. Ich konnte mich an diesem Anblick gar nicht satt sehen. Doch jetzt Ende März war der Winter vorbei. Die Insel erwachte zu neuem Leben und wurde in zartes Grün gehüllt. Auf dem Deich und den Wiesen wurden die ersten Lämmer geboren und staksten auf ihren wackeligen Beinen ihren Müttern hinterher.

Mittlerweile hatte ich den Ortseingang von Kampen erreicht. Mein Navigationsgerät verriet mir, dass ich mein Ziel in weniger als zwei Minuten erreicht hatte. Ich bog gemäß Anweisung zweimal ab und stand vor einem großen Grundstück, umgeben von einem gitterartigen Bauzaun aus Metall. Einige Kleintransporter unterschiedlicher Baufirmen parkten davor, Handwerker liefen geschäftig hin und her. Die Dachdecker waren dabei, das halbfertige Haus mit einem Reetdach zu versehen. Auch im Inneren des Hauses wurde gehämmert und gesägt. Ich stellte meinen Wagen etwas abseits ab, stieg aus und öffnete die Heckklappe meines Geländewagens, um Pepper rauszulassen. Dann marschierte ich mit ihm zu der Baustelle.

»Kann ich Ihnen behilflich sein, junge Frau?«, fragte mich einer der Männer in grauer Arbeitshose und schwarzem Fleecepullover, als ich das Grundstück über eine Bretterbohle betrat.

»Nein danke. Ich wollte mich nur umsehen«, sagte ich und bemerkte seinen misstrauischen Blick. Daher ergänzte ich schnell: »Ich bin die Landschaftsarchitektin, die den Garten anlegen soll, und wollte mir ein Bild von allem machen. Anna Bergmann ist mein Name.«

Ich reichte ihm meine Hand zur Begrüßung. Sein Händedruck war kräftig, und sein sonnengegerbtes Gesicht bekam einen freundlichen Ausdruck. Kleine Fältchen um Augen und Mund wurden beim Lächeln sichtbar.

»Okay, kein Problem! Ole Phillips, entschuldigen Sie bitte mein anfängliches Misstrauen, aber hier laufen manchmal Leute herum, die hier nichts zu suchen haben, da kann man nicht vorsichtig genug sein. Na, dann viel Spaß, Frau Bergmann! Sehen Sie sich in Ruhe um. Aber passen Sie auf, dass Sie nicht über irgendetwas stolpern«, sagte er und nickte mir zu.

Dann schulterte er mit Leichtigkeit einen großen Sack Mörtel von der Ladefläche eines der Kleintransporter und verschwand im Haus. Ich ging mit Pepper über das gesamte Grundstück. Bislang war von einer Gartenfläche nicht viel zu erkennen. Überall waren Sand- und Erdhügel aufgeschüttet und dazwischen Paletten mit Steinen und anderen Baumaterialien gestapelt. Pepper steckte neugierig seine Nase in einen schwarzen Eimer. Ich würde erst aktiv werden können, wenn alles komplett beseitigt war, dachte ich. In Gedanken stellte ich mir Gruppen von Hortensienbüschen auf der einen und den typischen Sylter Heckenrosen auf der anderen Seite vor. Ich liebte den betörenden Duft der Heckenrosen, den sie zur Blütezeit ab Mai überall auf der Insel verströmten. Im Herbst und

Winter boten ihre dicken roten Hagebutten eine willkommene Nahrung für Vögel. Und zwischen alledem könnte man einzelne Gehölze, die nicht zu groß werden, aber dennoch einen gewissen Sichtschutz boten, pflanzen, überlegte ich. Das Grundstück sollte nach Aussage der Eigentümer möglichst pflegeleicht gestaltet werden. Das waren ohnehin die meisten Gärten auf der Insel. Das hatte in erster Linie den Grund, dass die meisten Häuser als Feriendomizil oder Zweitwohnsitz genutzt wurden, besonders hier in Kampen. Die Besitzer waren selten mehr als ein paar Wochen im Jahr vor Ort und konnten oder wollten sich nicht selbst um die Pflege ihrer Grundstücke kümmern. Aus diesem Grund gab es genügend Unternehmen auf der Insel, die eigens dafür ihre Dienste anboten und sich darauf spezialisiert hatten.

Nachdem ich das gesamte Grundstück ausgiebig inspiziert und Ole Phillips signalisiert hatte, dass ich gehen würde, schlenderte ich noch zu Fuß durch die Straßen von Kampen. Hier und da waren Gärtner dabei, die Gärten aus dem Winterschlaf zu befreien. Es wurde geschnitten, geharkt und gepflanzt. Ich sah zum Himmel, wo sich ein Sonnenstrahl den Weg durch die Wolkendecke freibahnte. Die Wolkenlücken wurden immer größer und die Sonne würde nicht mehr lange brauchen, um den Kampf gegen die Wolken zu gewinnen. Der Tag versprach, sonnig zu werden. Herrlich! Plötzlich hörte ich mein Handy in der Jackentasche klingeln. Ich blieb kurz stehen, um nachzusehen, wer mich anrief. Ein Blick auf das Display verriet mir, dass es Britta war.

»Hallo, Britta! Wie geht's? Was kann ich für dich tun? Ich hatte schon befürchtet, meine Mutter ruft wieder an«, fragte ich gut gelaunt und ging währenddessen langsam weiter. Pepper schnüffelte intensiv an einem Laternenpfahl, der wahrscheinlich von einem seiner Kollegen markiert worden war. Er hob kurz sein Bein.

»Hallo, Anna!«, hörte ich die Stimme meiner Freundin. Mir fiel sofort auf, dass sie nicht so unbeschwert wie gewöhnlich klang.

»Was ist los?«, wollte ich wissen.

»Wo bist du gerade? Können wir uns treffen? Gleich?«

»Ich laufe durch Kampen und habe eine Baustelle angesehen, aber ich habe Zeit. Ist etwas passiert?«

Ich war ernsthaft besorgt.

»Erzähle ich dir gleich, nicht am Telefon. Kannst du nach Westerland kommen? Sagen wir in 20 Minuten im ›Café Wien‹? Geht das?«

»Ja, kein Problem. Kann sein, dass ich etwas länger bei der Parkplatzsuche brauche. Aber ich fahre gleich los. Wartest du drinnen?«.

»Ach, Anna. Ja, ich gehe schon rein und warte auf dich. Bis gleich.«

Nachdenklich steckte ich das Handy in meine Tasche und machte mich mit Pepper auf den Weg zu meinem Auto. Ich setzte den Hund nach hinten und fuhr schleunigst nach Westerland. Dieses Mal nahm ich den schnellsten Weg und wählte in Wenningstedt am Kreisel die zweite Ausfahrt in Richtung Süden.

In Westerland angekommen, parkte ich in einer der Nebenstraßen. Dann zog ich ordnungsgemäß einen Parkschein an einem der Parkscheinautomaten und ging mit großen Schritten durch die Fußgängerzone dem verabredeten Treffpunkt entgegen, dem ›Café Wien‹ in der Strandstraße. Ich machte mir Sorgen um meine beste Freundin.

Sie hatte am Telefon merkwürdig geklungen. Hoffentlich war niemandem etwas zugestoßen. So bedrückt hatte ich Britta selten erlebt. Ich betrat das Café mit unwohlem Gefühl und blickte mich nach ihr um. Heute hatte ich gar kein Auge für die herrlichen Torten, Kuchen und anderen Köstlichkeiten, die den Besucher beim Betreten des Cafés durch die gläserne Theke anlächelten. Ganz hinten an der Wand saß Britta an dem Tisch unter dem großen Bild mit der roten Mohnblüte. Ich erkannte sie sofort an ihrem hellblonden Haar. Sie winkte und lächelte, als sie mich näher kommen sah. Ich bahnte mir den Weg zwischen den anderen Stühlen und Tischen hindurch. Pepper hatte Britta ebenfalls entdeckt und begrüßte sie schwanzwedelnd. Dabei hätte er vor lauter Freude beinahe eine Serviette vom Nachbartisch gefegt. Das Ehepaar an dem Tisch amüsierte sich darüber. So viel Verständnis wurde einem nicht von jedem entgegengebracht.

»Danke, dass du gleich kommen konntest«, sagte Britta und begrüßte mich.

Anschließend streichelte sie Pepper flüchtig über den Kopf.

»Ja, klar. Was ist denn los?«, wollte ich endlich wissen, zog meine Jacke aus und hängte sie über die Stuhllehne.

Dann nahm ich Britta gegenüber Platz und sah sie erwartungsvoll an. Bevor sie allerdings zu sprechen begann, stand eine Bedienung an unserem Tisch, um unsere Bestellung entgegenzunehmen. Britta bestellte einen großen Milchkaffee und ich einen Earl Grey. Als absoluter Teeliebhaber war ich auf Sylt genau richtig. Überall gab es Teegeschäfte. Ein wahres Paradies für jeden Teefreund mit allem, was das Herz eines Teetrinkers höher schlagen ließ.

»Ich glaube, Jan hat eine andere«, sagte Britta geradeheraus und bekam nasse Augen.

Ich war zutiefst schockiert über ihre Worte, da ich mit allem gerechnet hatte, aber nicht damit. Ich wusste im ersten Augenblick überhaupt nicht, was ich sagen sollte.

»Aber Britta, wie kommst du darauf? Bist du dir sicher?«

»Nein, sicher nicht, aber er ist in letzter Zeit so komisch und tut so geheimnisvoll. Ich habe ihn darauf angesprochen, ob es irgendetwas gibt, was ihn bedrückt oder er mir sagen will.«

»Und? Was hat er geantwortet?«

»Er hat mich nur ungläubig angesehen und es rigoros abgestritten. Ich würde mir das alles einbilden, er wäre ganz normal. Wie immer eben. Ich solle mir keine Gedanken machen.«

»Und warum denkst du dann, dass der Grund für sein Verhalten eine andere Frau sein könnte? Das kann doch alles Mögliche sein. Vielleicht hat er sehr viel zu tun im Moment oder hat sich über irgendetwas sehr geärgert.«

Britta schüttelte verneinend mit gesenktem Blick den Kopf.

»Nein, das hätte er mir sicher erzählt. Das ist es nicht. Heute Morgen habe ich gehört, wie er ›das ist ja wunderbar‹ und ›ich freue mich drauf‹ gesagt hat. Er hat gedacht, ich sei im Badezimmer und könne ihn nicht hören, aber ich war auf dem Weg in die Küche.« Ich hörte ihr aufmerksam und zugleich fassungslos zu. »Du hättest ihn mal hören sollen, wie er gesäuselt hat. So spricht er nicht mit gewöhnlichen Geschäftspartnern oder Angestellten. Da steckt etwas anderes dahinter, das steht völlig außer Frage. Außerdem benutzt er ein neues Aftershave.«

Eine dicke Träne lief Britta über die Wange, doch sie wischte sie sofort energisch weg. Schwäche zu zeigen, war nicht ihre Art.

»Hast du irgendetwas von dem verstanden, was gesprochen wurde?«, wollte ich wissen.

»Nein, ich habe nur gehört, dass er sich sehr freuen würde. Das reicht ja wohl!«

»Aber Britta, das kann alles Mögliche gewesen sein! Vielleicht ging es um eine Angelegenheit, die das Hotel betrifft. Eine Bestellung zum Beispiel. Dahinter muss nicht gleich eine andere Frau stecken. Und was das neue Aftershave betrifft, da kann er was Neues ausprobieren. Du hast doch auch hin und wieder ein anderes Parfüm, oder?«

»Meinst du? Aber ich habe trotz allem so ein ungutes Gefühl. Dann hätte er doch klipp und klar sagen können, mit wem er gesprochen hat. Anstatt dessen hat er gesagt, es wäre nicht so wichtig. Warum frage ich dich? Und das alles kurz vor unserem zehnten Hochzeitstag!«

Britta saß wie ein Häufchen Elend zusammengesunken auf ihrem Stuhl und legte die Hände in den Schoß. Die Kellnerin brachte unsere Getränke und wäre dabei beinahe auf Pepper getreten, der neben meinem Stuhl, halb unter dem Tisch schlief.

»Der Tee muss drei Minuten ziehen«, betonte sie, als sie die kleine Teekanne mit der Tasse vor mir abstellte.

Ich nickte dankend. Dann entfernte sie sich von unserem Tisch.

»Also, Britta«, fuhr ich fort, während ich nach einem Stück Kandis aus dem Schälchen auf unserem Tisch angelte, »ich weiß nicht. Sehr überzeugend klingt das alles nicht, wenn du mich fragst. Ich kann mir nicht vorstellen, dass Jan dich betrügen sollte. Das passt so gar nicht zu ihm.«

»Das hast du von Marcus zu Beginn auch nicht gedacht, wenn ich dich erinnern darf, oder?«

»Marcus! Den kannst du unmöglich mit Jan vergleichen. Da prallen zwei völlig verschiedene Welten aufeinander. Marcus war sich immer selbst am nächsten. Die Worte Verantwortung und Treue gehören nicht in seinen Wortschatz. Ich wollte das nur von Anfang an nicht wahrhaben. Aber wo wir beim Thema sind. Stell dir vor: Marcus hat gestern bei meinen Eltern angerufen.«

Britta sah mich entgeistert an. Sie hätte sich fast an ihrem Kaffee verschluckt.

»Das ist nicht dein Ernst?«

»Doch, mein voller Ernst sogar.«

»Und was wollte er? Der ruft doch nicht an, um zu hören, wie es allen geht. Schon gar nicht nach so langer Zeit. Da steckt mit Sicherheit mehr dahinter. Da könnte ich wetten.«

»Natürlich nicht. Angeblich will er mir irgendwelche Erinnerungsstücke schicken, die er beim Aufräumen gefunden hat. Außerdem benötigt er dringend eine Unterschrift von mir eine Versicherungspolice betreffend.«

Britta setzte eine skeptische Miene auf und legte dabei die Stirn in tiefe Falten.

»Ja, mir ist eingefallen, dass wir seinerzeit eine Kapitallebensversicherung abgeschlossen hatten. Sie lief jedoch nur auf Marcus, ich war nur als Begünstigte eingetragen, falls ihm etwas zustoßen sollte. Es handelt sich dabei allerdings um eine geringe Summe, wenn ich mich richtig erinnere. Wahrscheinlich geht es darum. Ach, was weiß ich, wird schon nicht so wichtig sein«, ergänzte ich.

»Marcus und Geld. Da müssten bei dir alle Alarmglocken läuten, Anna!«, sagte Britta und verzog den Mund.

»Wie könnte ich das vergessen! Wir hatten ständig Sorgen, weil Marcus unser Geld für alles Mögliche ausgegeben hat, ohne es vorher mit mir abzusprechen. Viel schlimmer war, dass wir es gar nicht hatten. Aber ich habe mit ihm nicht mehr das Geringste zu tun. Es ist mir völlig egal, was Marcus jetzt macht. Das habe ich Nick gesagt.«

»Nick?«, fragte Britta und zog überrascht eine Augenbraue hoch.

»Er war gestern komisch und hat wissen wollen, ob ich oft an Marcus denke. Scheinbar bringt der nahende Frühling unsere Männer etwas aus dem Konzept.«

Ich schüttelte lachend den Kopf und goss mir Tee in die Tasse. Der Kandis knisterte laut und zerfiel in viele kleine Stücke, bevor er sich gänzlich auflöste. Ein angenehmer Duft von Bergamotte stieg mir aus der dampfenden Tasse in die Nase.

»Nick liebt dich über alles, Anna, und will dich nicht verlieren. Das ist doch klar, dass er da hellhörig wird, wenn plötzlich der Ex zur Sprache kommt«, stellte Britta fest und sah auf ihre Armbanduhr.

»Ich weiß, aber Jan liebt dich doch auch. Sprich ganz in Ruhe mit ihm. Ich kann mir nicht vorstellen, dass da irgendetwas im Argen liegt. Es ist besser, du klärst das so schnell wie möglich, ehe sich die Fronten verhärten. Den Tipp hat mir übrigens vor Kurzem eine sehr gute Freundin gegeben.«

Ich zwinkerte ihr zu, und ein zaghaftes Lächeln erschien auf Brittas Gesicht. Sie holte tief Luft.

»Ich hoffe, du hast recht. Jetzt muss ich leider los. Die Jungs haben Hunger, wenn sie aus der Schule kommen, und der Kühlschrank ist fast leer. Ich muss schnell etwas einkaufen. Ich weiß noch nicht, was ich kochen soll. Zurzeit stehe ich ein bisschen neben mir.«

»Spaghetti oder Pizza gehen immer! Halte mich auf dem Laufenden, okay? Und melde dich jederzeit, wenn du mich brauchst oder reden willst«, fügte ich hinzu.

»Mach ich«, erwiderte Britta und zog sich die Jacke an.

»Das mache ich, lass mal«, sagte ich, als Britta in ihrer Handtasche nach ihrem Portemonnaie suchte.

»Danke, Anna. Also, bis später. Grüße an Nick!«

»Tschüss, Britta! Werde ich ausrichten.«

Ich sah ihr nach, als sie auf den Ausgang zusteuerte und um die Ecke verschwand. Pepper hatte nur leicht den Kopf gehoben und blickte zu mir hoch. Als er merkte, dass ich keine Anstalten machte aufzustehen, legte er sich wieder auf die Seite und schlief weiter. Brittas Verdacht machte mich traurig. Ich konnte mir nicht vorstellen, dass ihr Mann eine Affäre haben sollte. Das passte überhaupt nicht zu ihm, und das traute ich ihm nicht zu. Er liebte Britta und seine Kinder. Er würde das alles nicht leichtfertig aufs Spiel setzen. Oder doch? Aber irgendetwas musste nicht stimmen, wenn Britta so niedergeschlagen war. Sie war sonst der reinste Sonnenschein und sah stets das Positive im Leben. Die Rolle der Skeptikerin wurde mir zuteil. Ich war misstrauisch und rechnete oft mit dem Schlimmsten. Aber nicht Britta. Ich fühlte mich hilflos und wünschte mir in diesem Augenblick, dass sie sich gründlich täuschen möge.

KAPITEL 5

»Chef, könnten Sie bitte kommen? Hier ist Besuch für Sie«, sagte die junge Sprechstundenhilfe und steckte den Kopf durch den Türspalt des Behandlungszimmers.

»Jennifer, Sie sehen doch, dass ich zu tun habe. Hat das nicht bis später Zeit?«, antwortete Marcus verärgert, ohne sie anzusehen.

»Ich glaube, es wäre ratsam, wenn Sie gleich kommen könnten.« Sie lachte verlegen. »Die beiden Herren sind etwas ungehalten«, fügte Jennifer hinzu und zog eine Grimasse.

»Herr Gott, ja, meinetwegen, ich komme«, stöhnte Marcus. An seinen Patienten auf dem Behandlungsstuhl vor sich gerichtet fuhr er fort: »Einen Moment, Herr Münzer, es geht gleich weiter. In der Zwischenzeit können Sie in Ruhe Abschied von Ihrem Zahn nehmen. Die Betäubung braucht ohnehin noch ein paar Minuten.«

Der Mann, der nervös das Papiertaschentuch zwischen seinen Fingern knetete, sah Marcus mit weit aufgerissenen Augen ängstlich an. Kleine Schweißperlen waren an seinem Haaransatz zu erkennen, die sich in Richtung seiner Stirn auf den Weg machten. Mit panischem Blick sah er zu der Zahnarzthelferin, die ihm wohlwollend zunickte. Dann reichte sie dem Mann ein neues Papiertuch und schenkte gleichzeitig ihrem Chef einen mahnenden Blick. Aber Doktor Marcus Strecker zog sich davon unbeeindruckt die Gummihandschuhe aus, nahm den Mundschutz ab, fuhr sich mit der Hand durchs Haar und verließ das Behandlungszimmer. Wer weiß, was für ein Notfall das war, überlegte er auf seinem Weg zum Empfang. Er kam am Wartezimmer vorbei. Ein Blick hinein bestätigte ihm, dass er noch einige Patienten bis zur Mittagspause zu behandeln hatte. Aus dem Augenwinkel konnte er eine junge blonde Frau erkennen, an der sein Blick kurz hängen blieb. Sie widmete ihre Aufmerksamkeit allerdings gerade einem kleinen Kind, das auf dem Boden saß und die Kiste mit den Bauklötzen ausräumte. Uninteressant, dachte Marcus und ging weiter. Er mochte keine Kinder, denn seiner Meinung nach kosteten sie Geld, Zeit und vor allem Nerven. Außerdem hatte man sie sein Leben lang am Hals. Als er mit Anna zusammen war, hatte sie ihm ewig mit ihrem Kinderwunsch in den Ohren gelegen. Er hatte sie immer wieder mit neuen Ausreden vertrösten können. Marcus richtete jetzt seine Augen weiter zum Empfangstresen, und seine ohnehin üble Laune an diesem Vormittag verschlechterte sich schlagartig um ein Vielfaches. Dort standen zwei hünenhafte Gestalten in schwarzer Kleidung mit kurz rasierten Schädeln und sahen düster drein. Sie sahen aus, als ob sie vor lauter Kraft kaum zu gehen vermochten. Jedenfalls waren sie alles andere als Notfallpatienten. Daran bestand kein Zweifel. Auch wenn die beiden Hünen verkniffen umherblickten, Menschen mit Zahnschmerzen sahen anders aus. Und erschienen zumeist nicht im Doppelpack. Jedenfalls Kerle in dieser Größe. Bei Schulkindern mit ihren Eltern war das etwas anderes, aber darum handelte es sich hier definitiv nicht.

»Guten Tag, die Herren«, begrüßte Marcus sie und

versuchte seine aufsteigende Nervosität zu überspielen. »Womit kann ich Ihnen weiterhelfen?«

Er wusste, dass dies kein Freundschaftsbesuch war, obwohl er die beiden Männer persönlich nicht kannte. Pharmareferenten waren es ganz offensichtlich nicht. Die sahen für gewöhnlich anders aus und lächelten in aller Regel äußerst freundlich. Diese beiden Muskelpakete dagegen sahen ihn nur mit verächtlichen Mienen an und erwiderten zunächst nichts.

»Ich würde vorschlagen, wir gehen in mein Büro. Was meinen Sie?« Marcus räusperte sich. Dann ging er ein paar Schritte an den beiden vorbei und öffnete eine Tür. Er gab der Sprechstundenhilfe ein Zeichen, dass er unter keinen Umständen gestört werden wollte. Sie verstand und nickte. Die beiden Männer folgten ihm wortlos, und Marcus schloss sofort die Tür hinter ihnen. Bevor er irgendetwas sagen konnte, wurde er bereits mit dem Rücken gegen den Einbauschrank gepresst, und einer der beiden Männer hielt ihm dabei eine Hand fest an die Kehle. So fest, dass Marcus kaum Luft zum Atmen blieb. Mit solch einem tätlichen Angriff hatte er in keinster Weise gerechnet. Sein Rücken und sein Kopf schmerzten von dem heftigen Aufprall gegen das Möbelstück.

Der zweite Kerl stand genau neben ihm und sagte mit hartem osteuropäischen Akzent: »Jetzt pass mal gut auf, Doktor Strecker! Herr Karmakoff hat langsam die Nase voll von dir. Letzte Chance heute in einer Woche. Bis dahin hast du das Geld, verstanden? Sonst …«

Er griff mit einem süffisanten Grinsen nach der rechten Hand von Marcus und zog zeitgleich mit der anderen Hand ein Taschenmesser aus der Hosentasche. Marcus schielte mit panischem Blick auf die Waffe. Der Mann legte die blitzende Klinge an den Daumen von Marcus' Hand und grinste noch breiter. Marcus konnte das kalte Metall an der Haut spüren. Er schluckte. Dann zog der Mann das Messer ganz langsam mit mäßigem Druck über Marcus' Handballen. Marcus stöhnte leise auf und biss die Zähne zusammen, denn ein brennender Schmerz durchfuhr seinen Körper. Ein kleines rotes Rinnsal lief über seine Hand. Blut tropfte zu Boden.

»Ist nicht gut, Zahnarzt ohne Daumen!«, sagte der andere der beiden, der Marcus die Hand an die Kehle drückte und ihn somit in seiner Gewalt hatte.

Er roch unangenehm nach billigem Aftershave, und Marcus konnte nur mit Mühe ein Niesen unterdrücken. Sein Kollege mit dem Messer gab ein glucksendes Geräusch von sich. Beide empfanden die Situation als äußerst erheiternd.

»Ich denke, wir haben uns verstanden, Strecker. Und keine Tricks! Das würde dir schlecht bekommen. Sehr schlecht.«

Der Mann ließ von Marcus ab, der sich sofort reflexartig an die Kehle griff und zu husten begann. Er war nicht in der Lage zu antworten, sondern nickte bloß. Schweiß lief ihm den Rücken hinunter, und in seinen Schläfen pochte das Blut. Der eine der beiden Männer wischte das Messer mit einem Papiertaschentuch ab, klappte es zusammen und ließ es in der Hosentasche verschwinden. Dann wandte er sich zur Tür. Sein Mitstreiter folgte ihm, nicht ohne vorher Marcus einen kräftigen Stoß gegen die Schulter zu geben, sodass dieser fast gestürzt wäre. Er taumelte und prallte erneut gegen den Schrank. Als die beiden endlich den Raum verlassen hatten, begutachtete Marcus seine Hand. Er griff nach einer Sprayflasche neben dem Waschbecken und desinfizierte als Erstes die Wunde. Anschließend klebte er ein Pflaster auf die verletzte Stelle. Die Blutung hatte jedoch nicht aufgehört, genauso wenig wie der brennende Schmerz. Wie sollte er damit vernünftig arbeiten? Er ließ sich auf seinen Bürostuhl fallen und vergrub sein Gesicht für einen Augenblick in den Händen. Er hatte Mühe, seine Gedanken zu sortieren, und durfte unter keinen Umständen kopflos werden. Die Typen machten wirklich ernst. Jetzt hatte er ein gewaltiges Problem, denn er hatte das geforderte Geld nicht. Er brauchte dringend einen Plan B und zwar einen verdammt guten. Doch er hatte bereits eine Idee. Das Telefon auf seinem Schreibtisch klingelte plötzlich und riss ihn aus seinen Überlegungen. Ungeachtet ließ er es klingeln.

Nach dem sechsten Klingeln griff er schließlich doch zum Hörer und sagte nur genervt: »Nicht jetzt!«

Und legte wieder auf. Dann stand er langsam auf, atmete tief durch und ging ins Behandlungszimmer. Auf dem Weg dorthin rief er seiner Sprechstundenhilfe zu: »Sagen Sie für heute und die nächsten zwei Wochen alle Termine ab und nehmen Urlaub. Das gilt für alle hier! Die Praxis ist ab sofort geschlossen.«

Die Sprechstundenhilfe hinter dem Tresen traute ihren Ohren kaum und sah ihren Chef ungläubig aus weit aufgerissenen Augen an.

»Alle?«, fragte sie zaghaft. Dann deutete sie auf Marcus' Hand. Das Pflaster hatte sich dunkelrot verfärbt. »Oh mein Gott, Sie bluten ja, Doktor Strecker!«

»Ja, alle!« Marcus sah kurz zu seiner Hand. »Nun gucken Sie nicht so blöd, sondern machen Sie, was ich Ihnen gesagt habe! Ich wiederhole mich äußerst ungern.

Das sollten selbst Sie mit Ihrem Spatzenhirn mittlerweile verstanden haben. Worauf warten Sie also?«

Der Sprechstundenhilfe fehlten die Worte. Sie schnappte nach Luft und sah ihm fassungslos hinterher, wie er an ihr vorbeistürmte und in einem der Sprechzimmer verschwand.

KAPITEL 6

Nachdem ich ebenfalls das ›Café Wien‹ verlassen hatte, machte ich einen kleinen Abstecher zum Strand. Plötzlich verspürte ich den unwiderstehlichen Drang, ans Meer zu gehen, um den Kopf frei zu bekommen. Das tat ich immer, wenn meine Seele Freiraum brauchte. Und das war jetzt dringend der Fall. Die Vorstellung, dass Jan Britta mit einer anderen Frau betrog, verursachte mir ein beklemmendes Gefühl. Fast so, als wenn ich selbst betroffen wäre. Ich konnte nur zu gut nachvollziehen, wie Britta sich fühlen musste. Nachdenklich ging ich die Strandstraße weiter in Richtung Meer. Überall in den Auslagen der Geschäfte wurde man an das nahende Osterfest erinnert. Bunte Eier, Hühner und Hasenfiguren in den unterschiedlichsten Größen, Farben und Ausführungen zogen die Aufmerksamkeit auf sich. Ich ging hinter dem Freizeitbad, der ›Sylter Welle‹, rechts die Strandpromenade ein Stück entlang, nachdem ich das Kontrollhäuschen für die Gästekarten passiert hatte. Der nette Mann darin kannte mich mittlerweile schon, begrüßte mich und winkte mich freundlich durch, ohne dass ich meinen Ausweis zeigen musste. Viele Spaziergänger waren unterwegs, sowohl auf der Seepromenade als auch unten am Strand. Die blauweiß gestreiften Strandkörbe warteten zu Hunderten darauf, von den Urlaubern in Beschlag genommen zu werden. Sobald sie den Strand zierten, war dies ein untrügliches

Zeichen dafür, dass die Saison eingeläutet war. Eine große Silbermöwe thronte majestätisch auf einem der Körbe, als würde sie sich einen Überblick über ihr Reich verschaffen wollen. Der Himmel war mittlerweile ganz aufgerissen, und nur wenige weiße Wolkenfetzen wurden vom Wind über den Himmel getrieben. Das Wasser leuchtete in einem Farbspektrum von Dunkelgrün über Türkis bis hin zu Blau. Einige Surfer glitten elegant auf ihren Brettern durch das Wasser, um die perfekte Welle zu erwischen. Ihre schwarzen Neoprenanzüge glänzten in der Sonne. Ich lief die Promenade entlang, bis der asphaltierte Weg zu Ende war. Der Wind spielte in meinen Haaren und riss einzelne Strähnen aus meinem Pferdeschwanz. Pepper musste überall eifrig schnuppern. Nach einer Weile drehte ich um und trat den Rückweg unten an der Wasserkante an. Die Wellen krachten auf den Strand, die schäumende Gischt versprühte einen feinen Wassernebel, den ich auf meinem Gesicht spürte. Ich atmete tief ein, und meine Lippen schmeckten salzig. Pepper, der ohne Leine lief, wagte sich immer wieder ein Stückchen weiter ins Wasser und freute sich seines Lebens. Es war die reinste Freude, ihm zuzusehen. Sein schwarzes Fell war ganz nass und voll von Sand. Er hatte eine Braunalge gefunden, biss hinein und schlug sie sich begeistert um die Ohren. Dann weckte ein angespülter Holzstock sein Interesse, und die Braunalge geriet schnell in Vergessenheit. Auf der Höhe der Musikmuschel leinte ich Pepper an, und wir verließen den Strand über eine der kleinen Holztreppen, die es an jedem Strandabschnitt gab. Die Übergänge waren jeweils mit einem anderen Tiersymbol gekennzeichnet, beispielsweise einem Frosch. So konnten sich auch kleine Kinder gut merken, wohin sie mussten, wenn sie den Strand einmal verlassen sollten. Ich klopfte den Sand von meinen Schuhen und lief über die gut besuchte Friedrichsstraße zurück zu meinem Wagen, den ich in der Nähe in einer Seitenstraße geparkt hatte. Auf dem Heimweg machte ich schnell einen Abstecher zum Supermarkt, um etwas Essbares einzukaufen, da wir kaum frisches Obst und Gemüse zu Hause hatten.

Als ich gerade in unsere Einfahrt einbog, sah ich Ava aus unserer Gartenpforte kommen. Ava Carstensen lebte mit ihrem Mann Carsten ebenfalls in Morsum, keine fünf Minuten von uns entfernt. Ich hatte sie beide im Zuge meiner Erbschaft kennen und schätzen gelernt. Als der alte Besitzer noch lebte, hatten sie sich um das Haus und den Garten gekümmert. Sie waren beide herzensgute Menschen und lebten ihr gesamtes Leben hier auf der Insel. Sie hatten sie niemals verlassen, was in der heutigen Zeit kaum vorstellbar war. Nick und ich mochten das alte Ehepaar sehr gerne und liebten ihre Geschichten rund um die Insel Sylt und Morsum im Besonderen. Gelegentlich halfen sie uns, indem sie auf Pepper aufpassten, wenn wir verhindert waren, oder halfen bei kleineren Reparaturen im Haus. Im Gegenzug unterstützten wir sie, wenn sie Hilfe benötigten, oder nahmen sie mit dem Auto mit in die Stadt, da sie kein eigenes besaßen. Es war ein Geben und Nehmen.

Ava winkte mir zu, als sie meinen Wagen erkannte, und ich hielt auf dem Parkplatz vor dem Haus. Ich stellte den Motor ab und stieg aus, um sie zu begrüßen.

»Moin, Ava, schön dich zu sehen! Ich hoffe, es geht euch gut. Was macht Carsten?«

»Moin, Anna! Danke, wir können nicht klagen. Carsten hat es mit dem Rücken zu tun, aber wir sind halt alte

Leute. Da kommt das häufiger vor«, antwortete sie und winkte in ihrer stets bescheidenen Art ab.

»Ich glaube, Rückenschmerzen sind heutzutage keine Frage des Alters mehr«, erwiderte ich. »Was führt dich zu uns? Kann ich dir behilflich sein?«

»Nein, ich bin nur kurz vorbeigekommen, um euch einen Kuchen zu bringen, den ich frisch gebacken habe. Er steht vor der Haustür. Ich dachte mir, dass ihr nicht zu Hause seid, weil keines der Autos auf dem Parkplatz stand. Außerdem hat Pepper nicht angeschlagen, als ich geklingelt habe. Carsten hatte mir geraten, ich solle lieber vorher anrufen, aber ein kleiner Spaziergang bei dem schönen Wetter schadet in keinem Fall, und den Kuchen klaut ja niemand hier draußen.«

Sie lächelte mich freundlich an, und ihre hellwachen Augen blitzten in ihrem faltigen Gesicht.

»Stimmt. Ich war in Kampen auf einer Baustelle und habe Pepper mitgenommen. Aber herzlichen Dank! Ein Kuchen von dir ist immer eine leckere Angelegenheit. Da freue ich mich jetzt schon drauf. Möchtest du nicht mit ins Haus kommen? Ich mache uns schnell einen Tee.«

»Nein, danke, das ist sehr lieb von dir, Anna, aber ich muss los. Ich möchte Carsten nicht so lange alleine lassen. Du weißt ja, wenn Männer krank sind!« Sie lachte schelmisch. »Lasst euch den Kuchen schmecken.«

»Ganz bestimmt. Danke noch mal, Ava! Viele Grüße und gute Besserung an Carsten!«, erwiderte ich zum Abschied.

»Das werde ich ausrichten und Grüße auch an Nick«, sagte sie und machte sich auf den Weg nach Hause.

Jetzt befreite ich Pepper aus dem Auto, der uns die ganze Zeit über durch die Heckscheibe beobachtet hatte, und schloss zunächst die Haustür auf. Dann hob ich den Kuchen vorsichtig von den Steinplatten vor der Tür auf, bevor Pepper seine Nase neugierig unter die Alufolie stecken konnte, und trug ihn in die Küche, wo ich ihn auf dem großen Esstisch abstellte. Ich schielte kurz unter die Folie. Der Kuchen sah nicht nur sehr lecker aus, er roch auch äußerst verführerisch. Anschließend entlud ich mein Auto und verstaute die gekauften Lebensmittel in der Küche und dem angrenzenden Vorratsraum. Während ich damit beschäftigt war, musste ich an Britta denken. Vielleicht sah die Welt morgen schon ganz anders aus und Brittas Befürchtungen hatten sich in Luft aufgelöst. Sicherlich war alles nur ein großes Missverständnis, und es gab eine ganz einfache Erklärung für Jans Verhalten. Ich wünschte es ihr.

Am späten Nachmittag kam Nick nach Hause. In der Zwischenzeit hatte ich erste Ideen zu meinem Gartenprojekt aufgeschrieben und mit den Skizzen begonnen. Ich saß gerade oben in meinem Arbeitszimmer, als ich die Haustür hörte. Pepper, der unter meinem Schreibtisch auf einer Decke lag und geschlafen hatte, hob den Kopf und stürmte augenblicklich die Treppe nach unten. Seine Krallen gaben auf den Holzstufen ein klackendes Geräusch von sich. Unten in der Diele hörte ich Nicks Stimme, als er den Hund begrüßte. Scheinbar hatte Pepper so fest geschlafen, dass er das Auto nicht hatte kommen hören.

»Ich bin hier oben, Nick!«, rief ich laut.

Gleich darauf hörte ich Nicks Schritte auf der Treppe. Er kam ins Zimmer, umarmte mich von hinten und küsste mich zärtlich auf die Wange.

»Hallo, Sweety, bist du fleißig?«, fragte er und blickte über meine Schulter hinweg auf meinen Skizzenblock.

»Ja, ich war heute Vormittag in Kampen und habe mir alles vor Ort angesehen. Hier, das sind die ersten Ideen! So in etwa stelle ich mir das vor, wenn es fertig ist. Hier eine Sitzecke, eingerahmt von einer Hecke aus Hortensien. Da drüben könnte man einen Kugelamber pflanzen, der hat im Herbst so wunderschön gefärbtes Laub. Erinnert an Indian Summer. Wie gefällt es dir?«

Ich deutete stolz auf den Entwurf, den ich gezeichnet hatte.

»Ja, das wird bestimmt schön, bei den vielen Ideen, die du hast. Du wirst dich vor Aufträgen wahrscheinlich gar nicht mehr retten können, wenn sich erst mal herumgesprochen hat, wie talentiert du bist«, flüsterte Nick mir ins Ohr, schob mit der Hand mein langes Haar zur Seite und begann, meinen Hals zu küssen.

»Nick, ich muss doch arbeiten«, wehrte ich mich halbherzig, denn ein wohliger Schauer durchlief meinen Körper.

»Schade«, seufzte er daraufhin und richtete sich auf. »Dann gehe ich mich umziehen.«

»Mach das. Anschließend können wir eine Kleinigkeit essen. Ava war vorhin da und hat einen frisch gebackenen Kuchen vorbeigebracht.«

»Klingt verlockend«, rief Nick auf dem Weg ins Schlafzimmer.

»Ich soll dir schöne Grüße bestellen!«, rief ich ihm hinterher.

Er antwortete etwas, aber ich verstand es nicht. Ich legte Stift und Lineal beiseite, ging die Treppe nach unten. In der Küche stellte ich erst den Wasserkocher an und schaltete dann die Kaffeemaschine ein. Mit einem großen Messer schnitt ich den Kuchen an, nachdem ich die Alufolie entfernt und ihn auf eine runde Kuchenplatte gestellt hatte. Beim Schneiden bröselten kleine Stückchen der Schokoglasur ab. Ich tupfte sie behutsam mit dem Zeigefinger auf und steckte sie in den Mund. Einfach köstlich. Für Schokolade tat ich fast alles.

Nachdem Nick und ich von dem leckeren Kuchen gegessen hatten und eine Runde mit dem Hund gegangen waren, machten wir es uns anschließend auf dem Sofa gemütlich. Draußen war es bereits dunkel, es hatte sich bezogen und Nieselregen eingesetzt. Nick zappte durch das Fernsehprogramm und blieb schließlich bei einer Dokumentation über Windkraftanlagen vor der Nordseeküste hängen. Unter anderem wurde dort über den Windpark vor Sylt berichtet. Bei klarer Sicht konnte man die Windräder vom Westerländer Strand aus sehen. Ich hörte nur mit halbem Ohr zu und blätterte nebenbei in einer Zeitschrift.

»Spuck's schon aus. Was ist los? Irgendetwas beschäftigt dich doch«, sagte Nick plötzlich, stellte den Ton des Fernsehers auf lautlos und sah mich aufmerksam an.

»Wie kommst du darauf?«, fragte ich überrascht und sah von meiner Zeitschrift auf.

»Mittlerweile kenne ich dich ganz gut und habe das Gefühl, dass irgendetwas in deinem hübschen Kopf herumschwirrt. Du machst einen nachdenklichen Eindruck – oder sollte ich mich etwa täuschen?«

Ich zögerte kurz und überlegte, ob ich Nick von Brittas Verdacht erzählen sollte und entschied mich schließlich dafür.

»Du hast recht. Da gibt es wirklich etwas, was mich sehr beschäftigt.«

»Und das wäre? Hast du Bedenken, dass du das mit dem Grundstück nicht schaffst?«

»Nein, das ist es nicht. Es geht um Britta und Jan. Ich habe mich heute Vormittag mit Britta in Westerland getroffen, nachdem ich auf der Baustelle war«, berichtete ich. »Sie gefällt mir gar nicht im Moment.«

Nick legte die Stirn in Falten.

»Ist sie krank? Oder Jan? Gibt es Probleme mit den Kindern?«

»Nein, nichts von alledem.« Ich schüttelte verneinend den Kopf. »Aber sie hegt den Verdacht, dass Jan ein Verhältnis mit einer anderen Frau hat.«

Nick stutzte. »Eine Affäre? Jan?« Er sah mich skeptisch an. »Hat Britta denn konkrete Hinweise? Gibt es Beweise für ihre Vermutung?«

»Jetzt klingst du aber sehr nach einem Polizeibeamten.«

Ich konnte mir trotz des Ernstes der Lage für einen kurzen Augenblick ein Schmunzeln nicht verkneifen. »Nein, sie findet in letzter Zeit Jans Verhalten äußerst merkwürdig. Wenn sie ihn darauf anspricht, spielt er die ganze Sache herunter. Sie würde sich das alles nur einbilden. Es sei alles in bester Ordnung.«

»Das ist es wahrscheinlich auch. Ehrlich, Anna, bei Jan kann ich mir das wirklich nicht vorstellen, dass er seine Frau betrügen sollte. Nein, niemals.«

Nick lehnte sich zurück, streckte seine langen Beine aus und legte einen Arm um mich. Ich kuschelte mich an ihn. Dann begann er, meinen Nacken zu kraulen. Ich seufzte.

»Na, ich wünsche mir, dass du recht behältst. Ich kann es mir auch nicht vorstellen. Das habe ich Britta gesagt.

Dafür ist er viel zu bodenständig und konservativ. Eher sogar ein bisschen träge. Und schon gar kein Womanizer!«

»Aha. Ist das so?«, fragte Nick mit hochgezogenen Augenbrauen.

»Ja, findest du nicht? Also, für mich wäre er sowieso kein Mann.«

»Soso. Na, da kann ich ja beruhigt sein«, sagte Nick mit einem amüsierten Grinsen im Gesicht.

Ich zwickte ihn spielerisch in die Seite. Dann lehnte ich meinen Kopf fest gegen seine Brust und konnte seinen gleichmäßigen Herzschlag hören.

»Das klärt sich alles. Ganz bestimmt«, fügte Nick hinzu, schloss seine Arme um mich und küsste mich aufs Haar.

KAPITEL 7

Ich saß am Küchentisch und schrieb unsere endgültige Gästeliste. Nick und ich wollten Ende Juli dieses Jahres heiraten, und langsam wurde es höchste Zeit, die Einladungen zu verschicken. Unsere Familien und Freunde kannten den Termin zwar bereits, aber wir wollten noch offizielle Einladungen senden. Alles sollte seine Ordnung haben, denn ich war die geborene Perfektionistin. Wir planten eine kirchliche Trauung in der Morsumer Kirche St. Martin, da sie in meinem Leben eine ganz bedeutende Rolle spielte. Anschließend wollten wir bei uns im Garten mit allen Gästen feiern. Zu unserem Haus gehörte ein riesiges Grundstück mit einem angrenzenden See. Es musste nur noch das Wetter mitspielen, dann war es perfekt. Mittlerweile hatte ich fast alle 75 Namen notiert. Plötzlich spitzte Pepper die Ohren, bellte und stürmte aufgeregt zur Haustür. Zur gleichen Zeit hörte ich es klingeln. Ich stand auf, ging den Verbindungsgang von der Küche in die Diele und öffnete die Haustür. Ich fragte mich gerade, wer uns um diese Zeit besuchen könnte und erstarrte für einen kurzen Augenblick, als ich sah, wem ich eben die Tür geöffnet hatte.

»Hallo, Anna! Ich weiß, das kommt ziemlich überraschend für dich.«

»Marcus!«

Meine Stimme blieb mir fast im Halse stecken. Er sah mich freundlich an, doch sein Gesichtsausdruck wurde schlagartig angespannt, als er bemerkte, dass Pepper ihn misstrauisch umkreiste.

»Könntest du bitte den Hund zurückrufen? Du weißt, dass mir die Viecher nicht geheuer sind und schon gar nicht solche in dieser Größe«, sagte Marcus und zeigte auf Pepper.

»Pepper, hier!«, befahl ich dem Hund. Er gehorchte sofort und kam zu mir. »Brav. Was machst du hier, Marcus?«, fragte ich völlig verwirrt über diesen unerwarteten Besuch. Ich fühlte mich, als wenn mir jemand unvermittelt einen Eimer kaltes Wasser über den Kopf gegossen hätte.

»Darf ich reinkommen?«

»Ja, sicher. Bitte, komm rein«, stotterte ich.

Völlig überrumpelt und sprachlos zugleich, machte ich einen Schritt zur Seite und ließ ihn eintreten, obwohl mir meine innere Stimme dringend davon abriet. Doch dafür war es zu spät. Marcus machte ein paar Schritte an mir vorbei in die Diele, und ich schloss die Haustür hinter uns. Dann blieb er stehen und ließ mir den Vortritt. Ich ging vor ihm in den Wohnbereich. Dort stellte ich mich demonstrativ mit dem Rücken vor den Flügel, der vor einem der großen Fenster stand, und verschränkte die Arme vor der Brust. Ich weiß nicht weshalb, aber ich bot meinem ungebetenen Gast keinen Platz an. Ein ungutes Gefühl beschlich mich, als ich ihn betrachtete. Marcus wollte irgendetwas von mir, das spürte ich instinktiv. Er stand nicht plötzlich grundlos vor unserer Tür, schon gar nicht um nur eine Unterschrift von mir einzuholen, wie er meiner Mutter am Telefon weismachen wollte. Die Unterlagen hätte er mir ebenso schnell und bequem mit der Post schicken können. Das Ganze war mit Sicherheit eine billige Ausrede, um an meine Adresse zu gelangen. Eigentlich hätte ich mir das denken können. Aber warum?

»Also?«, fragte ich und steckte meine Hände in die Hosentaschen meiner Jeans, während er sich interessiert im Raum umsah. »Was führt dich hierher?«

»Du siehst übrigens toll aus, Anna. Du trägst dein Haar wieder lang, das steht dir ausgesprochen gut. Dein neuer Freund hat Glück. Und es ist wirklich beeindruckend hier, das muss ich sagen. Aber du hattest ja immer schon ein besonderes Gespür fürs Schöne. Das habe ich sehr an dir geschätzt. Wie bist du an dieses fantastische Haus gekommen? War bestimmt nicht gerade ein Schnäppchen, nehme ich an. Bleibt also nur Lottogewinn oder reicher Kerl? Hast dir einen alten Millionär geangelt, was?«

Er lachte. Es sollte vermutlich als Scherz gemeint sein. Ich fand die Situation überhaupt nicht lustig, und mir war alles andere als zum Lachen zumute.

»Marcus! Ich frage dich nochmal: Was willst du von mir? Du bist doch nicht rein zufällig hier, um Hallo zu sagen.«

»Darf ich mich setzen?«, fragte er, ohne auf meine Frage einzugehen, und deutete auf das cremeweiß gestreifte Sofa.

Noch immer machte ich keine Anstalten, ihm etwas anzubieten. Ich konnte es kaum abwarten, dass er wieder ging. Schlagartig lebten die alten Erinnerungen auf und das ungute Gefühl, dass sein Auftauchen mit Schwierigkeiten verbunden war.

»Ja, aber bitte mach es kurz. Ich habe zu tun«, entgegnete ich frostig. »Was ist denn mit deiner Hand passiert?« Ich deutete auf seine rechte Hand, auf der ein dickes Pflaster klebte.

»Habe mich geschnitten. War ein bisschen ungeschickt beim Kochen. Nichts Außergewöhnliches, das kommt vor.« Er verzog den Mund.

»Du kochst?«, fragte ich verwundert. »Seit wann das denn?«

»Die Zeiten ändern sich. Mensch, Anna! Wir haben uns echt lange nicht gesehen. Ich habe dich wirklich vermisst und tue es noch immer, ob du es mir glaubst oder nicht. Das war ein riesiger Fehler, den ich damals gemacht habe. Ein dummer Ausrutscher. Wie gerne würde ich es ungeschehen machen. Aber manchmal kann man nicht anders.«

In mir brodelte es: Manchmal kann man nicht anders. Welche Unverschämtheit würde wohl als Nächstes kommen? Ich war kurz davor, ihn hochkant rauszuschmeißen und konnte mich gerade noch beherrschen. Ohne etwas zu erwidern, sah ich ihn an und wartete gespannt auf das, was er von sich geben würde.

»Ich bin hier, Anna, weil ich deine Hilfe brauche«, sagte er schließlich, als er spürte, dass ich innerlich kochte und sein Süßholzgeraspel nicht die gewünschte Wirkung auf mich hatte.

»Meine Hilfe?«, wiederholte ich betont ungläubig. »Da bin ich aber gespannt. Ich wüsste nicht, warum ich ausgerechnet dir helfen sollte?«

»Bitte, Anna! Ich weiß nicht, wen ich sonst fragen soll. Außerdem waren wir uns doch einmal sehr nah.«

Marcus war vom Sofa aufgesprungen und machte einige Schritte auf mich zu. Sofort drängte sich Pepper zwischen uns und brummte leise. Marcus wurde augenblicklich blass um die Nase und wich ein Stück von mir zurück.

»Ist gut, Pepper«, beruhigte ich den Hund und schickte ihn auf seinen Platz unter der Treppe, wo er sich brav in sein Körbchen legte.

Trotzdem behielt er uns weiter aufmerksam im Auge. Nick hatte mir diesen Hund geschenkt, damit er mich beschützen sollte und ich mich sicherer fühlen konnte, wenn ich allein im Haus war. Und es klappte hervorragend, wie ich zufrieden feststellen konnte.

»Anna bitte, du musst mir helfen. Ich stecke in großen Schwierigkeiten.«

Marcus sah mich verzweifelt, beinahe flehend an. Er war ein guter Schauspieler, das kannte ich aus früheren Zeiten, denn ich war oft genug auf seine Masche hereingefallen. Meine Gutmütigkeit lud regelrecht dazu ein, und er hatte stets leichtes Spiel gehabt.

»Ach, Marcus, hör auf! Du steckst doch regelmäßig in irgendwelchen Schwierigkeiten. Was ist es also dieses Mal? Bedroht dich ein betrogener Ehemann, weil du mit seiner Frau im Bett warst – oder geht es mal wieder um das liebe Geld?«

»Ja, ich brauche Geld. Du bekommst es zurück, ganz bestimmt«, gab er nach einer kurzen Denkpause zu.

Ich konnte mir ein kurzes Lachen nicht verkneifen und sah dabei aus dem Fenster. Vor dem Haus fuhr gerade langsam ein dunkler Wagen vorbei. Wahrscheinlich wieder Leute, die nach Immobilien Ausschau hielten, die zu verkaufen waren. Das kam häufiger vor. Kürzlich hatte sogar jemand geklingelt und gefragt, ob das Haus zu verkaufen sei. Dann wandte ich meinen Blick meinem Gast zu.

»Marcus, mach dich bitte nicht lächerlich. Du hast mir noch nie etwas von dem wiedergegeben, was ich dir geliehen habe. Ich habe irgendwann aufgehört, alles zusammenzuzählen. Nenn mir nur einen Grund, warum ich dir erneut glauben und dir etwas geben sollte? Nein, es ist Schluss, von mir bekommst du keinen einzigen Cent mehr. Ich habe die Nase voll von deinen Geschichten. Such dir einen anderen Dummen.«

Ich hatte Mühe ruhig zu bleiben. Innerlich zitterte ich, so wühlte mich die Situation auf.

»Anna, ich flehe dich an! Mir steht das Wasser bis zum Hals!«

»Dann geh zur Bank! Da bekommt man Geld, das ist deren Geschäft, die leben davon«, sagte ich und verschränkte erneut die Arme vor der Brust. Ich merkte, wie meine Wangen zu glühen begannen.

»Das ist ja das Problem. Von der Bank bekomme ich nichts mehr. Deswegen habe ich es mir woanders geliehen. Von einem privaten ... Institut«, stammelte Marcus kleinlaut und mit gesenktem Blick.

Er sah in diesem Augenblick beinahe aus wie ein kleiner Junge, der seiner Mutter gesteht, dass er die Fensterscheibe des Nachbarn mit dem Fußball kaputtgeschossen hat.

»Einem privaten Institut?«, wiederholte ich. »Ich hoffe nicht, du sprichst von diesen dubiosen Organisationen, die in Tageszeitungen inserieren. Schnelles Geld, unkompliziert, keine Schufa-Anfrage und ohne viel Papierkram, dafür aber zu Wucherzinsen. Vielleicht aus Russland oder etwas in dieser Art? Und dann kommt so ein selbsternanntes Inkassounternehmen und schickt seine Bullterrier, wenn man es nicht pünktlich zurückzahlt.«

Ich musste lachen und schüttelte dabei ungläubig den Kopf. Mein Lachen erstarb jedoch in dem Moment, in dem ich in Marcus' versteinerte Miene blickte. Da spürte ich, dass ich mit meiner Vermutung nicht ganz falsch lag.

»Doch, Anna«, bestätigte Marcus zu meinem Entsetzen.

Ich bekam augenblicklich eine Gänsehaut und sah ihn fassungslos an.

»Wie bitte? Marcus, bist du wahnsinnig? Das kannst du unmöglich gemacht haben. Du machst dir nur einen Spaß mit mir, oder? Bitte sag, dass das nicht wahr ist.«

»Leider ist es kein Spaß. Ich sage doch, mir steht das Wasser bis zum Hals. Bitte, Anna, hilf mir! Die machen mich sonst kalt! Ich habe nicht mehr viel Zeit, alles zurückzuzahlen.«

Jetzt musste ich mich hinsetzen. Bei dieser Offenbarung bekam ich weiche Knie. Wie konnte sich Marcus nur mit solchen Leuten einlassen? Er war intelligent und gebildet. Seine Praxis lief seit Jahren sehr gut. Aber scheinbar lebte er weit über seine Verhältnisse. Das war schon damals ein gravierendes Problem, als ich mit ihm zusammen war.

»Wie viel ist es dieses Mal?«, wollte ich wissen und sah ihm dabei direkt in die Augen.

Mir fiel erst jetzt auf, wie schlecht er aussah. Um seine Augen herum lagen dunkle Schatten. Und auf der Stirn zeichneten sich tiefe Falten ab. Ihm schien es wirklich nicht besonders gut zu gehen. Aber war das mein Problem? Hatte er sich um mich gekümmert, als es mir seinetwegen schlecht ging? Sollte ich ihm erneut helfen, obwohl er mich auf die übelste Weise betrogen und hintergangen hatte? Das konnte ich nicht vergessen. Sicher, er war alt genug, für seine Fehler geradezustehen. Andererseits wollte ich mich nicht mein Leben lang mit Schuldgefühlen herumschlagen, wenn ihm wohlmöglich etwas zustoßen sollte, nur weil ich zu gekränkt gewesen war, um über meinen Schatten zu springen. Zweifel stiegen in mir auf, und ich begann mit meinem Gewissen zu ringen. Oder vielleicht war die ganze Geschichte am Ende frei erfunden, um mich weichzukochen? Ich befand mich in einem Wechselbad der Gefühle und schwankte zwischen Trotz und Mitleid.

»100.000 Euro«, flüsterte Marcus und sah mich abwartend aus seinen blauen Augen an.

»Was?« Ich fasste mir unwillkürlich mit einer Hand an den Hals. »Marcus, das ist ein Haufen Geld. Wie kommst du darauf, dass ich so viel Geld habe?«

Ich konnte kaum glauben, was er da sagte und fühlte mich einen Moment lang einer Ohnmacht nah. Das konnte er unmöglich ernst meinen, dass ich ihm diese riesige Summe mal eben so zur Verfügung stellen sollte. Doch Marcus breitete nur die Arme aus, sah sich um und blickte mir direkt ins Gesicht. Er brauchte gar nichts weiter erklären, ich verstand genau, was er meinte. Sein selbstgefälliger Gesichtsausdruck sagte alles. Plötzlich war er wieder ganz der alte Marcus, wie ich ihn kannte.

»Naja«, sagte er schließlich. »Allein dein Wagen da draußen würde schon reichen. Ich nehme doch an, dass der schwarze Geländewagen auf dem Parkplatz vor dem Haus dir gehört?«

Noch ehe ich mich aus meinem Schockzustand gelöst hatte, hörte ich einen Schlüssel im Schloss der Haustür. Pepper sprang von seinem Platz auf und rannte schwanzwedelnd zur Tür. Nick kam in diesem Augenblick nach Hause.

»Ich bin wieder zu Hause! Sweety, bist du da?«, rief er, als er das Haus betrat und die Haustür hinter ihm ins Schloss fiel.

»Ich bin hier im Wohnzimmer, Nick«, antwortete ich. »Wir …«

»Da steht ein fremder Wagen vor dem Haus. Weißt du, wem …«, unterbrach er mich und verstummte augenblicklich, als er in den Wohnbereich kam und Marcus dort sitzen sah.

Unser Haus war offen gestaltet, sodass es im Erdgeschoss keine Türen gab. Alles war zu einem einzigen großen Raum zusammengewachsen. Lediglich die Gästetoilette direkt neben der Haustür war durch eine Tür getrennt.

»Nick, das ist Marcus. Marcus, das ist Nick, mein Verlobter«, stellte ich die beiden Männer einander vor.

Marcus war aufgestanden und einen Schritt auf Nick zugegangen, um ihm die Hand zur Begrüßung zu reichen. Doch Nick machte seinerseits keine Anstalten, den Händegruß zu erwidern. Sein Gesicht sprach Bände.

Er straffte stattdessen die Schultern, wodurch er imposanter wirkte, und fragte nüchtern: »Was verschafft uns die Ehre?«

»Ich war zufällig in der Nähe und wollte bei Anna vorbeischauen. Der alten Zeiten wegen.« Marcus lachte und wirkte nervös. Nicks Anwesenheit erfüllte ihn mit Unbehagen, das konnte ich ihm deutlich ansehen, und bescherte mir dadurch mehr Sicherheit. »Ich habe gehört, dass sie auf Sylt lebt. Und es scheint ihr gut zu gehen, wie man sieht. Das freut mich«, erklärte Marcus wenig überzeugend.

»Aha, ganz zufällig, der alten Zeiten wegen«, wiederholte Nick und kraulte dabei mit einer Hand Pepper am Ohr, der sich fest gegen sein Bein schmiegte.

Einen Augenblick lang herrschte eisiges Schweigen. Niemand sagte ein Wort, und die beiden Männer sahen nur einander an. Die Situation erinnerte mich an Revierkämpfe zwischen zwei Platzhirschen, die sich allein mit ihren Blicken maßen. Ich wusste in diesem Augenblick nicht, wie ich die angespannte Lage entschärfen konnte.

Daher sagte ich lapidar: »So, ich brauche erst mal etwas zu trinken. Möchte jemand von euch einen Kaffee oder etwas anderes?«

Dann ging ich zu Nick, der mitten im Raum stand, legte meine Hände an seine Taille und gab ihm einen Kuss.

»Nein danke, für mich nichts. Ich denke, ich sollte wieder los. War schön, dich wiedergesehen zu haben, Anna. Vielleicht läuft man sich irgendwann über den Weg. Nick«, er nickte ihm zu, »schönen Tag noch.«

Marcus ging in gewissem Abstand an Nick und dem Hund vorbei in Richtung Ausgang. Ich begleitete ihn aus reiner Höflichkeit zur Tür. Er schien es plötzlich sehr eilig zu haben. Nick machte keine Anstalten, unseren Gast zur Tür zu begleiten, und blieb mit Pepper im Wohnzimmer.

»So, du bist mit einem Bullen zusammen? Du musst es ja wissen, wenn dir das reicht. Ich gehe mal davon aus, dass das mit Sicherheit aber nicht sein Haus ist. Von seinem Gehalt wird er sich das wohl kaum leisten können. Naja, wahrscheinlich liegen seine Stärken eher woanders«, sagte Marcus mit unverschämter Arroganz und machte eine obszöne Handbewegung.

Ich ging nicht auf diese weitere bodenlose Frechheit ein, obwohl es mir sehr schwerfiel. Aber ich wollte mich unter keinen Umständen auf sein Niveau herablassen, sondern sagte lediglich, so ruhig ich konnte: »Mach's gut, Marcus.«

»Du auch. Schade, ich hatte gehofft, ich könnte mich auf dich verlassen. Aber da habe ich mich wohl gründlich getäuscht. Du warst immer für andere da, wenn sie sich in einer Notlage befanden. Schließlich hatten wir sehr schöne Zeiten zusammen, auch wenn das ein paar Tage zurück liegt. Du hast dich sehr verändert, Anna. Aber wahrscheinlich ist er der Grund.«

Marcus sah an mir vorbei ins Wohnzimmer.

»Hör auf, es reicht. Schon lange. Geh jetzt bitte.«

Mit diesen Worten schloss ich die Haustür hinter ihm. Meine Hände zitterten vor Anspannung. Ich lehnte mich für einen kurzen Augenblick mit dem Rücken gegen die geschlossene Haustür, schloss die Augen und atmete zweimal tief durch, bevor ich ins Wohnzimmer zurückging. Dort stand Nick an der großen Scheibe des angrenzenden Wintergartens und sah in den Garten. Ich ging zu ihm, umfasste seinen Oberkörper von hinten mit beiden Armen und lehnte mich fest gegen seinen breiten Rücken. So verharrten wir einen Moment lang schweigend, bis Nick sich schließlich zu mir umdrehte und mir tief in die Augen sah.

»Was wollte er wirklich, Anna? Sein Besuch war kein Zufall, habe ich recht?«

Ich seufzte. Wenn ich Nick den wahren Grund für Marcus' Besuch nennen würde, würde er sich vermutlich ziemlich aufregen. Ich wusste, dass er mich beschützen wollte. Andererseits wollte ich ihm nichts verschweigen, denn ich liebte ihn über alles und würde ihn bald heiraten. Daher wollte ich keine Geheimnisse vor ihm haben. Vertrauen und Ehrlichkeit waren für mich die wichtigsten Attribute in einer Beziehung, die Grundpfeiler sozusagen.

»Anna?«, riss mich Nick aus meinen Gedanken.

»Er steckt in echten Schwierigkeiten«, sagte ich.

Nick stöhnte und verzog den Mund.

»Also mit anderen Worten: Er will Geld von dir! Richtig?«

Ich nickte bloß und strich mit der Hand über seine Brust. Nick atmete demonstrativ tief ein und aus.

»Und? Du wirst dich doch wohl nicht darauf einlassen, nach dem, was er dir angetan hat?«

Er sah mich eindringlich an.

»Aber wenn ihm etwas zustößt, würde ich mir immer Vorwürfe machen. Er ist an sehr dubiose Leute geraten.«

»Anna, bitte! Marcus ist ein erwachsener Mann und hat sich das selbst eingebrockt. Ich glaube, dass das nicht deine Aufgabe ist, ihn aus dieser Situation rauszuholen. Außerdem machte er auf mich einen selbstbewussten und entspannten Eindruck. Eine echte Notlage sieht wohl anders aus, vor allem nach dem, was du mir alles von ihm erzählt hast. Wie viel ist es?«

Ich zögerte einen Moment und erwiderte: »Es würde uns in keinem Fall ruinieren, wenn ich es ihm vorübergehend geben würde.«

»Wie viel, Anna?«, drängte Nick mich.

»100.000«, murmelte ich.

Ich hatte erwartet, dass Nick aus der Haut fahren würde, aber stattdessen sah er mich nur an und sagte ruhig: »Mach, was du für richtig hältst. Es ist dein Geld. Ich glaube, ich brauche dringend frische Luft.«

Er ging an mir vorbei in die Diele, wo er im Gehen nach seiner Jacke und dem Autoschlüssel griff. Ein beklemmendes Gefühl ergriff mein Herz. Ließ er mich stehen und ging weg?

»Aber wo willst du denn hin? Nick! Bitte geh nicht!«, rief ich ihm nach.

»Ich bin verabredet. Kann spät werden.«

Mit diesen Worten verschwand er durch die Tür, in Uniform. Er hatte sich noch nicht einmal umgezogen. Ich hörte die Haustür zuschlagen und kurz darauf den Motor von Nicks Wagen, als er Gas gab und wegfuhr. War das unser erster richtiger Streit, fragte ich mich. Richtig gestritten hatten wir gar nicht. Nick war jeglicher Auseinandersetzung aus dem Weg gegangen und stattdessen fort. Sicher beruhigte er sich bald. Trotz allem fühlte ich mich plötzlich ganz elend und konnte mir diesen heftigen Gefühlsausbruch nicht erklären. Tränen stiegen mir in die Augen, und meine Fingerspitzen waren kalt und kribbelten. Das taten sie immer, wenn ich Angst hatte. Ich wusste nicht, was ich machen sollte. Unter keinen Umständen wollte ich mich mit Nick überwerfen. Schon gar nicht wegen Marcus. Er hatte mir genug Kummer und Ärger in meinem Leben bereitet. Ich überlegte flüchtig, Britta anzurufen, um sie um Rat zu fragen. Doch das erschien mir in Anbetracht ihrer eigenen heiklen Situation nicht als geeignete Lösung. Ich wollte sie nicht zusätzlich mit meinen Problemen belasten. Nein, das musste ich mit mir selbst ausmachen. Vielleicht wäre es besser gewesen, Nick nichts zu sagen. Was sollte ich bloß tun? Nick folgen? Aber selbst wenn ich es versuchen würde, ich wusste noch nicht einmal, wo er war. Ich nahm an, dass er sich mit Uwe Wilmsen treffen wollte, seinem Kollegen und Freund. Traurig ging ich ins Wohnzimmer, setzte mich aufs Sofa, presste mir ein Kissen vor den Bauch und sah zum Fenster hinaus. Dabei streichelte ich Pepper, der mir wie ein Schatten gefolgt war und mich mit seinem Hundeblick mitleidig ansah.

Nick wartete schon eine Weile in der Kneipe in Westerland, in der er sich mit Uwe verabredet hatte. Er saß da, ein Bier vor sich und starrte gedankenverloren aus dem Fenster in die Fußgängerzone. Draußen schlenderten Touristen mit Tüten in der Hand bepackt vorbei. Sie hatten in einigen der vielen Läden in der Friedrichsstraße eingekauft. Ihre Gesichter sahen entspannt und zufrieden aus. Er könnte mit Anna einen Stadtbummel machen, überlegte Nick. Es war schon eine Weile her, dass sie gemeinsam in der Stadt gewesen waren. Er gehörte zu den Männern, die Shopping nicht sehr aufregend fanden, aber andererseits genoss er die Zeit mit Anna. Sie hatten dabei das eine oder andere Mal viel Spaß gehabt. Beim letzten gemeinsamen Einkaufsbummel durften sie hautnah miterleben, wie sich ein älteres Ehepaar so lautstark in einem Laden gestritten hatte, dass man Angst haben musste, es würde gleich zu Handgreiflichkeiten kommen. Dabei ging es lediglich um eine kleine Tischleuchte. Dem Mann gefiel sie gut, die Frau war jedoch der Ansicht, dass sie überhaupt nicht zur restlichen Einrichtung passen würde. Die beiden gerieten so sehr aneinander, dass sie dabei alles andere um sich herum ganz und gar vergaßen. Die Verkäuferin stand machtlos mit hochrotem Kopf daneben und versuchte, beruhigend auf die beiden Streithähne einzureden. Allerdings ohne nennenswerten Erfolg. Irgendwann hatte die Frau wutentbrannt das Geschäft verlassen. Bei dem Gedanken an diese Szene musste Nick schmunzeln. Vielleicht sollte er Anna zu einem romantischen Abendessen einladen. Über ein Essen in ihrem gemeinsamen Lieblingsrestaurant, dem ›Sylter Stadtgeflüster‹, im Herzen Westerlands würde sie sich sicher freuen, überlegte Nick. Dies erschien ihm eine geniale Idee zu sein. Sofort griff er nach seinem Handy in der Jackentasche, zog es hervor und rief in dem Restaurant an, um für den kommenden Abend einen Tisch zu bestellen. Diese spontanen Ideen waren meistens die besten. Im Nachhinein tat es ihm leid, dass er Anna so stehen gelassen hatte. Sie konnte schließlich nichts dafür, dass dieser Marcus plötzlich aufgetaucht war, und war ebenso wenig begeistert deswegen. Und er, Nick, war gegangen. Anna fühlte sich immer für alles und jeden verantwortlich.

»Moin, Nick!«, begrüßte Uwe Wilmsen seinen Freund, klopfte ihm auf die Schulter und setzte sich gegenüber an den schmalen Tisch.

»Moin, Uwe!«, erwiderte Nick und setzte ein gequältes Lächeln auf.

Als Nick vor einiger Zeit aus Kanada auf die Insel gekommen war, waren die beiden nur Kollegen. Inzwischen waren sie zu guten Freunden geworden. Uwe, klein, untersetzt und vollbärtig, war ein echtes Sylter Urgestein und mit Tina verheiratet. Eine lustige und offene Frau, die sich mit fast jedem gut verstand. Sie stammte nicht von der Insel. Die beiden hatten sich kennengelernt, als Tina ihren Urlaub auf Sylt verbracht hatte. Sie verliebten sich ineinander, und sie war geblieben.

Nachdem Uwe sich ebenfalls ein Bier bestellt hatte, fragte er: »Was ist los, Junge? Gibt's Probleme?«

»Wie kommst du darauf, dass es Probleme geben könnte?«, fragte Nick und spielte mit einem Bierdeckel.

»Du hast längst Feierabend und bist noch nicht umgezogen. Außerdem siehst du so aus, als wenn dir etwas auf der Seele brennt. Du musst es mir nicht sagen, aber ich höre dir gerne zu. Schließlich bin ich dein Freund.«

Nick sah ihn an, zögerte kurz und sagte schließlich: »Es ist wegen Anna.«

»Dachte ich mir. Die erste kleine Krise im Hause Bergmann und Scarren?«

»Nein, als Krise würde ich es nicht bezeichnen, eher eine Meinungsverschiedenheit.« Nick trank einen Schluck von seinem Bier. Dann fuhr er fort: »Anna hatte heute überraschend Besuch von ihrem Ex.«

Uwe zog scharf die Luft ein und kratzte sich am Kinn.

»Verstehe. Und? Was wollte er?«, fragte er Nick und trank ebenfalls einen Schluck Bier.

Als er das Glas abgesetzt hatte, klebte etwas weißer Schaum an seinem Bart. Nick gab ihm ein Zeichen, und Uwe wischte sich schnell mit dem Handrücken über den Mund.

»Weg?«, fragte er.

Nick nickte.

»Geld«, erwiderte Nick nüchtern und ohne weitere Erklärung.

»Besser als Anna zurückgewinnen, oder?«, scherzte Uwe.

Doch seine Bemerkung kam bei seinem Freund nicht so gut an.

»Das ist nicht witzig, Uwe. Es ist eine ziemlich große Summe, um die es geht. Außerdem hat er sich früher öfter Geld von Anna geliehen, was sie allerdings nie wiederbekommen hat. Jetzt scheint er richtig tief in der Kreide zu stehen, sonst wäre er kaum persönlich bis nach Sylt gekommen, zumal er seit über zwei Jahren keinen Kontakt mehr zu ihr hatte.«

»Und jetzt? Will Anna ihm das Geld geben?«

Nick zuckte nur mit den Schultern und trank einen weiteren Schluck aus seinem Glas.

»Ich hoffe nicht, aber du kennst sie. Sie ist zu anständig und hilfsbereit. Was prinzipiell für sie spricht. Sie will sich keine Vorwürfe machen, falls ihm wegen dieser Sache etwas zustoßen sollte. Was immer das heißen mag.«

Uwe beobachtete seinen Freund aufmerksam.

»Es geht aber nicht nur um das Geld, habe ich recht? Nick?«

Nick ging nicht darauf ein, sondern starrte in sein Bierglas vor sich auf dem Tisch, das er mit beiden Händen umfasste. Die Schaumkrone darauf hatte sich längst aufgelöst. Das Bier war warm geworden und schmeckte auch nicht mehr besonders gut. Eigentlich hatte er gar keinen Durst, geschweige denn Lust auf ein Bier.

»Hast du Angst, dass alte Gefühle erwachen könnten und Anna zu ihm zurückgehen könnte?«, fuhr Uwe vorsichtig fort. »Ist das nicht der wahre Grund?«

»Ich weiß es nicht«, antwortete Nick leise und fixierte weiter sein Bierglas vor sich.

»Entschuldige bitte, Nick, aber du spinnst. Anna verlässt dich niemals. Ihr seid quasi für einander gemacht. Glaubst du, sie ist nur wegen des Hauses auf Sylt geblieben? Das hätte sie verkaufen können oder als Ferienhaus nutzen können oder was weiß ich was. Nein, Nick. Du bist der einzige Grund, warum sie hiergeblieben ist. Das war von der ersten Minute an klar. Ich muss es wissen, schließlich war ich dabei. Vergiss nicht, was ihr in der kurzen Zeit schon alles zusammen durchgemacht habt. Glaub mir, euch verbindet viel mehr, als du denkst.«

»Das will ich gar nicht in Frage stellen. Aber ich könnte es nicht ertragen, Anna zu verlieren. Und als ich diesen Kerl bei uns zu Hause gesehen habe, habe ich überreagiert.«

»Vermutlich. Dann solltest du jetzt lieber bei Anna sein und nicht mit mir Bier trinken. Los, sieh zu, dass du nach Hause kommst! Wir sehen uns doch morgen sowieso. Wir trinken ein anderes Mal etwas zusammen. Dann schmeckt es wenigstens richtig und macht mehr Spaß.«

»Wahrscheinlich hast du recht. Danke, Uwe!«
»Nicht nur wahrscheinlich, ganz bestimmt sogar.«
Uwe lächelte und klopfte seinem Kollegen freundschaftlich auf den Rücken. Nick war aufgestanden, trank schnell sein Glas leer, legte einen Geldschein auf den Tisch und machte sich auf den Weg nach Hause.

Ich brauchte ebenfalls frische Luft, hatte mir Pepper geschnappt und war mit ihm an den Strand nach Rantum gefahren. Hier lief ich am liebsten. Auf dem Parkplatz stand lediglich ein weiteres Auto, und nur wenige Spaziergänger waren unterwegs, denn es wurde bereits langsam dunkel. Aber das war mir egal. Ich hatte diesen unbeschreiblichen Wunsch verspürt, am Meer zu laufen. Der Wind zerzauste mein langes Haar, und ich atmete die salzige Luft tief ein. Ich spürte bei jedem bewussten Atemzug, wie sich meine Lungen damit vollsogen. Am Strand konnte ich Kraft tanken und zur Ruhe kommen. Hier tanzten meine Sinne, und ich fühlte mich frei und konnte meine Gedanken sortieren. Ich lief eine Weile an der Wasserkante entlang, ließ alles Revue passieren und beschloss schließlich, Marcus das Geld dieses Mal nicht zu geben. Nicht, weil Nick es vermutlich nicht für gutheißen würde und auch nicht, weil ich mich an Marcus in irgendeiner Weise rächen wollte, sondern weil ich es nicht wollte. Ich war sicher, dass es nicht die Hilfe gewesen wäre, die Marcus brauchte. Marcus musste endlich lernen, Verantwortung für sein Handeln zu übernehmen. Wenn ich ihn unterstützen würde, würde es nicht lange dauern und er würde erneut vor unserer Tür stehen mit einer weiteren Forderung. Und er würde vermutlich abermals beteuern, dass er mir alles zurückzahlen würde, was er allerdings nicht tun würde. Es würde endlos so weitergehen, und ich würde nie zur Ruhe kommen. Durch meine Erbschaft, die ich gemacht hatte, wäre ich durchaus in der Lage gewesen, eine Summe in der Höhe, wie Marcus sie benötigte, aufzubringen, aber darum ging es letztendlich gar nicht. Selbst wenn er von irgendwelchen Leuten bedroht wurde, würden sie ihn vermutlich nicht gleich umbringen, beruhigte ich mich. Schließlich wollten sie ihr Geld zurückbekommen. Vielleicht tat es ihm ganz gut, dass er ein bisschen unter Druck geriet, dachte ich. Das würde ihm vielleicht endlich eine Lehre sein. Ich musste Nick zustimmen, Marcus war alt genug und musste mit den Konsequenzen für sein Handeln allein zurechtkommen. Es war allerhöchste Zeit. Ich war nicht verantwortlich für ihn und brauchte kein schlechtes Gewissen haben.

Ich rief nach Pepper, der ein ganzes Stück vor mir her lief, und machte mich auf den Rückweg zum Parkplatz. Ich sehnte mich plötzlich nach Nick und hoffte, er würde da sein, wenn ich nach Hause kam.

Als ich mit meinem Wagen auf dem Parkplatz vor unserem Haus ankam, nahm ich erleichtert zur Kenntnis, dass Nicks Kombi dort parkte. Ich stieg aus und ging mit Pepper ins Haus. In der Diele legte ich meine Jacke ab, zog die dicken Schuhe aus, an denen trotz sorgfältigen Abklopfens ein Rest Sand klebte, und ging auf Socken in den Wohnbereich. Dort war das Licht eingeschaltet, aber von Nick weit und breit nichts zu sehen. In der Küche war er nicht, denn dort brannte kein Licht. Das hatte ich gesehen, als ich die Haustür aufschloss. Da hörte ich oben das Wasser der Dusche rauschen. Pepper hatte es sich in seinem Körbchen bequem gemacht und schlief. Er war vom ausgiebigen Toben am Strand müde. Ich ging die Treppe nach oben ins Schlafzimmer, von dem aus man ins Badezimmer gelangte. Die Schiebetür war nicht ganz geschlossen. Ich schob sie ein Stück weiter auf und schlüpfte durch den Spalt hindurch. Ein feiner Nebel aus warmem Wasserdampf schlug mir entgegen, ähnlich wie in einer Dampfsauna. Neben der Dusche lagen Nicks Laufsachen auf dem Boden. Er war früher zurückgekommen und wohl eine Runde joggen gewesen. Ich konnte die Silhouette seines wohlgeformten Körpers durch die satinierte Scheibe der Duschabtrennung sehen, und ein angenehm warmes Gefühl durchfuhr mich. Er schien mich ebenfalls bemerkt zu haben, denn er drehte sich zu mir um. Doch er stellte das Wasser nicht ab, sondern zog mich wortlos, bekleidet wie ich war, zu sich unter den warmen Wasserstrahl. Wir begannen uns leidenschaftlich zu küssen. Dabei wanderten unsere Hände begierig jeweils über den Körper des anderen. Ein durchnässtes Kleidungsstück von mir nach dem anderen fiel zu Boden.

Später, als wir in der Küche saßen und zu Abend aßen, sagte ich: »Ich habe übrigens beschlossen, Marcus das Geld nicht zu geben, egal, was passiert oder wer ihm auf den Fersen ist. Du hattest recht, er ist alt genug und für sein Handeln selber verantwortlich.«

»Anna, das ist allein deine Entscheidung, du musst es nicht mir zuliebe tun. Es ist dein Geld.«

»Das tue ich auch nicht, und es ist unser Geld. Ich möchte, dass du weißt, dass mir Marcus überhaupt nichts mehr bedeutet. Ich war ebenso überrascht wie du, als er plötzlich vor unserer Tür stand. Ich habe ihm klar zu verstehen gegeben, dass er von mir nichts zu erwarten hat.

Hoffentlich hat er es verstanden und kreuzt nie wieder auf.«

Ich fühlte mich gleich viel besser, als ich es ausgesprochen hatte.

»Es tut mir leid, dass ich weggegangen bin. Ich weiß auch nicht, was mit mir los war.«

Nick hatte den Kopf schuldbewusst gesenkt, sah mich entschuldigend an und lächelte.

»Es ist okay. Ich glaube, wir haben uns beide blöd benommen. Aber die ganze Sache ist es nicht wert, dass wir uns deshalb streiten. Und schon gar nicht wegen Marcus«, sagte ich, schenkte ihm ebenfalls ein Lächeln und streichelte Nicks Hand. »Mit wem warst du verabredet?«

»Mit Uwe, aber ich war nicht lange dort. Wir wollten ein Bier zusammen trinken, aber ich bin lieber nach Hause gefahren. Da du nicht zu Hause warst, habe ich kurzerhand beschlossen, mir meinen Frust abzulaufen. Kann nicht schaden. Der Frühling ist da und der Sommer auch nicht mehr fern.«

Er zeigte auf seinen Bauch und verzog das Gesicht zu einer Grimasse.

»Sicher, du hast es gerade nötig.«

Ich rollte mit den Augen und musste schmunzeln. Nick hatte einen Körper, dessen Anblick jede Frau schwach werden ließ, mich eingeschlossen. Da fiel mir spontan der Satz meiner Mutter ein, als sie Nick das erste Mal gesehen hat.

»Ein Bild von einem Mann«, hatte sie gesagt – und da war er vollständig bekleidet gewesen.

»Ich habe übrigens angefangen, unsere Gästeliste zu vervollständigen. Wenn du morgen Zeit hast, könnten wir gemeinsam drübersehen. Es wird höchste Zeit, dass wir die Einladungen verschicken«, stellte ich fest.

»Stimmt. Morgen habe ich nichts vor nach Feierabend. Bis auf eine kleine Überraschung morgen Abend. Was steht bei dir an morgen?«

»Eine Überraschung? Was denn?«

»Wird nicht verraten, sonst ist es ja keine Überraschung mehr. Also, wie sieht dein Plan für morgen aus?«

»Bitte!«, bettelte ich und setzte einen verführerischen Blick auf.

Aber Nick schüttelte nur amüsiert den Kopf.

»Dann halt nicht«, erwiderte ich und machte einen Schmollmund. Doch Nick hatte kein Erbarmen. Daher fuhr ich fort: »Also vormittags wollte ich an meinem Entwurf für das Grundstück in Kampen weiterarbeiten, und um 15 Uhr bringt Britta Ben und Tim zum Klavierunterricht vorbei. Aber im Anschluss stehe ich dir voll und ganz zur Verfügung.«

»Klingt ausgezeichnet.«

Nick nickte zufrieden.

KAPITEL 8

Um kurz nach 10.00 Uhr morgens klingelte mein Handy, das neben mir auf dem Schreibtisch lag. Ich war so in meine Arbeit vertieft, dass ich erschrocken zusammenfuhr, denn ich hatte vergessen, es nach meinem gestrigen Strandausflug leiser zu stellen. Normalerweise tat ich das immer, wenn ich arbeitete. Brittas Name leuchtete auf dem Display auf. Ich nahm das Gespräch entgegen.

»Hallo, Britta! Was gibt's? Ihr sagt nicht etwa den Unterricht heute Nachmittag ab, oder?«

»Hallo, Anna, nein, es bleibt dabei. Ich bringe die Jungs heute wie besprochen bei dir vorbei. Sie haben sogar eifrig geübt. Ich hätte nie gedacht, dass sie wirklich am Ball bleiben würden und das Klavierspielen so ernst nehmen. Es scheint ihnen wirklich viel Spaß zu machen. Du bist eine tolle Lehrerin. Und das sind nicht meine Worte.«

»Sie sind auch äußerst talentiert. Es macht richtig Spaß, mit ihnen zu üben. Aber weswegen rufst du an?«, wollte ich wissen.

»Ich möchte dich um einen Gefallen bitten. Es ist allerdings ein bisschen heikel. Und bitte halte mich nicht für hysterisch.«

»Sag schon, worum geht es?«

»Könntest du heute um 13 Uhr nach Munkmarsch fahren?«

»Nach Munkmarsch? Ja sicher, aber was soll ich da?«

Munkmarsch war ein sehr kleiner Ort zwischen Keitum und Braderup an der Wattseite. Bis auf den Yachthafen und einem Hotel der Luxusklasse bot der Ort wenig Spektakuläres, sofern man pure Unterhaltung suchte. Dort ging es beschaulich und ruhig zu.

»Ich habe heute Morgen gehört, wie Jan sich verabredet hat, am Hafen von Munkmarsch. Bitte, Anna, kannst du dich dort umsehen? Vielleicht siehst du ja, mit wem er sich verabredet hat. Dann hätte ich endlich Klarheit. Der genaue Termin ist um 13 Uhr.«

»Du hättest Klarheit, wenn du offen mit ihm reden würdest. Aber gut«, seufzte ich, »wenn es dir hilft. Aber du weißt schon, dass ich kein Freund von solchen Aktionen bin, oder?«

»Ich weiß, ich weiß, aber bitte tu es für mich! Ich wäre dir unendlich dankbar«, flehte sie mich an. »Und Pepper lässt du besser zu Hause, sonst erkennt Jan dich an dem Hund.«

»Schon gut, ich mache es. Weißt du übrigens, wer mich gestern besucht hat? Hier zu Hause?«

»Nein, keine Ahnung. Wer?«

»Marcus!«

Britta verschlug es für einen kurzen Augenblick glatt die Sprache. Und das sollte wirklich etwas heißen.

»Das glaube ich nicht! Marcus ist auf Sylt? Dafür hat er also deine Adresse benötigt. Das hätte ich mir gleich denken können. Wieder mal einer seiner miesen Tricks. Der ändert sich nicht mehr. Und was wollte er von dir?«

»Na, dreimal darfst du raten. Geld natürlich, was wohl sonst! Ein Inkassounternehmen ist ihm auf den Fersen, hat er jedenfalls behauptet. Aber ich habe ihm nichts gegeben und werde es auch nicht tun. Du kannst ganz beruhigt sein.«

»Das will ich schwer hoffen. Was hat Nick dazu gesagt?«

»Die beiden mögen sich nicht besonders, wie du dir vorstellen kannst. Nick kam gerade nach Hause, als Marcus bei uns auf dem Sofa saß. Es war ein stiller Revierkampf. Ich habe Marcus klargemacht, dass es sich zwischen uns ein für allemal erledigt hat und er von mir keinerlei Unterstützung zu erwarten hat. Ich denke, er hat es verstanden. So schlecht kann es ihm nicht gehen, denn er konnte sich einen unangebrachten Seitenhieb in Bezug auf meine Beziehung zu Nick nicht verkneifen. Und das war nicht die einzige Unverschämtheit. Aber mit Details möchte ich dich lieber verschonen.«

»Typisch Marcus. Hoffentlich bist du ihn endgültig los«, sagte Britta. »Bislang hat er es immer wieder geschafft, dich weichzukriegen. Bleib bloß hart.«

»Darauf kannst du dich verlassen. Ich rufe dich an, wenn ich etwas wegen der Sache mit Jan herausgefunden habe. Aber es ist bestimmt völlig harmlos. Du wirst sehen! Ich werde mich pünktlich in Munkmarsch auf die Lauer legen.«

Um 12.30 Uhr machte ich mich auf den Weg nach Munkmarsch. Pepper ließ ich zu Hause, auch wenn es albern war. Er sah mich verwundert mit großen Augen an und legte den Kopf schief, als ich mir die Jacke anzog und anschließend nicht seine Leine in die Hand nahm.

»Pepper, nun guck nicht so traurig. Ich komme gleich wieder. Herrchen kommt heute auch früher. Dann drehen wir gemeinsam eine ausgiebige Runde am Strand. Sei schön brav und mach keinen Blödsinn! Pass gut aufs Haus auf«, sagte ich zu ihm und zog die Haustür hinter mir zu.

Sein Blick war herzerweichend, und ich wäre beinahe

schwach geworden und hätte ihn doch mitgenommen. Dann stieg ich in meinen Wagen und fuhr los. Als ich Munkmarsch erreicht hatte, suchte ich eine Abstellmöglichkeit für mein Auto und parkte schließlich in einer Seitenstraße. Ich stieg aus und schlenderte zu Fuß in Richtung Hafen. Mein langes Haar hatte ich unter einer dunkelblauen Baseballkappe verborgen und den Kragen meiner Daunenjacke hochgeschlagen. So hoffte ich, würde mich Jan nicht gleich erkennen, falls er mir begegnete. Ich kam mir bei diesem Detektivspiel albern vor. Aber was tat man nicht alles für seine beste Freundin. Ich hoffte von ganzem Herzen, dass Jan sich nicht mit einer Frau treffen würde, denn ich wusste nicht, wie ich es Britta beibringen sollte, wenn es wirklich so sein sollte. Die Uhr auf meinem Handy zeigte an, dass es genau 13 Uhr war. Ich sah mich suchend um, aber von Jan war weit und breit nichts zu erkennen und auch nicht von seinem Wagen mit der markanten Aufschrift des Hotels mit dem großen Stern. Das Auto wäre mir sofort ins Auge gefallen. Britta konnte nicht näher beschreiben, wo genau Jan verabredet war. Vielleicht saß er im Restaurant ›Fährhaus‹, das direkt am Hafen lag. Ich ging ans Wasser und setzte mich dort auf eine Bank. Die Strahlen der Aprilsonne wärmten angenehm mein Gesicht. Meine Sonnenbrille hatte ich dummerweise im Auto liegen lassen. Die hätte ich gut gebrauchen können, schon allein zu Tarnungszwecken. Aber nur aus diesem Grund wollte ich nicht zurück zum Wagen gehen. Ich sah umher und betrachtete die einzelnen Boote, eingebettet in die malerische Umgebung des Hafens. Der eine oder andere Bootsinhaber war gerade dabei, sein Wasserfahrzeug für die neue Saison fit zu machen und die letzten Spuren des Winters endgültig zu beseitigen. Überall an Deck wurde geschrubbt, gestrichen und gearbeitet. Der Hafen von Munkmarsch war ursprünglich der wichtigste Fährhafen auf Sylt, bevor er seine Bedeutung diesbezüglich verlor und der künstlich geschaffene Hindenburgdamm die wichtigste Verbindung zwischen Festland und Insel wurde. Einst kamen die Touristen mit dem Schiff in Munkmarsch an und fuhren anschließend mit Kutschen oder der Inselbahn weiter in die anderen Orte. Das war aber schon viele Jahrzehnte her. Heutzutage kamen die meisten Urlauber mit ihren eigenen Fahrzeugen und wurden per Autozug über den Hindenburgdamm auf die Insel transportiert. Oder sie reisten ganz bequem mit dem Flugzeug an. Der Hafen war mittlerweile ein beliebter Ort bei Seglern, auch wenn er nur gezeitenabhängig erreichbar war.

Als ich so umherblickte, tauchte plötzlich unten am Wasser eine Gestalt auf. Bei dem Mann handelte es sich tatsächlich um Jan. Ich erkannte ihn sofort an seiner roten Jacke, die er meistens trug. Ich faltete meine mitgebrachte Karte von Sylt aus und tarnte mich so als Tourist. Dahinter konnte ich mich verstecken und trotzdem alles beobachten, ohne erkannt zu werden. Ich kam mir in diesem Augenblick lächerlich vor. Ich sah Jan, der den Arm hob und zielgerichtet auf jemanden zuging. Und dann erblickte ich sie. Eine große schlanke Frau mit langem blondem Haar, das sie zu einem dicken Zopf geflochten hatte. Sie trug eine dunkle Sonnenbrille, die sie nun abnahm. Jan gab ihr die Hand zur Begrüßung. Er lachte freudestrahlend, und sie erwiderte sein Lachen. Ich konnte nicht glauben, was sich vor meinen Augen abspielte. Jetzt legte Jan seine Hand zwischen ihre Schulterblätter und geleitete sie in das Restaurant. Er hielt ihr galant die Tür auf, und beide verschwanden darin. Ich saß wie gelähmt auf meiner Bank und ließ die Karte auf meine Knie sinken. Mir war fast ein bisschen schlecht. Was sollte ich nun machen? Ebenfalls in das Restaurant gehen? Mich vor den beiden aufbauen und Jan darin erinnern, dass er eine Frau und zwei Kinder hatte, die zu Hause warteten? Nein, ich würde mich lächerlich machen. Dazu fehlte mir schlichtweg der Mut. Obwohl, wenn ich so richtig in Rage geriet, war ich zu ganz anderen Dingen fähig, wie ich vor gar nicht langer Zeit erst feststellen konnte. Allerdings war dies mit der jetzigen Situation überhaupt nicht zu vergleichen gewesen. Was aber sollte ich tun? Britta anrufen, damit sie sich selbst vor Ort von ihrem untreuen Ehemann überzeugen konnte? Oh Gott, Britta, kam es mir in den Sinn. Sie wartete vermutlich sehnsüchtig jede Minute auf meinen Anruf, um zu hören, dass alles ganz anders war, als sie annahm. Und jetzt das! Ich beschloss, ein Stück näher an das Restaurant heranzugehen. Vielleicht konnte ich einen Blick auf die beiden erhaschen. Allerdings musste ich dabei vorsichtig sein, dass ich nicht erkannt wurde. Jan würde mir niemals glauben, dass ich zufällig hier herumschlich. Schon gar nicht in meinem Aufzug. Das würde ich mir nicht einmal selbst glauben. Außerdem konnte ich nicht überzeugend lügen. Das konnte ich noch nie. Ich faltete die Karte zusammen, steckte sie in meine Handtasche und steuerte mit stetig wachsendem Unbehagen auf das Restaurant zu. Langsam ging ich an den geparkten Autos davor vorbei und schielte immer wieder durch die Scheiben in den Gastraum. Dann erblickte ich Jan. Zu meinem Glück saß er mit seiner Begleiterin direkt an einem der Fenster, den Rücken zu mir gekehrt. Sie schienen sich prächtig zu amüsieren, denn die Frau lachte herzlich. Ich wusste gar nicht, dass Jan so ein Charmeur sein konnte. Ein Kellner brachte gerade zwei Tassen Kaffee und stellte sie vor ihnen auf dem Tisch ab. Ich fühlte mich so hilflos und gleichzeitig wütend. Es versetzte mir einen Stich ins Herz, wenn ich an Britta dachte. Das hätte ich Jan niemals zugetraut. Auch Nick hatte sich offensichtlich in Jan getäuscht. Konnte man denn niemandem mehr vertrauen? Plötzlich spürte ich meine Blase. Ich musste dringend auf die Toilette. Ich hätte zu Hause gehen sollen. Vor allem, weil ich den ganzen Vormittag so viel grünen Tee getrunken hatte. Kurzerhand betrat ich den Eingangsbereich des Restaurants und fragte eine Kellnerin, ob ich die Toilette benutzen dürfte. Sie nickte mir freundlich zu und zeigte in die Richtung, in die ich umgehend verschwand. Als ich zurückkam, konnte ich einen kurzen Blick in den Gastraum werfen. Es war nicht viel los um diese Zeit. Da saß noch immer Jan mit seiner blonden Begleitung. Sie war wirklich eine sehr attraktive Erscheinung. Ich schätzte sie auf höchstens Ende 30 und somit älter als Britta. Aber ich konnte mich täuschen. Im Schätzen war ich wirklich nicht gut, schon gar nicht, wenn es darum ging, das Lebensalter von Personen zu erraten. Die Frau und Jan waren in irgendwelche Unterlagen vertieft, die vor ihnen ausgebreitet auf dem Tisch lagen. Sofort keimte Hoffnung in mir auf, dass es sich um ein geschäftliches Treffen zwischen den beiden handelte. Ich hatte den Gedanken gerade zu Ende gedacht, da registrierte ich, wie Jan seine Hand auf den Unterarm der Frau legte und sie ihn daraufhin anlächelte. Ich bekam fast keine Luft bei diesem Anblick und verließ schleunigst das Restaurant. Draußen vor der Tür atmete ich tief durch und machte mich zurück auf den Weg zu meinem Wagen. Ich hatte genug gesehen.

Ich überlegte, was ich als Nächstes machen sollte. Ich musste Britta erzählen, was ich beobachtet hatte, es half alles nichts. Sie musste die Wahrheit erfahren und ihren Mann zur Rede stellen. Je eher, desto besser. Das war die einzige Möglichkeit, auch wenn es nicht die angenehmste Aufgabe war. Völlig in meine Gedanken vertieft, erschrak ich fast zu Tode, als neben mir plötzlich ein Wagen hielt und eine Männerstimme meinen Namen rief.

»Hallo, Anna! Warte!«

Ich sah zu der Seite, von der die Stimme kam, und erkannte Marcus durch die heruntergelassene Scheibe seines Wagens.

»Lass mich endlich in Ruhe, Marcus. Ich dachte, ich hätte mich gestern klar genug ausgedrückt. Du bekommst von mir kein Geld.«

»Können wir nicht noch einmal darüber reden? Bitte! Anna!«

Er hielt an und sprang aus dem Wagen. Dann kam er über die Straße gelaufen, stellte sich direkt vor mich und packte mich mit beiden Händen an den Schultern.

»Lass mich augenblicklich los!«, forderte ich ihn lautstark auf, sodass einige Passanten auf der gegenüberliegenden Straßenseite zu uns herübersahen.

Aber es war mir egal, ihnen anscheinend ebenfalls, denn sie gingen unbekümmert weiter.

»Schon gut«, sagte Marcus beschwichtigend und ließ mich los. »Bitte, können wir nicht vernünftig miteinander reden wie erwachsene Leute?«

»Nein, können wir nicht. Da gibt es nichts mehr zu reden. Und jetzt sage ich es dir zum letzten Mal: Lass mich in Frieden, Marcus! Wir haben rein gar nichts mehr miteinander zu tun. Ich bin für deine Probleme nicht zuständig. Ich habe dir in der Vergangenheit oft genug geholfen. Jetzt ist endgültig Schluss damit. Hast du das verstanden? Und wage es bloß nicht, mich noch mal anzufassen.«

»Was dann? Schickst du mir sonst deinen Superbullen auf den Hals?«, erwiderte Marcus und bekam einen seltsamen Gesichtsausdruck, der mich erschauern ließ.

»Nick hat mit der ganzen Sache nichts zu tun. Halt ihn da raus«, sagte ich und versuchte selbstbewusst zu klingen.

Meine Stimme bebte vor Anspannung, und ich hatte plötzlich Angst vor Marcus, wollte es aber unter keinen Umständen zeigen. In solch einer Verfassung hatte ich ihn noch nie erlebt. Er war mir gegenüber zuvor niemals handgreiflich geworden, das musste ich ihm lassen. In diesem Augenblick fuhr ein Auto an uns vorbei. Der Fahrer verlangsamte sein Tempo und ließ die Scheibe herunter. Ich erkannte sofort den großen Stern seitlich auf dem Wagen.

»Alles okay, Anna? Brauchst du Hilfe? Kann ich dich mitnehmen?«

Es war Jan. Doch gerade in diesem Moment wurden jegliche Geräusche vom Dröhnen der Triebwerke eines Flugzeuges übertönt, das gerade zum Landeanflug auf Sylt ansetzte und man sein eigenes Wort nicht mehr verstand. Dieser riesige Vogel aus Stahl wirkte ein bisschen unheimlich, wie er schwerfällig zwischen den grauen Wolkenfetzen am Himmel immer tiefer über uns hinweg schwebte. Man konnte den Eindruck gewinnen, er würde jeden Augenblick herunterfallen. Es blieb mir ein Rätsel, wie solch ein tonnenschwerer Koloss überhaupt in der Luft bleiben konnte. Normalerweise nahmen die Flugzeuge die Route über Keitum, wenn sie die Insel ansteuerten. Sicherlich hatte dieser Kurswechsel einen Grund, überlegte ich und sah der Maschine nach.

»Ja, ja, es ist alles in Ordnung, Jan! Ich komme zurecht! Du brauchst mich nicht mitnehmen, ich bin selbst mit dem Wagen da. Aber danke!«, antwortete ich, als das Grollen langsam verebbte.

Ausgerechnet Jan sollte meine Rettung sein? Die Situation erschien mir mehr als grotesk. Marcus hatte sein Gesicht abgewendet, als wolle er nicht von Jan erkannt werden.

»Okay, wie du willst! Dann viele Grüße an Nick!«, rief Jan, bevor er weiterfuhr.

Ich winkte ihm freundlich zu und kam mir gleichzeitig wie eine Verräterin vor.

»Ich glaube, er hat mich nicht erkannt«, sagte Marcus, als Jans Wagen außer Sichtweite war.

»Er weiß vermutlich ohnehin, dass du auf Sylt bist. Ich habe es Britta erzählt.«

»Typisch! Weiberkram«, zischte Marcus wütend.

»Mach's gut, Marcus!«, erwiderte ich lediglich und war im Begriff, mich umzudrehen, als Marcus sich mir erneut in den Weg stellte.

In der jetzigen Situation bereute ich es zutiefst, dass ich Pepper zu Hause gelassen hatte. Marcus hätte es vermutlich niemals gewagt, mich nur anzurühren, wenn der Hund dabei gewesen wäre. Er hatte schon immer panische Angst vor großen Hunden gehabt. Das war eindeutig nicht mein Tag heute.

»Ist das wirklich dein absolut letztes Wort, Anna?«, fragte er und sah mich eindringlich an.

»Ja, Marcus, und jetzt lass mich bitte vorbei, wenn du

nicht willst, dass ich gleich einen riesigen Aufstand veranstalte.«

Wider Erwarten machte er demonstrativ einen Schritt zur Seite und ließ mich passieren. Ohne ein weiteres Wort ging er über die Straße, stieg in seinen Wagen und fuhr weg, ohne mich eines Blickes zu würdigen. Verblüfft sah ich ihm einen Augenblick nach und machte mich auf den Weg zu meinem Auto. Als ich hinterm Steuer saß und die Fahrertür geschlossen hatte, bemerkte ich, wie meine Hände zitterten. Britta wollte ich nicht sofort, sondern erst später anrufen, wenn ich mich gefangen hatte. Ich war momentan emotional zu aufgewühlt, um mit ihr vernünftig sprechen zu können. Plötzlich sehnte ich mich nach Nicks Nähe. Er vermittelte mir stets das Gefühl von Ruhe und Geborgenheit. Ich bog mit meinem Wagen auf die Hauptstraße und weiter nach Wenningstedt ab, weil ich auf dem Weg schnell beim Bäcker ein Brot kaufen wollte. Als ich durch Braderup fuhr, bemerkte ich einen schwarzen Wagen, der mir dicht folgte und beinahe aufgefahren wäre.

»Dann überhol doch, du Blödmann!«, schimpfte ich laut vor mich hin und blickte wütend in den Rückspiegel. Diese Drängelei konnte ich überhaupt nicht ausstehen. »Ist doch genügend Platz!«

Aber der Fahrer machte keinerlei Anstalten zu überholen, sondern klebte lieber weiterhin an meiner Stoßstange.

Uwe kam mit einem Blatt Papier in der Hand an Nicks Schreibtisch und hielt es ihm vor die Nase.

»Was ist das?«, erkundigte sich Nick und sah von seinem Computerbildschirm auf.

»Ist eben reingekommen. Eine Vermisstenanzeige. Sieh selbst!«

Nick nahm ihm den Ausdruck mit dem Foto darauf ab und überflog den Text: Viola Schröffner, 26 Jahre alt, 1,70 Meter, grüne Augen, groß, schlank, bekleidet mit Jeans und einer leichten grauen Daunenjacke, wohnhaft in Hamburg, zuletzt gesehen am 29. März zu Fuß am Hamburger Hauptbahnhof. Das Bild zeigte eine junge hübsche Frau mit langen dunklen Haaren. Sie hatte ein attraktives Gesicht und lachte selbstbewusst in die Kamera. Ein bisschen erinnerte sie ihn an Anna. Aber Anna war wesentlich hübscher. Die Frau auf dem Foto hatte einen überheblichen Gesichtsausdruck, fand Nick, ihr Lachen wirkte künstlich.

»Sieht gar nicht übel aus, was?«, stellte Uwe beim erneuten Betrachten des Bildes fest.

»Hm, geht so. Haben wir darüber hinaus Anhaltspunkte zu ihrem Verschwinden? Hintergründe, die ein Verschwinden erklären könnten? Von wem wurde sie zuletzt gesehen?«, wollte Nick wissen.

Uwe ließ sich ihm gegenüber auf seinen Schreibtischstuhl fallen, sodass dieser sich gefährlich nach hinten neigte und ein ächzendes Geräusch von sich gab. Lange würde das Möbelstück diese Strapazen nicht mehr überstehen, befürchtete Nick. Uwe hatte den Winter über noch an Gewicht zugelegt. Er musste dringend etwas für seine Gesundheit tun. Nick hatte sich vorgenommen, mit seinem Freund bei passender Gelegenheit darüber zu sprechen. Aber der Zeitpunkt musste stimmen, schließlich wollte er ihm nicht zu nahe treten. Uwe sollte es unter keinen Umständen falsch verstehen. Es war ein heikles Thema, denn manche Kollegen machten sich bereits hinter seinem Rücken über ihn lustig.

»Nein. Wir wissen nur, dass die junge Frau seit einigen

Tagen vermisst wird. Sie wird auf der Insel vermutet. Sie kommt öfter her, wenn sie sich eine Auszeit gönnt. Sie hatte angeblich Ärger mit ihren Eltern. Scheint eine von diesen verwöhnten Töchtern zu sein, die sich in der Weltgeschichte herumtreiben. Die Eltern haben bei den Hamburger Kollegen ausgesagt, dass sie fest annehmen, dass sich ihre Tochter, Viola, vermutlich im Ferienhaus ihrer Familie aufhalten könnte.« Uwe rollte mit den Augen, als er den Vornamen aussprach. »Das hat sie wie gesagt schon öfter gemacht. Nur dieses Mal können sie sie telefonisch nicht erreichen. Auch die Nachbarn haben sie nicht gesehen. Und das ist ungewöhnlich. Sonst finden regelmäßig wilde Partys in dem Haus in Kampen statt. Nicht selten wurden unsere Kollegen gerufen, weil die jungen Herrschaften es etwas zu bunt getrieben haben.«

»Warum suchen die Eltern nicht selbst nach ihr, wenn sie annehmen, dass sie hier ist? Mit 26 Jahren ist sie eine erwachsene Frau und muss sich schließlich nicht bei ihren Eltern abmelden. Vielleicht will sie gar nicht gefunden werden und ist untergetaucht. Hat das schon jemand in Erwägung gezogen? Wir haben doch wirklich andere Sachen zu tun«, sagte Nick mit leicht verärgerter Stimme.

»Das darfst du mich nicht fragen. Die Familie hat mehrfach versucht, sie zu erreichen, aber sie geht nicht an ihr Handy, und langsam machen sich alle ernsthaft Sorgen. Allerdings gehen die Kollegen auf dem Festland nicht von einem Entführungsfall aus, da sich bislang kein Kidnapper gemeldet hat. Eine Lösegeldforderung gibt es auch nicht. Die Herrschaften sind etwas betuchter, wenn du verstehst, was ich meine. Und sie sind mit dem Polizeipräsidenten befreundet. Noch Fragen?«

Uwe zog eine Grimasse.

»Na, toll«, stöhnte Nick, »daher weht der Wind. Dann dürfen wir den persönlichen Babysitter spielen und das verwöhnte Töchterchen auf der ganzen Insel suchen, während sie sich vermutlich ein schönes Leben macht und nur ihre Eltern ärgern will. Großartig!« Er sah auf seine Uhr. »So, aber jetzt ist Schluss. Heute muss ich pünktlich weg. Die Zwillinge von Britta und Jan kommen gleich zum Klavierunterricht, und ich habe Anna versprochen, sie bei der Hausarbeit zu unterstützen. Sie hat schließlich zu tun. Sie hat übrigens einen äußerst lukrativen Auftrag für eine Grundstücksgestaltung in Kampen erhalten, an dem sie arbeitet. Der Haushalt kann nicht nur an Anna hängenbleiben.«

»Kein Problem, geh nur. Dann ist also alles okay bei euch?«, erkundigte sich Uwe.

»Ja, es war für uns beide eine blöde Situation, als Marcus so unerwartet aufgetaucht ist. Aber es ist alles wieder in Ordnung. Wir haben darüber gesprochen. Heute Abend entführe ich Anna ins ›Sylter Stadtgeflüster‹. Es soll eine Überraschung werden.«

»Das freut mich zu hören.« Uwe wirkte zufrieden. Dann griff er neben sich und zog eine Akte von dem dicken Stapel vor sich. »Ich werde Papierkram erledigen, sonst kommt man ja nicht dazu. Tina ist heute Abend beim Sport und kommt ohnehin später. Ich wünsche euch beiden jedenfalls einen schönen Abend. Genießt das fantastische Essen. Bis morgen dann! Und Grüße an Anna! Vielleicht können wir uns alle mal wieder zum gemeinsamen Kochen treffen. Tina hat auch schon gefragt, ob ihr Lust dazu hättet.«

»Gerne, ich werde es mit Anna besprechen. Tschüss!«

Nick griff nach seiner Jacke und verließ das Polizeirevier.

Ich erwachte mit stechenden Kopfschmerzen, schlug die Augen auf und stellte fest, dass mein Nacken schrecklich wehtat. Wo war ich? Was war passiert? Um mich herum war es absolut dunkel. Nur ein schwacher Lichtstrahl drang durch eine kleine Öffnung etwas oberhalb von mir und bildete einen dünnen Lichtkegel an der Wand. Ich versuchte mich zu erinnern, was überhaupt geschehen war, aber ich hatte jegliche Erinnerung und Orientierung verloren. Ich setzte mich auf und sah mich um. Meine Sitzgelegenheit erwies sich bei näherer Betrachtung als eine dünne Matratze direkt auf dem Fußboden. Das war alles, was ich im ersten Moment im Dämmerlicht erkennen konnte. Dann befühlte ich mit einer Hand vorsichtig meinen Nacken. An einer Stelle schmerzte er besonders stark, wie nach einem heftigen Schlag. Eine leichte Schwellung war zu erfühlen. Ich sah an mir herunter und konnte erleichtert feststellen, dass ich vollständig bekleidet war und meine Kleidung intakt. Sie wies keinerlei Beschädigungen oder Verschmutzungen auf. Vermutlich war ich nicht mit roher Gewalt hierher gebracht worden, denn offensichtliche Verletzungen an meinem Körper konnte ich nicht feststellen. Doch warum war ich hier? Die Fragen in meinem Kopf kreisten wild durcheinander. Fest stand, dass ich mich in einem Raum ohne Fenster befand, in dem es außer dieser Matratze keine weiteren Möbel gab. Jedenfalls sofern ich es im ersten Augenblick erkennen konnte. Mir war kalt und die Luft hier drinnen abgestanden. Es roch modrig wie in einem alten feuchten Kellerraum. Im Laufe der Zeit gewöhnten sich meine Augen an die spärlichen Lichtverhältnisse. Bei dem Versuch aufzustehen, wurde mir augenblicklich schwindlig, und in meinem Kopf hämmerte es. Ich ließ mich gleich wieder auf der Matratze nieder und starrte in die Dunkelheit. Dann wagte ich einen erneuten Anlauf und stand auf. Dieses Mal etwas langsamer, um meinen Kreislauf nicht zu überlasten. Ich hatte keine Vorstellung, wie lange ich bewusstlos auf der Matratze gelegen hatte. Vorsichtig stützte ich mich erst auf die Knie, mit einer Hand an der Wand, und richtete mich dann ganz behutsam auf. Mein Kopf dröhnte, und alles um mich herum drehte sich für einen kurzen Augenblick. Mir wurde schlecht. Ich lehnte mich mit einer Schulter gegen die Wand, bis der Schwindel und die Übelkeit gewichen waren. Dann bewegte ich mich langsam voran und tastete die Wände mit den Händen ab. Sie waren aus Stein und fühlten sich rau an. An einigen Stellen waren sie nass und mit einem moosigen Pelz versehen. Schließlich erreichte ich eine Tür, und mein Herz machte einen kleinen Freudensprung. Ein Ausweg? Die Tür fühlte sich glatt und kalt an und war offenbar aus Metall. Sie schien sehr dickwandig zu sein, denn als ich dagegen klopfte, gab es nur ein leises dumpfes Geräusch. Ich entdeckte eine Türklinke und drückte sie sofort hoffnungsvoll nach unten, aber die Tür ließ sich nicht öffnen. So sehr ich auch daran zog, dagegen trat und mit den Fäusten hämmerte, sie blieb verschlossen und bewegte sich nicht. Neben der Tür fand ich einen Lichtschalter. Voller Hoffnung betätigte ich ihn. Er gab ein leises Klacken von sich. Doch nichts geschah. Ich versuchte es ein zweites Mal. Er funktionierte nicht, ganz egal, wie oft ich den Schalter bediente. Ich war weiterhin von Dunkelheit umgeben. Vermutlich war er defekt, oder vielleicht gab es hier gar keinen Strom. Und dann traf mich die Erkenntnis mit geballter Wucht. Ich war tatsächlich gefangen! Ein Gefühl aus Angst und Panik überrollte mich wie eine riesige Welle. Was war also geschehen? Wie war ich in dieses Gefängnis geraten? Und viel wichtiger war, warum war ich überhaupt hier? Wer hatte mich hierher gebracht? Tränen der Verzweiflung schossen mir in die Augen.

»Hallo! Ist da jemand?«, rief ich erst zaghaft, dann immer lauter, bis ich laut schrie. »Hilfe! Ich will hier raus!«

Aber niemand erwiderte meine Rufe. Sie prallten von den Wänden meines Gefängnisses ab und verschwanden in der Dunkelheit. Scheinbar war ich ganz allein. Ich hatte das Gefühl, dass der Raum jedes meiner Worte fast verschluckte, vor allem aber sehr dämpfte. Das Gebäude musste sehr dicke Mauern haben. Voller Angst rief ich immer wieder um Hilfe. Irgendwann gab ich auf, es schien zwecklos. Wo immer ich war, war außer mir niemand. Meine pure Verzweiflung schlug um in Resignation. Mutlos kauerte ich mich mit dem Rücken gegen die Wand auf die Matratze auf dem Boden, zog die Beine fest an meinen Körper und umschloss sie mit meinen Armen. Mein Kinn stützte ich auf meine Knie und begann leise vor mich hin zu weinen. In dieser Haltung verharrte ich eine ganze Weile und lauschte gebannt nach irgendwelchen Geräuschen von außen. Aber es war nichts zu hören. Gar nichts. Totenstille. Mein Handy, fiel es mir plötzlich ein. Warum war ich nicht viel eher darauf gekommen? Das wäre doch der nächste Schritt gewesen, wenn man irgendwo in Schwierigkeiten steckte. Hektisch suchte ich überall nach meiner Handtasche, in der ich es immer aufbewahrte. Aber so viel ich den Raum auch danach absuchte, meine Tasche war unauffindbar. Mit Schrecken musste ich feststellen, dass ich außer meiner Kleidung, die ich am Körper trug, nichts bei mir hatte, was mir in meiner misslichen Lage von Nutzen sein würde.

Der Kies unter den Reifen knirschte. Nick parkte mit seinem Wagen vor dem Haus. Er wunderte sich, dass Annas Auto nicht auf dem Parkplatz neben seinem stand. Eigentlich müsste sie längst zu Hause sein, dachte er, denn in ein paar Minuten wollte Britta ihre beiden Jungs zum Klavierunterricht vorbeibringen, wie jede Woche um diese Zeit. Vielleicht hatte sie eine Panne mit dem Wagen gehabt und war mit dem Taxi gekommen. Er stieg aus und ging auf das Haus zu. Anna spielte seit ihrer Kindheit sehr gut Klavier, und Brittas Söhne waren an Weihnachten so fasziniert von ihrem Klavierspiel gewesen, dass sie sie überredet hatten, ihnen Unterricht zu geben. Nick schloss die Haustür auf, und Pepper steckte seine Nase durch den Türspalt. Er gab ein leises Winseln von sich und umkreiste schwanzwedelnd sein Herrchen.

»Na, Pepper, wo ist denn Frauchen?«, begrüßte Nick den Hund. »Sweety? Bist du da?«, rief er anschließend.

Doch er erhielt keine Antwort. Es war völlig still im Haus. Noch nicht einmal das Radio lief. Verwundert schloss Nick die Haustür, zog sich die Jacke aus und hängte sie an die Garderobe in der Diele. Dann ging er durchs Haus. Zunächst suchte er das Erdgeschoss nach Anna ab. Aber sie war nirgendwo zu finden. Auch im Obergeschoss war sie nicht. Nick ging nach unten in die Küche. Hier war sie nicht und hatte auch keine Nachricht mit einem Hinweis hinterlassen, wo sie sein könnte. Das passte überhaupt nicht zu ihr. Anna war die Korrektheit und Zuverlässigkeit in Person. Schon allein die Tatsache, dass sie Pepper nicht mitgenommen hatte, beunruhigte Nick, denn sie nahm den Hund fast immer mit. Vielleicht war sie nur ganz kurz weggefahren, weil sie etwas vergessen hatte, und würde jeden Augenblick wiederkommen, überlegte Nick. Er war im Schlafzimmer und hatte sich gerade umgezogen, da hörte er ein Auto vor dem Haus. Eilig lief er die Treppe nach unten. Er öffnete die Haustür und sah, dass Britta mit ihren beiden Söhnen angekommen war.

»Hallo, Britta, Anna ist noch nicht da«, sagte Nick zur Begrüßung.

»Dann kommt sie bestimmt jeden Augenblick«, erwiderte Britta.

»Hallo, Jungs, wie geht's?«, wollte Nick wissen, als die Zwillinge reinkamen, und wuschelte Ben durchs Haar.

»Alles okay«, antwortete Ben und brachte seine Frisur in Ordnung.

»Ich denke, wir sollten ins Wohnzimmer gehen, bis Anna kommt. Ich verstehe nicht, wo sie so lange bleibt.« Nick sah auf seine Armbanduhr.

»Sei doch nicht so nervös, Nick«, versuchte Britta ihn zu beruhigen. »Vielleicht hat sie jemanden getroffen und sich verquatscht. Da vergisst man leicht die Zeit.«

»Das ist nicht Annas Art. Sie ist die Zuverlässigkeit in Person. Das weißt du. Außerdem hasst sie Unpünktlichkeit. Zu dir hat sie nichts gesagt?«

Britta schüttelte den Kopf. Die Jungs spielten in der Zwischenzeit mit dem Hund und knieten auf dem Fußboden.

»Ich hatte gehofft, du wüsstest, wo sie ist. Sie hat keine Nachricht hinterlassen, obwohl sie ja weiß, dass ihr kommt. Über ihr Handy kann ich sie auch nicht erreichen. Da springt nur dauernd die Mailbox an. Das passt gar nicht zu Anna.«

»Dann kommt sie bestimmt gleich. Mach dir keine Sorgen. Vielleicht musste sie nur schnell etwas besorgen und hat das Handy nicht klingeln hören. Das passiert mir ständig. In den Supermärkten dudelt entweder die Musik, oder die Scanner an den Kassen piepsen so laut, dass man sein eigenes Wort nicht versteht.«

Plötzlich flog ein Hundespielzeug in Form eines Igels aus Plüsch quer durch den Raum, direkt an Brittas Kopf vorbei. Nick musste grinsen. Doch Britta fand diese Attacke alles andere als lustig.

»Hey, Jungs! Schluss damit! Wir sind nicht zum Toben hier. Ihr macht wieder so lange …«, mahnte Britta ihre Kinder.

»… bis einer weint! Ja, Mama«, beendeten sie den Satz im Chor und rollten dabei mit den Augen.

»Können wir schon anfangen, bis Tante Anna kommt?«, wollte Tim wissen.

»Ja, macht ruhig«, sagte Nick. Dann an Britta gewandt: »Möchtest du einen Kaffee? Ich könnte einen starken Kaffee vertragen.«

»Wenn es keine Umstände macht, würde ich gerne einen nehmen. Warte, ich komme mit in die Küche. Jungs, ihr macht keinen Unsinn, verstanden?«

Die Zwillinge nickten einstimmig und packten ihre Notenhefte aus. Dann folgte Britta Nick in die Küche. Nick schaltete die Kaffeemaschine ein. Immer wieder fiel sein Blick zu der großen Uhr über der Küchentür. Dann holte er sein Handy aus der Hosentasche und wählte erneut Annas Nummer. Britta beobachtete ihn.

»Und?«, fragte sie, als er aufgelegt hatte.

Aber Nick schüttelte nur ratlos den Kopf.

»Nein, wieder nur die Mailbox. Hoffentlich hat sie

nicht wieder dieser Marcus aufgehalten. Langsam mache ich mir wirklich Sorgen um sie. Das passt nicht zu ihr, sich nicht zu melden«, sagte Nick.

»Sie hat mir erzählt, dass er hier auf der Insel ist. Marcus ist so ein Kapitel für sich, musst du wissen. Er hat Anna immer wieder wehgetan und ihre Gutmütigkeit schamlos ausgenutzt. Und jetzt besitzt er die Dreistigkeit und bittet sie tatsächlich um Geld. Unverschämter geht es kaum. Meinst du, er hat nicht lockergelassen?«

»Keine Ahnung! Du solltest ihn besser kennen als ich. Mir reicht das, was ich von ihm weiß. Und Anna hat mir mit Sicherheit längst nicht alles von ihm erzählt. Dafür ist sie viel zu gut erzogen. Der darf sich jedenfalls warm anziehen, wenn ich ihm noch einmal begegnen sollte.«

Britta musste schmunzeln. Diese emotionale Seite kannte sie an Nick gar nicht. Eigentlich war er eher der ruhige Typ, dessen Gefühlsleben man nur schwer einschätzen konnte.

»Ich kann mir auf jeden Fall nicht vorstellen, dass er irgendetwas von Anna will, von Geld einmal abgesehen. Darum musst du dir absolut keine Sorgen machen. Von Annas Seite ist da nichts mehr. Sie war sowieso viel zu schade für ihn und hat sich lange genug von ihm verschaukeln und herumschubsen lassen, das weiß sie. Außerdem hat sie nur Augen für dich.«

Britta nahm Nick die Tasse mit dem heißen Kaffee ab, die er ihr reichte. Er lächelte. Dann setzten sie sich an den großen Esstisch. Einen Moment saßen sie schweigend da und tranken Kaffee. Nick fuhr mit dem Daumen über den Rand seiner Tasse und schielte immer wieder sehnsüchtig auf das Display seines Handys, das er neben sich auf den Tisch gelegt hatte. Dann brach Britta als Erste das Schweigen.

»Ich habe Anna heute Morgen gebeten, etwas für mich zu erledigen«, begann Britta und sah Nick dabei an, der gerade einen Schluck aus seiner Tasse nahm.

»Was denn erledigen?«, fragte er mit hochgezogenen Augenbrauen und stellte die Tasse ab.

»Es geht dabei um Jan. Ich weiß nicht, ob sie dir etwas erzählt hat.«

Britta war die Situation sichtlich unangenehm, denn sie spielte nervös mit den Fingern an der Kordel ihres Kapuzenshirts.

»Nur am Rande«, sagte Nick und rieb sich das Kinn.

»Jan wollte sich heute Mittag mit jemandem treffen, und ich hatte Anna gebeten, herauszubekommen, mit wem.«

Britta wurde verlegen und senkte den Blick.

»Und? Mit wem hat er sich getroffen?«

»Das weiß ich ja eben nicht. Anna hat sich seitdem nicht gemeldet. Aber ich dachte, da wir uns heute sowieso sehen, würde sie es mir dann persönlich erzählen.«

»Wann war der Termin genau und wo? Und wo ist Jan jetzt?«, fragte Nick aufgeregt.

»In Munkmarsch um 13 Uhr. Aber du glaubst doch nicht, dass Jan etwas mit Annas Verschwinden zu tun hat?«, erwiderte Britta.

»Nein, ganz bestimmt nicht. Aber vielleicht weiß er wirklich irgendetwas. Wir sollten ihn fragen. Wo ist Jan jetzt?«, hakte Nick ungeduldig nach.

»Er ist im Hotel, nehme ich wenigstens an.«

»Ruf ihn bitte gleich an, vielleicht kann er uns weiterhelfen. Eventuell hat er Anna in Munkmarsch sogar gesehen. Ich befürchte, es ist ihr etwas zugestoßen.«

»Das kann ich mir nicht vorstellen. Ich hoffe nicht,

dass Jan mitbekommen hat, dass sie ihn beschattet hat. Das müsste ich dann irgendwie erklären«, sagte Britta und zog ihr Handy aus der Tasche.

»Britta, bitte! Das ist doch wohl das kleinere Problem. Wir müssen Anna finden. Also los, ruf ihn an!«

»Schon gut. Mache ich ja schon.«

Britta wählte, und es dauerte einen Moment, bis Jan sich meldete. Nick verfolgte das Gespräch mit angespannter Miene.

»Und?«, fragte er schließlich, als Britta aufgelegt hatte. »Was hat er gesagt? Hat er sie gesehen?«

»Du hattest recht. Er hat sie tatsächlich heute Mittag in Munkmarsch an der Hauptstraße gesehen. Sie stand dort mit Marcus an der Hauptstraße. Da ist er sich ganz sicher, dass er es war. Das Ganze sah sehr danach aus, als wenn sie sich heftig gestritten haben, hat Jan gesagt. Er hat Anna angeboten, sie mitzunehmen, aber sie hat abgelehnt. Sie hat beteuert, es sei alles in Ordnung und sie wäre selbst mit ihrem Wagen da. Daraufhin ist Jan weitergefahren.«

»Wusste ich es doch! Marcus! Gnade ihm Gott, wenn er Anna auch nur ein Haar gekrümmt hat!«

Nick war von seinem Stuhl aufgesprungen und hätte dabei beinahe seinen Kaffeebecher umgestoßen. Er griff nach seinem Handy und stürmte in die Diele.

»Nick! Was hast du vor?«, rief Britta ihm nach.

»Anna suchen, was sonst. Wäre gut, wenn du hierbleiben könntest, falls sie doch kommt. Und sag mir bitte sofort Bescheid, wenn sie auftaucht oder du etwas von ihr hören solltest. Pepper nehme ich mit. Bis später!«

Mit diesen Worten hatte Nick das Haus verlassen. Britta hörte nur noch die Tür ins Schloss fallen. Sie blieb einen

Moment nachdenklich sitzen, stellte dann die benutzten Tassen in den Geschirrspüler und ging zu ihren Kindern ins Wohnzimmer.

Irgendwann musste ich eingeschlafen sein, denn als ich erwachte, war es draußen bereits stockdunkel. Mir war entsetzlich kalt und mein Nacken ganz steif von der unbequemen Haltung, in der ich geschlafen hatte. Ich begann, mich ganz vorsichtig zu strecken, um den Schmerz zu mildern. Plötzlich hörte ich sich nähernde Schritte und hielt inne. Dann machte sich jemand an der Tür zu schaffen. Instinktiv presste ich mich stärker an die Wand und starrte gebannt in die Richtung, aus der die Geräusche kamen. Ich wusste nicht warum, aber ich wagte nicht, mich bemerkbar zu machen, sondern wartete ab. Mein Herz schlug mir bis zum Hals vor Aufregung. Wer kam gleich durch diese Tür, und was würde mit mir geschehen? Ich gab keinen Mucks von mir, schließlich wusste ich nicht, ob es Freund oder Feind war. Ich hörte einen Schlüssel im Schloss drehen, dann öffnete sich die Tür mit einem leisen Knarren, und der helle Lichtstrahl einer Taschenlampe glitt über den kargen Fußboden bis hin zu meinem Lager. Im Kegel des Lichts tanzten kleine Staubpartikel wie Mücken über einem Wasserloch. Dann wurde ich direkt geblendet und hielt mir schützend eine Hand vor die Augen. Dadurch konnte ich nicht erkennen, wer die Lampe in der Hand hielt. Die Person richtete die Taschenlampe in eine andere Richtung, aber ich konnte trotz allem niemanden erkennen.

»Wer sind Sie?«, fragte ich mit einem Kloß im Hals, da die Gestalt von sich aus nichts sagte. »Warum bin ich hier?«

Die Person machte einige Schritte auf mich zu. Im Schein der Taschenlampe konnte ich große schwarze Schuhe erkennen, die ich zweifelsfrei als Männerschuhe definierte. Auch die Silhouette der Person deutete mehr auf einen Mann hin als auf eine Frau.

»Es wird dir nichts passieren, wenn dein Freund tut, was wir von ihm wollen, und du dich ruhig verhältst«, sagte eine raue Männerstimme mit osteuropäischem Akzent. »Hier, Essen und Trinken.«

Der Mann bückte sich und stellte etwas vor mir ab. Dann drehte er sich um, denn der Lichtkegel der Taschenlampe schlug plötzlich eine andere Richtung ein, zurück zur Tür.

»Halt«, rief ich ihm hinterher und erhob mich ein Stück von meinem Lager. »Warten Sie! Lassen Sie mich bitte gehen! Ich habe keine Ahnung, was Sie von mir wollen. Das muss alles ein Missverständnis sein.«

»Wie ich sagte, wenn dein Freund macht, was Chef will, wird dir nichts geschehen. Er will doch sicher nicht, dass seiner Süßen etwas zustößt, oder?« Obwohl ich kein Gesicht sehen konnte, spürte ich sein hämisches Grinsen.

»Aber …«, erwiderte ich, beendete den Satz jedoch nicht.

Mir war noch immer nicht klar, worum es ging. Was wollten diese Leute von Nick? Von welchem Chef sprach der Mann?

»Ist ganz einfach. Er zahlt, du bist frei«, murmelte der Mann im Gehen.

Während ich angestrengt nachdachte, um die einzelnen Puzzleteile in meinem Kopf zu einem sinnvollen Gesamtbild zusammenzusetzen, wurde die Tür abgeschlossen. Absolute Dunkelheit umgab mich. Im Schein der Taschenlampe hatte ich flüchtig erkennen können, dass mir mein Kidnapper eine Schachtel Kekse und eine kleine Flasche Wasser in die Mitte des Raumes gestellt hatte. Und plötzlich dämmerte es mir, warum ich hier war. Als der Mann von meinem Freund gesprochen hatte, meinte er damit gar nicht Nick. Er meinte Marcus. Das mussten die Leute sein, von denen sich Marcus das Geld geliehen hatte oder jedenfalls deren Handlanger, die die Drecksarbeit ausführten. Sie waren ihm auf den Fersen und hielten mich ganz offensichtlich für seine Freundin. Vermutlich hatten sie uns zusammen gesehen. Vielleicht hatte Marcus es auch so dargestellt. Zuzutrauen wäre es ihm. Sie mussten ihn beschattet haben. Und nicht nur ihn. Ich spürte erneut einen dicken Kloß im Hals.

»Ja, natürlich«, sagte ich laut zu mir selbst und versuchte meine Erinnerung an die letzte Zeit stückchenweise wachzurütteln.

Ich war in Munkmarsch gewesen, um Jan zu observieren. Dort hatte ich Marcus getroffen. Und da war dieses Auto, was mich auf dem Weg von Munkmarsch nach Wenningstedt verfolgt hatte. Und augenblicklich fiel es mir ein. Der dunkle Wagen hatte mich schließlich doch überholt und direkt vor mir gehalten, sodass ich gezwungen wurde, eine Vollbremsung zu machen. Ich wusste noch, dass ich wütend die Scheibe heruntergelassen hatte und den Fahrer, der zwischenzeitlich ausgestiegen und auf mich zugekommen war, gefragt hatte, ob es ihm noch ganz gut ginge. Er hatte nur breit gegrinst, sich höflich entschuldigt und gesagt, dass hinten an meinem Wagen ein Kabel lose herunterhängen würde, das dringend befestigt werden müsste. Er würde mir gerne dabei behilflich sein. In meiner Gutgläubigkeit war ich ausgestiegen und mit ihm hinter das Auto gegangen. An das, was danach geschehen war, konnte ich mich beim besten Willen nicht mehr entsinnen, so sehr ich mich anstrengte. Aber zumindest erinnerte ich mich an die Stimme des Mannes. Das war die gleiche Stimme, die der Mann eben hatte. Im Wagen hatte ein weiterer Mann gesessen, aber er hatte nichts gesagt, als er ebenfalls ausgestiegen war. Das mussten meine Kidnapper sein, davon war ich mittlerweile überzeugt. Auf jeden Fall hatten sie mich hierher gebracht und hielten mich als ihre Geisel gefangen, um den Druck auf Marcus zu erhöhen. Es konnte nur so sein, denn was für einen Grund sollten sie haben, Nick erpressen zu wollen. Das machte keinen Sinn. Nein, es ging einzig und allein um Marcus. Wenn sie nun erfahren würden, dass ich gar nicht seine Freundin war und es ihm vermutlich gleichgültig war, was mit mir geschah? Ich bekam eine Gänsehaut bei diesem Gedanken und versuchte ihn nicht weiter zu spinnen. Welches Schicksal ereilte eine wertlose Geisel? Fischfutter? Ich bekam Angst. Ein eisiger Schauer durchfuhr meinen gesamten Körper, und mein Herz fühlte sich wie ein schwerer Betonklotz an. Nick! Ich hatte keine Möglichkeit, ihn zu informieren. Meine Tasche, in der sich mein Handy befand, hatten sie mir offensichtlich abgenommen. Was war wohl mit meinem Wagen geschehen? Sicherlich machte Nick sich mittlerweile Sorgen, wo ich blieb und warum ich mich nicht meldete. Er würde nach mir suchen, das war ein schwacher Trost. Aber ich klammerte mich an den Gedanken wie an einen Strohhalm. Plötzlich überfiel mich regelrecht ein Gefühl von Panik. Ich musste hier raus und zwar, bevor der oder die Kidnapper wiederkamen und ihren Irrtum bemerkten. Denn dann könnte es für mich zu spät sein. Ich richtete mich auf und tastete mit den Händen die Wand entlang bis zu dem kleinen vergitterten Fenster, durch das vor einiger Zeit ein schwacher Lichtstrahl zu mir gedrungen war. Auf dem Weg dorthin stieß ich mit meinem Fuß gegen einen harten Gegenstand, der mit lautem Scheppern umfiel. Erschrocken wich ich ein Stück zurück und wartete ab. Ich wagte es nicht, mich zu bewegen und starrte in die Dunkelheit zu der Stelle, wo es gerade gescheppert hatte. Mein Puls raste. Das Geräusch hallte einen Moment nach, bis es schließlich gänzlich verebbte. Dann erkannte ich erst, dass es sich lediglich um einen Eimer aus Metall handelte, der im Raum stand und gegen den ich versehentlich gestoßen war. Ich hatte ihn bislang gar nicht wahrgenommen. War er rein zufällig hier? Wurde er einfach vergessen? Oder sollte er mir etwa als Toilette dienen? Sollten meine Entführer an so etwas Alltägliches gedacht haben? Aber wohin sollte ich sonst, wenn ich mich erleichtern musste? Kaum hatte ich den Gedanken zu Ende überlegt, meldete sich meine Blase. Ich zögerte einen Moment, da sich in meinem Inneren alles dagegen sträubte, den Eimer für diesen Zweck zu benutzen. Aber es blieb mir wohl oder übel nichts anderes übrig, wenn ich mich nicht auf den Fußboden in eine Ecke setzen wollte. Da mich niemand sehen konnte, verrichtete ich mein Bedürfnis über dem Eimer hockend. Daneben in der Ecke ertastete ich eine Rolle Toilettenpapier. Meine Kidnapper schienen das nicht das erste Mal zu machen und waren bestens vorbereitet. Es war so demütigend. Das würde Marcus nie im Leben wieder gutmachen können, was er mir hier antat. Mein Groll auf ihn wuchs mit jeder Minute, die ich in diesem Raum ausharren musste. Wobei die Tatsache, in einen Eimer pinkeln zu müssen, noch das kleinste Übel in meiner misslichen Lage war. Immer wieder wanderten meine Gedanken zu Nick. Es tat mir fast körperlich weh, getrennt von ihm zu sein und ihn in keinster Weise erreichen zu können. Ich sehnte mich danach, sicher in seinen Armen zu liegen, seine Wärme zu spüren. Mit dieser Vorstellung ließ ich mich auf mein Lager sinken. Ich vergrub Nase und Mund in Nicks dünnem Baumwollschal, den ich um den Hals trug, und sog den Duft nach Nicks Aftershave tief ein. Als ich heute Mittag das Haus verließ, hatte ich den Schal aus einer spontanen Laune heraus umgelegt. Jetzt erinnerte er mich an Zuhause und spendete mir Trost. Einsam, fröstelnd und verzweifelt starrte ich vor mich hin in die Dunkelheit.

»Uwe? Anna ist weg!«

»Was sagst du da, Nick?«, fragte Uwe völlig überrascht, als er Nicks Stimme am anderen Ende der Leitung hörte. Es war längst später Abend. »Gab es eine Meinungsverschiedenheit zwischen euch?«

»Nein. Sie ist seit heute Mittag wie vom Erdboden verschluckt. Ich habe sie bis eben überall gesucht. Ohne Erfolg. Ich bring den Kerl um!«

»Warte, warte! Ganz langsam, Nick. Wovon sprichst du? Und wen willst du umbringen?«, versuchte Uwe, seine Gedanken zu sortieren und gleichzeitig seinen Freund zu beruhigen.

Nick berichtete ihm daraufhin der Reihe nach, was vorgefallen war.

»Ich hatte mich gewundert, dass ihr Wagen nicht vor dem Haus stand, als ich nach Hause kam, obwohl sie einen Termin hatte. Sonst hinterlässt sie mir immer eine Nachricht oder ruft kurz an, wenn sie unvorhergesehen länger weg ist. Das haben wir mal so vereinbart, das hat nichts mit Kontrolle zu tun. Ich mache das auch. Pepper war zu Hause. Den nimmt sie sonst immer mit.«

»Vielleicht wollte sie nur schnell etwas besorgen«, überlegte Uwe.

»Das habe ich zunächst angenommen, aber das ist schon einige Stunden her. Mittlerweile müsste sie längst zurück sein. Britta kam pünktlich mit den Jungs zum Klavierunterricht. Sie hat sich auch gewundert, dass Anna nicht da ist. Morgens hat sie mit ihr gesprochen und sie um einen Gefallen gebeten. Daher ist Anna mittags nach Munkmarsch gefahren. Dort verliert sich ihre Spur. Jan hat sie da mit diesem Marcus gesehen. Er meinte, es hätte so ausgesehen, als ob sich die beiden heftig gestritten hätten. Jan wollte Anna mitnehmen, aber sie hat abgelehnt und gesagt, es wäre alles okay. Ich mache mir wirklich Sorgen, Uwe. Ich weiß langsam nicht mehr, wo ich nach ihr suchen soll. Es ist stockdunkel draußen. Hoffentlich ist sie nicht verletzt. Aber im Krankenhaus habe ich nachgefragt. Dort ist sie auch nicht.«

Nick klang völlig verzweifelt.

Schließlich sagte Uwe: »Hast du denn diesen Marcus schon aufgesucht und befragt?«

»Nein, ich weiß nicht einmal, wo er sich überhaupt aufhält. Ich habe seinen Namen durch den Computer der Kurverwaltung jagen lassen, aber er ist nirgends auf der Insel offiziell gemeldet. Wahrscheinlich hat er nicht einmal mehr Geld für die Kurtaxe!«

Nicks Stimme hatte einen bitteren Unterton. Es war nicht zu überhören, dass er sich berechtigte Sorgen um Anna machte. Ebenso blieb nicht verborgen, dass er wütend auf Marcus war.

»Ich schlage vor, du beruhigst dich erst mal, Nick. Ich werde alle verfügbaren Kollegen informieren, die gerade draußen unterwegs sind – oder hast du das schon gemacht?«

»Das habe ich veranlasst. Ihr Wagen ist weiterhin unauffindbar. Die Jungs halten weiter die Augen offen. Oliver und Christof haben heute Nacht Dienst. Wenn wir Annas Wagen finden würden, würde uns das ein ganzes Stück voranbringen. Dann wüssten wir wenigstens, wo wir mit der Suche beginnen können. Aber er scheint ebenfalls wie vom Erdboden verschluckt zu sein. Ich habe bei Ava und Carsten nachgefragt, ob sie dort gewesen ist. Aber Fehlanzeige! Niemand hat sie oder ihren Wagen gesehen.«

Nick fuhr sich nervös mit einer Hand durchs Haar. Er war erschöpft, und die pure Verzweiflung ergriff zunehmend Besitz von ihm. Er wusste nicht, was er im Augenblick tun sollte. Als Polizist kannte er solche Situationen, aber jetzt war er persönlich betroffen. Das war etwas völlig anderes. Diese Ungewissheit machte ihn ganz mürbe.

»Wir finden sie, Nick! Sie kann sich schließlich nicht in Luft aufgelöst haben. Hast du eine vage Idee, wo sich dieser Marcus gerade aufhalten könnte? Hast du in den größeren Hotels nachgefragt?«

»Der ist so knapp bei Kasse, der wird nicht in einem der teuren Hotels abgestiegen sein, auch wenn er das sicherlich gern tun würde. Außerdem hätten diese Hotels ihn bei der Kurverwaltung ordnungsgemäß gemeldet, und man hätte ihn im System sofort finden können«, erwiderte Nick frustriert.

»Hm, stimmt. Es ist zwar schon spät, aber ich gebe gleich noch die Fahndung nach ihm raus, auch wenn das rechtlich nicht so ganz sauber ist«, sagte Uwe. »Und Nick,

wenn du irgendetwas brauchst, melde dich bei uns. Ganz egal, wie spät es ist. Ich sage Tina gleich Bescheid.«
»Danke für deine Unterstützung!«

In dieser Nacht machte Nick kaum ein Auge zu. Er wälzte sich in seinem Bett schlaflos hin und her. Immer wieder landeten seine Gedanken bei Anna. Hoffentlich ging es ihr gut, und sie hatte weder Schmerzen zu ertragen noch allzu große Angst auszustehen. Er hatte kurz überlegt, weiter auf der Insel umherzufahren, um nach ihr zu suchen. Aber in der Dunkelheit hatte es wenig Sinn, ziellos herumzuirren. Daher verwarf er den Gedanken schnell. Er wollte sich lieber gleich bei Sonnenaufgang auf die Suche nach ihr machen. Plötzlich hatte er Angst, er könnte Anna für immer verlieren. Dieser Gedanke war unerträglich. Er sehnte sich nach ihrem Lachen, ihrer Stimme und wollte ihren schlanken, schönen Körper in seinen Armen halten. Anna hatte Nicks Leben nach langer Zeit einen Sinn gegeben. Ihre Wege hatten sich erst vor ein paar Monaten gekreuzt. Sofort hatte Anna Gefühle in ihm geweckt, von denen er dachte, dass er sie nie wieder erleben würde. Jetzt blickte er neben das Bett auf den Boden, wo Pepper auf der Seite lag und friedlich schlief. Ab und zu zuckten seine Lefzen oder Augenlider im Traum. Der Hund war ihm den ganzen Tag nicht von der Seite gewichen, als wenn er spürte, dass etwas nicht stimmte. Daher ließ Nick ihn ausnahmsweise im Schlafzimmer schlafen. Sonst hatte er seinen festen Platz unter der Treppe. Sicherlich vermisste Pepper Anna ebenso, denn sie war in erster Linie seine Bezugsperson. Irgendwann war Nick eingeschlafen und träumte wirre Dinge.

KAPITEL 9

»Guten Morgen, Herr Doktor!«, hörte Marcus eine Stimme am anderen Ende der Leitung, als er schlaftrunken das Telefongespräch entgegennahm.

Er war vom Klingeln seines Handys aufgewacht und hatte neben sich auf dem Nachttisch danach geangelt. Doch jetzt war er mit einem Schlag hellwach.

»Was wollen Sie von mir? Ich habe doch noch ein paar Tage Zeit«, erwiderte er, als er die Stimme erkannte.

»Richtig. Und damit Sie ganz sicher sein können, dass ich es ernst meine, wollte ich Ihnen nur mitteilen, dass sich Ihre Freundin in unserer Obhut befindet. Sie können ganz beruhigt sein, es geht ihr gut. Aber man weiß ja nie, was alles passieren kann. Nicht wahr? Igor und Fedor sind nicht sehr geduldig und leicht zu provozieren. Aber das wissen Sie ja selbst, Herr Doktor Strecker. Ich hoffe, Ihrer Hand geht es besser. Die beiden können es einfach nicht lassen.«

Marcus schluckte und sah automatisch zu der Verletzung an seiner Hand. Im ersten Augenblick verstand er überhaupt nicht, von wem die Rede war. Er hatte zurzeit gar keine feste Freundin. Doch dann wurde ihm plötzlich bewusst, dass damit einzig und allein Anna gemeint sein musste. Verdammt! Ausgerechnet Anna. Sein Kopf arbeitete auf Hochtouren.

»Haben Sie mich verstanden, Doktor?«, fragte der

Mann am Telefon, nachdem Marcus nicht geantwortet hatte.

»Ja, ja, natürlich, ich habe Sie sogar sehr gut verstanden«, stammelte Marcus, während er weiterhin fieberhaft überlegte, was zu tun war. »Ich kümmere mich um das Geld, aber tun Sie ihr bitte nichts«, ergänzte er.

»Ich habe auch nichts anderes von Ihnen erwartet. Sie sind schließlich nicht dumm. Wenn Sie das Geld pünktlich abliefern, wird Ihrer Kleinen nichts passieren. Sie soll ja wirklich sehr hübsch sein. Aber wenn nicht …«, sagte der Mann und legte auf, ohne dass Marcus etwas erwidern konnte.

Marcus ließ das Handy sinken, saß regungslos in seinem Bett und analysierte die Situation. Sie hatten Anna gekidnappt und hielten sie für seine Freundin. Vermutlich wurde er die ganze Zeit über beschattet, ohne es bemerkt zu haben. Auf diese Weise mussten sie ihn mit Anna zusammen gesehen haben. Nur so konnte er es sich erklären. Wo wurde Anna festgehalten? Die Schlinge um seinen Hals zog sich immer fester zu. Sollte er diese Leute in dem Glauben lassen, dass Anna tatsächlich zu ihm gehörte, oder sollte er ihnen sagen, dass sie sich gründlich geirrt hatten? Eigentlich spielte es für ihn selbst keine Rolle, denn sie würden ihn so oder so nicht aus ihren Fängen lassen, bis sie ihr verdammtes Geld bekommen hätten. Solche Leute waren eiskalt und skrupellos, sie fackelten nicht lange. Ein Gefühl von Panik ergriff Marcus bei dem Gedanken, denn es blieb nicht mehr viel Zeit, und er wusste nicht, wie er auf einen Schlag an so viel Geld kommen sollte. Er hatte sich fest auf Annas Unterstützung verlassen. Bislang hatte sie ihm immer ausgeholfen. Er hatte stets leichtes Spiel gehabt. Dass sie sich weigerte, damit hatte er nicht im Geringsten gerechnet. Warum mussten diese Typen sich ausgerechnet Anna schnappen, die jetzt mit diesem Nick zusammen war? Er war bei der Polizei und würde alle Hebel in Bewegung setzen, sie freizubekommen. Marcus war überzeugt davon, dass er demzufolge ebenfalls ins Visier der Beamten rücken würde. Dieser Nick konnte schließlich eins und eins zusammenzählen. Das war, als wenn man in ein Wespennest stach, das hatte Marcus in seiner aktuellen Lage gerade noch gefehlt. In jedem Fall musste er schleunigst verschwinden. Sein Versteck war nicht mehr sicher. Bestimmt wussten die Kerle längst, dass er in dieser Pension wohnte. Sie waren ihm schließlich bis hier nach Sylt gefolgt. Marcus sprang aus dem Bett und stellte sich schnell unter die Dusche. Danach zog er sich an und packte hastig seine Sachen zusammen. Er nahm seine Reisetasche vom Sessel und stopfte alles wahllos hinein. Immer wieder blickte er dabei nervös aus dem Fenster auf die Straße, ob die Typen ihm draußen auflauerten. Aber er konnte niemanden erblicken. Bei jedem Auto, das er draußen fahren hörte, zuckte er förmlich zusammen. Nachdem er alles eingepackt hatte, sah er sich in dem kleinen Zimmer um, um sicherzustellen, dass er nichts vergessen hatte. Schließlich zog er den Reißverschluss der Tasche fest zu und griff nach seiner Jacke, die an einem wackeligen Haken an der Wand hing. Dann verließ er unbemerkt den Raum. Er schlich leise die alte Treppe, die mit schmuddeligem und abgewetztem Teppichboden ausgelegt war, hinunter in den Flur. Hier stand auf einer schäbigen Anrichte neben allem möglichen Kitsch eine Vase auf einem vergilbten Häkeldeckchen mit einem Strauß bunter Plastikblumen. Spinnweben hatten es sich darin bequem gemacht. Daneben befanden sich in einer Reihe angeordnet einige kleine Buddelschiffe. An der Wand darüber war eine große hölzerne Tafel befestigt, auf der allerlei Seemannsknoten angebracht waren, dessen genaue Bezeichnung man darunter auf einem kleinen Messingschild ablesen konnte. Er hatte diese Pension nur gewählt, da sie noch ein Zimmer zu einem erschwinglichen Preis frei hatte. Eigentlich war das Zimmer immer noch zu teuer. Unter anderen Umständen hätte er sowieso niemals einen Fuß in dieses Haus gesetzt. Es sah schon von außen nicht gerade einladend aus, aber er hatte keine andere Wahl. Dann verschwand er unbemerkt durch die niedrige Eingangstür ins Freie. Von seiner Vermieterin war glücklicherweise weder etwas zu hören noch zu sehen. Diese Frau Petersen war ihm äußerst unsympathisch, aber sie hatte keinerlei Fragen gestellt, sondern die Miete, die er im Voraus gezahlt hatte, kommentarlos eingesteckt. Draußen vor der Tür auf der gegenüberliegenden Seite hatte Marcus seinen Wagen unter einer alten Kastanie geparkt. Als er gerade einsteigen wollte, sah er zu seinem Unmut, dass sich einige Vögel auf seiner Motorhaube verewigt hatten. Das musste er schnellstmöglich entfernen, damit der Lack keinen dauerhaften Schaden nahm.

»Verdammte Viecher! Das hat mir gerade noch gefehlt«, fluchte Marcus vor sich hin und schleuderte seine Reisetasche wütend auf den Beifahrersitz des Wagens. Nach Autowaschen stand ihm wirklich nicht der Sinn.

Ich hatte bis zum frühen Morgen kaum ein Auge zugemacht. Immer wieder war ich zwar zwischendurch eingeschlafen, aber nach kurzer Zeit wieder aufgewacht. Mit dem Morgengrauen setzte das Konzert der Vögel draußen ein. Langsam erhellte sich mein Verlies durch das Licht der aufgehenden Sonne, das durch das kleine Fenster im Kellerschacht gelangte. Das Glas der Fensterscheibe war gesplittert und größtenteils herausgebrochen. Ich hatte versucht, es ganz zu öffnen, aber außer einer Schnittverletzung, die ich mir dabei an meiner linken Hand zugezogen hatte, war es nicht von Erfolg gekrönt. Es war von innen wie von außen mit einem Gitter versehen. Das Fenster bot darüber hinaus keinen Schutz mehr vor Kälte und Feuchtigkeit. Ich hatte die ganze Nacht gefroren. Die dünne Wolldecke, die ich auf der Matratze gefunden hatte, reichte nicht aus mich richtig zu wärmen. Regen hatte eingesetzt und tropfte durch den Kellerschacht, der vermutlich so mit Laub und Schmutz verstopft war, dass das Wasser nicht wie vorgesehen ablaufen konnte. Das aufgestaute Wasser hatte ein kleines Rinnsal gebildet und bahnte sich seinen Weg durch das kaputte Fenster die Wand in meinem Gefängnis herunter. Auf dem Boden hatte sich ein großer nasser Fleck gebildet. Der poröse Beton des Fußbodens hatte das Wasser gierig wie ein Schwamm aufgesaugt. Jetzt spürte ich plötzlich meinen Magen, der sich bemerkbar machte. Ich brauchte dringend etwas zu essen, denn mir war vor Hunger bereits ein bisschen schlecht. Meine letzte Mahlzeit lag sehr lange zurück. Ich rang mich dazu durch und angelte nach der Kekspackung und der Wasserflasche, die ich beide bislang nicht angerührt hatte. Ich wollte gerade danach greifen, als irgendetwas vor meinen Augen davonhuschte. Sofort wich ich erschrocken zurück auf mein Lager und zog Arme und Beine fest an meinen Körper. Dann starrte ich gebannt in die Mitte des Raumes, konnte aber nichts entdecken. Nichts tat sich. Hatte ich mich getäuscht? Hatte mir meine Fantasie aufgrund des Schlafmangels einen Streich gespielt? Doch da! Ich hatte mich nicht getäuscht. Dort drüben an der gegenüberliegenden Wand sah ich etwas entlanglaufen. Es verharrte kurz und verschwand schließlich unter dem engen Türspalt. Erleichtert atmete ich aus, als ich erkannte, was mich im ersten Augenblick derart erschreckt hatte. Es war lediglich eine kleine Maus. Ich hatte generell keine Angst vor Mäusen, dennoch erschrak ich jedes Mal vor ihnen, weil sie so flink davonhuschten und man nicht mit ihnen rechnete. Das Einzige, wovor ich mich wirklich fürchtete beziehungsweise ekelte, waren große schwarze Spinnen mit dicken, behaarten Beinen. Spinnen! Allein der Gedanke verursachte mir augenblicklich eine Gänsehaut. Bestimmt hielten sich hier im Raum ebenfalls einige dieser Exemplare auf. Bei dem Gedanken lief es mir kalt den Rücken hinunter. Natürlich sagte mir mein Verstand, dass diese Tiere mehr Angst vor mir hatten, als ich vor ihnen haben sollte, aber ich konnte nichts dagegen machen. Diese Spinnenphobie begleitete mich schon mein ganzes Leben. Schnell versuchte ich, die Bilder dieser unsympathischen Tiere aus meinem Kopf zu verbannen. Ich hatte genügend andere Sorgen. Vorsichtig startete ich einen neuen Anlauf, nach der Flasche und der Kekspackung zu greifen und nahm beides schließlich an mich. Als ich den Drehverschluss aus Plastik öffnete, gab die Wasserflasche erst ein Knacken und dann ein Zischen von sich. Damit war sichergestellt, dass sie bislang nicht geöffnet worden war und ich das Wasser bedenkenlos trinken konnte. Ich setzte die Flasche fast gierig an meinen Mund und trank einen kräftigen Schluck daraus. Das tat unglaublich gut, und ich genoss das intensive Frischegefühl auf meinen Lippen, als das sprudelnde Wasser sie benetzte. Anschließend öffnete ich die Kekspackung, zog einen Keks hervor und kaute darauf herum. Die Kekse waren trocken und schmeckten eher fad, aber mein Magen nahm sie trotzdem gerne auf. Immer wieder versuchte ich die wenigen Geräusche zuzuordnen, die ich aus der Ferne nur gedämpft hören konnte. Die Mauern hier mussten sehr dick sein, da kaum etwas nach innen drang. Konnte es sein, dass ich in einem der Kellerräume der alten Kasernen in Hörnum, Rantum oder List gefangen gehalten wurde? In einem normalen Wohnhaus hätte es bestimmt Strom gegeben und auch mehr Laute von anderen Menschen. Aber hierher verirrte sich sonst niemand. Ein Teil der Kaserne in Hörnum wurde als Jugendherberge genutzt, aber der Rest lag schon lange brach. Ich fragte mich, wann meine Entführer sich wieder blicken lassen würden. Wie lange hatten sie vor, mich gefangen zu halten? Und was geschah mit mir, wenn Marcus nicht zahlte? Wusste er bereits von meiner Entführung? Ich wünschte mir, dass er wenigstens so viel Courage und Anstand besaß, um sich an Nick zu wenden oder an die Polizei generell. Er konnte mein Schicksal doch nicht einfach in die Hände dieser Leute legen. Schließlich hatte ich ihm das alles hier zu verdanken. Das war er mir schuldig.

Langsam begannen mir der Rücken und die Knie vom vielen Sitzen und Liegen wehzutun. Daher stand ich auf, um mir Bewegung zu verschaffen. Darüber hinaus war mir immer noch kalt. Obwohl tagsüber die Sonne mit ganzer Kraft die Luft erwärmte, war es nachts empfindlich kühl. Ich wanderte in meinem Gefängnis auf und ab, hüpfte auf der Stelle oder kreiste mit den Armen. Sehr weite Strecken legte ich dabei allerdings nicht zurück. Der Raum maß nur circa fünf Meter in der Länge und fünf Meter in der Breite. Ein Gefühl von Platzangst machte sich in mir breit, das ich zu bekämpfen versuchte, indem ich bewusst einatmete und ausatmete. Dabei sprach ich beruhigend mit mir selbst.

»Reiß dich zusammen, Anna!«, sagte ich laut zu mir. »Sie suchen längst nach dir. Es kann nicht mehr lange dauern und du kommst hier raus.«

Dabei liefen mir dicke Tränen über die Wangen, denn es fiel mir schwer, meinen eigenen Worten Glauben zu schenken.

Britta saß mit ihrem Mann Jan am Frühstückstisch. Die Kinder waren bereits auf dem Weg zur Schule.

»Ich hoffe so sehr, dass es bald ein Lebenszeichen von Anna gibt«, sagte Britta. »Diese Ungewissheit macht mich ganz krank. Ich mache mir solche Sorgen.« Und Vorwürfe, ergänzte sie in Gedanken, sprach es aber nicht laut aus. »Hoffentlich ist ihr nichts zugestoßen. Sonst verschwindet man doch nicht einfach so spurlos.«

Jan sah von der Zeitung auf, die neben seinem Teller auf dem Tisch lag.

»Ja, das hoffe ich auch. Wenn ich geahnt hätte, dass Marcus dahintersteckt, hätte ich sie doch lieber mitgenommen«, sagte er. »Aber ich habe erst im Nachhinein realisiert, dass er es war. Er hat sein Gesicht absichtlich weggedreht, als ich Anna angesprochen habe. Ich habe ihn auch so erkannt, das war völlig albern von ihm.«

»Er wusste vermutlich, warum er nicht erkannt werden wollte. Ich verstehe die Zusammenhänge allerdings nicht im Geringsten. Aber er hat Anna ja immer nur Schwierigkeiten gemacht. Dieser elende Mistkerl! Der kann nur beten, dass Anna nichts passiert und Nick ihn nicht in die Finger bekommt«, erwiderte Britta und goss sich schwungvoll Kaffee nach.

Beinahe wäre der Kaffee über den Rand der Tasse geschwappt.

Dann sah sie zu ihrem Mann und fragte: »Möchtest du auch noch etwas?« Er schüttelte nur den Kopf. »Wieso warst du gestern eigentlich in Munkmarsch?«, fuhr Britta fort und stellte die Kanne ab.

Die Frage schien ihn etwas zu überraschen, aber er antwortete nüchtern: »Ich hatte dort geschäftlich zu tun.«

Dann widmete er sich seiner Zeitung, ohne weiter auf das Thema einzugehen und eine nähere Erklärung abzugeben.

»Aha, geschäftlich. Worum ging es genau?«

»Also Britta!« Jan wirkte genervt. »Was ist denn bloß los mit dir? Dauernd fragst du mich so komische Sachen. Was ich mache oder wohin ich gehe. Muss ich ab sofort jeden meiner Schritte vorher anmelden? Es ging um eine neue Geschäftsverbindung. Das ist alles noch in der Schwebe. Ich sage dir schon Bescheid, wenn es wichtig ist. Meine Güte!«

»Warum bist du gleich so gereizt? Ich werde ja wohl mal fragen dürfen. Wenn es ums Geschäft geht, hast du es immer erzählt. Außerdem haben wir bislang alles gemeinsam besprochen und entschieden. Es wäre nett, wenn du mich informieren würdest, falls sich das ab sofort geändert haben sollte.«

Jan atmete lautstark aus und sah von seiner Zeitung auf.

»Weißt du was, Britta, ich habe wirklich keine Lust, das mit dir zu diskutieren. Ich kann durchaus verstehen, dass du dir um deine Freundin Sorgen machst und die Nerven zweifelsohne blank liegen. Dafür habe ich absolutes Verständnis. Also, lass uns ein anderes Mal darüber reden, wenn du dich beruhigt hast. Ich muss los, bin spät dran.«

Er blickte auf seine Armbanduhr, faltete die Zeitung zusammen, stand auf und trank den letzten Schluck Kaffee im Stehen.

»Tschüss, mein Schatz.«

Jan drückte seiner Frau im Gehen einen flüchtigen Kuss auf die Wange und verließ eilig das Haus. Britta blieb einen Moment auf ihrem Platz sitzen und fing an zu weinen. Eigentlich war sie nicht so nah am Wasser gebaut, aber die angespannte Situation mit Jan und nun das Verschwinden von Anna waren selbst für ihr ansonsten robustes Nervenkostüm zu viel. Als sie sich gefangen hatte und dabei war, den Tisch abzuräumen, klingelte das Telefon. Hastig griff sie zum Hörer. Brittas Herz schlug höher vor Aufregung, als sie Nicks Nummer erkannte.

»Hast du Anna gefunden?«, fragte sie, bevor Nick überhaupt etwas sagen konnte.

»Nein, leider nicht. Sie bleibt verschwunden.« Sie konnte die Besorgnis in seiner Stimme hören. »Ich wollte dich fragen, ob du dich heute um Pepper kümmern könntest. Ich kann ihn nicht den ganzen Tag über mitnehmen. Und alleine lassen mag ich ihn nicht so lange. Wenn es bei dir nicht passen sollte, kann ich Ava und Carsten bitten. Ich möchte dir keine Umstände machen.«

»Natürlich, Nick. Das ist wirklich kein Problem. Du kannst ihn jederzeit vorbeibringen. Die Jungs sind doch ganz verrückt nach dem Hund. Wenn ich sonst irgendetwas für dich tun kann, sag es bitte ehrlich.«

»Damit wäre mir im Augenblick am allermeisten geholfen. Ich würde gerne gleich kommen. Geht das?«, wollte Nick wissen.

»Ich bin zu Hause, du kannst ihn vorbeibringen. Bis gleich.«

Britta sah aus dem Küchenfenster und erkannte Nicks weißen Kombi, der in diesem Augenblick in ihre Einfahrt einbog. Sie legte das Geschirrtuch aus der Hand und ging zur Haustür, um zu öffnen. Nick war ausgestiegen und kam ihr mit Pepper entgegen.

»Hallo, Nick!« Sie umarmte ihn ganz fest zur Begrüßung und streichelte dann den Hund. »Ich wünsche mir so sehr, dass Anna so schnell wie möglich wohlbehalten auftaucht. Habt ihr wenigstens eine vage Vermutung, wo sie sein könnte und was überhaupt passiert ist?«

»Nein, wir tappen völlig im Dunklen, was ihren Aufenthaltsort angeht. Bislang haben wir nicht einmal ihren Wagen gefunden. Einen Beweis für eine Entführung haben wir auch nicht, da keine Forderungen gestellt wurden.«

Britta sah in Nicks sorgenvolles Gesicht. Seine ganze Lebensfreude der letzten Monate war Anspannung und Traurigkeit gewichen. So düster dreinblickend kannte sie ihn nur aus früheren Tagen. Seitdem er mit Anna zusammen war, war er ein ganz anderer Mensch geworden, lebensfroh und voller positiver Energie.

»Ihr findet sie bald, da bin ich ganz sicher. Ganz bestimmt geht es ihr gut. Und mach dir um Pepper keine Sorgen, ich pass gut auf ihn auf.«

»Danke, Britta, ich bin dir äußerst dankbar. Ich hole ihn heute Nachmittag ab. Wann das sein wird, kann ich allerdings nicht genau sagen.«

»Kein Problem. Du brauchst dich nicht zu beeilen. Hole ihn ab, wenn es dir passt. Und melde dich bitte umgehend, sobald es Neuigkeiten gibt.«

»Sicher. Ich lasse dir seine Leine hier, für den Fall, dass du eine Runde mit ihm drehen willst. Und hier ist seine Plüschente. Danach ist er ganz verrückt.«

»Und wie sieht es mit Futter aus?«, wollte Britta wissen.

»Futter bekommt er erst abends. Bis dahin bin ich zurück.«

Nick verabschiedete sich und fuhr nach Westerland auf die Wache.

Als Nick den Haupteingang des Polizeireviers von Westerland betrat, kam ihm sein Freund Uwe Wilmsen entgegen.

»Moin, ich wollte dich gerade anrufen«, teilte er Nick aufgeregt mit.

»Warum? Was ist los?«

Nick fühlte sich plötzlich unwohl.

»Die Kollegen haben sich eben gemeldet. Sie haben Annas Wagen gefunden, NF-AN 7668. Er steht auf dem Campingplatz in Westerland.«

Uwe hatte ganz rote Wangen vor Aufregung. Und auch Nicks Puls beschleunigte sich schlagartig bei dieser Nachricht. Endlich eine erste Spur.

»Auf was warten wir noch? Los komm, Uwe, ich habe den Zweitschlüssel ihres Wagens dabei«, sagte Nick und war dabei, in Richtung Ausgang zu gehen.

»Wir fahren mit dem Streifenwagen, dann kannst du Annas Wagen gleich mit zurücknehmen, wenn die Spurensicherung fertig ist«, schlug Uwe vor.

Die beiden Männer brauchten nur wenige Minuten vom Polizeirevier bis zum Campingplatz hinter dem Südwäldchen von Westerland.

Sie fuhren durch die Einfahrt auf den großen Parkplatz. Dort wartete bereits ein weiterer Streifenwagen mit den beiden Polizeibeamten, die Annas Geländewagen gefunden hatten. Uwe parkte den Wagen gleich neben dem der Kollegen, und er und Nick stiegen aus.

»Ist die Spurensicherung schon da?«, fragte Nick ungeduldig und zog den Autoschlüssel für Annas Wagen aus der Jackentasche.

»Moin, Nick, da kommen sie gerade.« Der Beamte deutete auf ein weiteres Fahrzeug, das in diesem Moment die Einfahrt zum Parkplatz passierte.

»Den Schlüssel kannst du gleich wieder einstecken, der Wagen war nicht abgeschlossen und der Zündschlüssel steckt«, sagte der andere Kollege zu Nick, als der weiße Transporter der Spurensicherung direkt neben ihnen hielt. »Dann werden wir hier wohl nicht mehr gebraucht.«

»Ja, ihr könnt fahren, danke!«, sagte Uwe und nickte den beiden Kollegen zu.

Die Beamten stiegen in ihren Streifenwagen und fuhren weg. Mittlerweile waren einige neugierige Passanten stehen geblieben, um herauszufinden, was die Polizei auf dem Parkplatz des Campingplatzes machte. Uwe forderte sie unmissverständlich auf weiterzugehen, was sie mit einem Murren quittierten und sich nur langsam entfernten. Die Kollegen der Spurensicherung waren in der Zwischenzeit ausgestiegen und kamen auf Nick und Uwe zu. Nach einer kurzen Begrüßung gingen sie zu Annas Wagen, um ihn genau in Augenschein zu nehmen. Die Fahrertür war tatsächlich nicht abgeschlossen und ließ sich ohne Probleme öffnen. Im Inneren des Wagens war nichts Auffälliges zu entdecken. Nichts deutete auf Kampfspuren oder ähnliches hin. Der Schlüssel mit dem kleinen silbernen Anhänger in Form eines Seesterns, den Nick Anna geschenkt hatte, steckte im Zündschloss. Sogar Annas Handtasche lag auf dem Beifahrersitz. Man hätte den Eindruck gewinnen können, dass sie nur kurz ausgestiegen war, um etwas zu erledigen und gleich wieder erschien. Einer der Kollegen der Spurensicherung reichte Nick die Tasche, nachdem er sie ausgiebig auf Hinweise und Spuren untersucht hatte.

»Hier! Nichts zu erkennen. Sieht so aus, als wenn alles da ist. Sieh selbst!«

Nick nahm sie entgegen und sah hinein. In der Tasche befanden sich Annas Geldbörse, in der sich einige Banknoten und ein paar Münzen befanden, ihr Mobiltelefon, ihr Terminplaner und das Schlüsselbund vom Haus. Darüber hinaus enthielt sie die üblichen Utensilien, die vermutlich in jeder Handtasche einer Frau zu finden waren: ein Lippenstift, ein Päckchen Taschentücher, eine Tube Handcreme, einige Tampons und weiterer Kleinkram. Nick schnürte es fast die Kehle zu, als er die Sachen nach und nach in die Hand nahm. Nachdem die Kollegen der Spurensicherung das gesamte Auto ergebnislos nach Spuren abgesucht hatten, sahen sich alle Beteiligten ratlos an.

»Nichts«, sagte einer der Männer von der Spurensicherung und packte seine Sachen zusammen. »Wir haben lediglich ein paar lange, dunkle Haare vorne auf dem Fahrersitz und im Kofferraum gefunden, aber die scheinen von deiner Freundin zu stammen. Im Kofferraum wimmelt es von Tierhaaren, aber die sind wohl von eurem Hund. Wir geben trotzdem alles ins Labor.« Er deutete auf mehrere kleine Plastikröhrchen in seiner Hand, die mit einem beschrifteten Etikett versehen waren. »Ansonsten haben wir nichts gefunden. Auch nicht am Lenkrad. Keine Blutspuren, Fingerabdrücke, Faserspuren oder Ähnliches. Entweder waren absolute Profis am Werk oder Anna war allein und hat den Wagen selbst hierher gefahren und abgestellt. Tut mir leid, Nick.« Er legte Nick mitfühlend eine Hand auf die Schulter.

»Danke. Ich verstehe das alles nicht«, murmelte Nick leise vor sich hin. »Warum sollte sie ausgerechnet hierher kommen und den Wagen offen stehen lassen. Und ihre Tasche nicht mitnehmen. Das ergibt alles keinen Sinn.« Plötzlich hob er den Kopf, als wenn er einen Einfall hätte. »Wir müssen unbedingt Marcus finden. Uwe, hat die Fahndung nach ihm schon etwas ergeben?«

Nick widmete sich erneut der Handtasche, wühlte darin herum und zog Annas schwarzen Terminplaner hervor, den sie stets bei sich trug. Darin waren neben Adressen, Geburtstagen und Terminen auch persönliche Notizen festgehalten. Nick zögerte einen Moment, öffnete dann aber den Verschluss des kleinen Buches, der mit einem Druckknopf verschlossen war. Ganz vorne war ein Foto in einer durchsichtigen Plastiklasche aufbewahrt. Nick spürte einen heftigen Stich mitten ins Herz. Das Foto zeigte Anna und ihn, auf dem sie beide ausgelassen in die Kamera lachten. Er erinnerte sich genau an den Tag. Sie hatten es vor gar nicht langer Zeit ganz spontan in einem dieser Fotoautomaten gemacht, die es überall gab. Während eines gemeinsamen Stadtbummels hatte Anna ihn plötzlich mit in die enge Kabine gezogen, eine Münze eingeworfen, und der Automat hatte einige Bilder von ihnen geschossen. Die Qualität der Aufnahmen war alles andere als gut, aber sie hatten sehr viel Spaß gehabt. Nick starrte wie gebannt auf das Bild.

»Was suchst du eigentlich?«, wollte Uwe wissen, der seinen Freund interessiert beobachtete.

»Ich suche nach einem Hinweis, wo wir Marcus finden können. Bestimmt hat er Anna seine Adresse hinterlassen. Er geht sicherlich davon aus, dass sie weich wird und ihm das Geld doch noch gibt«, antwortete Nick, während er das Notizbuch durchblätterte.

Er fühlte sich ein bisschen unwohl, weil er in Annas Privatsphäre stöberte. Aber es handelte sich um eine Notsituation, er würde ihr niemals nachspionieren. Ganz hinten in dem Notizbuch befand sich eine Art Tasche, in der ein Bündel lose Zettel aufbewahrt waren. Nick zog das Päckchen Papier heraus. Ein kleiner Zettel fiel dabei heraus und segelte langsam zu Boden. Nick bückte sich danach und hob ihn auf. Es handelte sich lediglich um einen Kassenbeleg aus einer Parfümerie. Nick sah die anderen Zettel nacheinander durch. Größtenteils waren es Quittungen und Parkscheine, die Anna offensichtlich aufheben wollte. Zuletzt fand er eine handschriftliche Notiz mit der Adresse eines Gartenbaubetriebes aus Braderup. Als Nick enttäuscht alles in das Fach zurückstecken wollte, fiel ihm ein weiteres Stück Papier auf. Es fühlte sich etwas dicker als die anderen an und hatte das Format einer Visitenkarte. Das Papier steckte fest in dem Fach und ließ sich nur schwer hervorziehen. Nick hielt es in der Hand und las. Treffer!

»Bingo! Wusste ich es doch!«, sagte er.

Uwe sah ihn erwartungsvoll an.

»Was meinst du? Was ist das?«

»Das hier ist eine Visitenkarte von unserem Doktor Marcus Strecker, Zahnarzt und Kieferchirurg«, las Nick laut vor. »Und hier auf der Rückseite hat er die Adresse der Pension notiert, in der er auf Sylt wohnt. Los, komm, Uwe! Den schnappen wir uns!«

»Kann ich den Wagen mitnehmen?«, fragte Nick die Kollegen der Spurensicherung, die zwischenzeitlich alles zusammengepackt hatten und im Begriff waren, sich auf den Rückweg zu machen. Sie nickten beide zustimmend.

»Ja, wir sind soweit durch. Du kannst das Auto mitnehmen.«

Nick zögerte nicht lange. Uwe konnte gar nicht so schnell in seinen Wagen einsteigen, wie Nick in Annas Geländewagen saß.

»Ich fahre dir am besten hinterher!«, rief er Nick durch die heruntergelassene Scheibe zu.

Der Boden der Wasserflasche war nur noch daumendick mit Flüssigkeit bedeckt. Wenn ich diesen letzten spärlichen Rest austrinken würde, hätte ich nichts mehr übrig, überlegte ich und starrte unentschlossen auf die Flasche vor mir auf dem Betonfußboden. Aber ich hatte furchtbaren Durst. Und je länger ich die Flasche ansah, desto stärker wurde er. Seitdem mir gestern der Mann die Flasche und die Packung Kekse gebracht hatte, war niemand mehr aufgetaucht. Hatte Marcus gezahlt, und sie hatten mich trotzdem hier gelassen? Hatte Marcus die Insel verlassen, und sie waren ihm gefolgt? Oder konnte er nicht zahlen und ich würde in meinem Verlies elendig verhungern und verdursten? Eigentlich war es egal, es kam aufs Gleiche hinaus. Tatsache war, dass ich noch immer in meinem Gefängnis saß und zusehends mutloser wurde. Meine Angst und Verzweiflung wuchsen von Minute zu Minute, und ich hatte Schwierigkeiten, nicht die Beherrschung zu verlieren und durchzudrehen. Am liebsten hätte ich gegen die Wände gehämmert und getreten, aber was nützte es? Am Ende würde ich mir dadurch nur selbst Schaden zufügen. Immer wieder rief ich laut um Hilfe, aber es hörte mich niemand. Dann begann ich abermals, mit mir selbst zu sprechen. Ich hatte plötzlich das brennende Bedürfnis, eine menschliche Stimme zu hören, auch wenn es nur meine eigene war. Irgendwann hatte ich mich auf meine Matratze gelegt und nur an die fleckige Decke gestarrt. Dunkelgrüne und braune Flecken wechselten sich dort ab. In ihren bizarren Formen konnte ich hässliche Fratzen und Gesichter erkennen. Am Strand liebte ich dieses Spiel. Dort lag ich gerne auf dem Rücken im warmen Sand und beobachtete die vorbeiziehenden Wolken. Der Wind veränderte unaufhaltsam ihre Formen und beflügelte meine Fantasie aufs Neue. Im Unterschied dazu waren die düsteren Flecken an der Decke meines Verlieses starr und alles andere als aufmunternd. Sie sahen diabolisch auf mich herunter. Ich versuchte mir vorzustellen, was Nick gerade machte, um mich von den bösen Dämonen an der Decke abzulenken, die über mich wachten. Sicherlich machte er sich große Sorgen und suchte überall nach mir. Vermisste mich unser Hund Pepper ebenfalls? Hätte ich ihn bloß entgegen Brittas Rat mitgenommen, dann wäre ich vielleicht gar nicht erst in diese aussichtslose Lage geraten. Ein Geräusch riss mich plötzlich aus meinen Gedanken. Augenblicklich setzte ich mich kerzengrade hin und lauschte angestrengt. Schritte waren zu hören, die sich der Tür näherten und kurz davor verharrten. Aber dann rührte sich nichts. Hoffnung keimte in mir auf, dass man mir endlich zu Hilfe kam.

»Hallo! Ist da jemand?«, rief ich zaghaft, und mein Herz schlug mir vor Aufregung bis zum Hals.

Doch ich erhielt keine Antwort. Hatte ich mich eventuell verhört oder bereits Halluzinationen? Als ich gerade an meinem Verstand zu zweifeln begann, drehte sich der Schlüssel im Schloss, und die Tür öffnete sich mit einem Quietschen einen Spalt. Ich sah, dass ein Mann, mit schwarzer Hose und Jacke bekleidet, hereinkam. Es war nicht derselbe Mann wie das letzte Mal, denn er war circa einen Kopf kleiner. Er sah ihm jedoch sehr ähnlich und guckte ebenso düster. Und dann erkannte ich auch ihn wieder. Es handelte sich zweifelsfrei um den zweiten Mann aus dem Auto, das mir neulich in Braderup gefolgt war.

»Bitte lassen Sie mich gehen!«, flehte ich ihn an.

Aber er reagierte nicht auf mein Flehen und verzog keine Miene, sondern stellte mir eine neue Flasche Wasser, zwei Äpfel und eine Banane in die Mitte des Raumes. Dann sah er mich nur kurz an, drehte sich um und ging hinaus. Für einen kurzen Augenblick hatte ich trotzdem das Gefühl gehabt, in seinem Gesicht einen Ausdruck von Mitleid zu erkennen. Aber vermutlich war es nur mein Wunschdenken. Wer unschuldige Menschen gefangen hält, kennt kein Mitleid. Ich unternahm keinen weiteren Versuch, ihn aufzuhalten, da es völlig zwecklos gewesen wäre. Er würde mich niemals ohne Weiteres gehen lassen, da konnte ich noch so bitten und betteln, das stand fest. Die Tür fiel zu, und ich hörte den Schlüssel, wie er sich erneut im Schloss drehte. In mich zusammengesunken blieb ich regungslos sitzen und fing hemmungslos an zu weinen. Heiße Tränen der Verzweiflung liefen unaufhaltsam über mein Gesicht. Ich hatte weder die Kraft, noch machte ich mir die Mühe, sie zurückzuhalten.

Uwe kam gleich nach Nick an dem Haus an, dessen Adresse Marcus auf seiner Visitenkarte notiert hatte. Nick war bereits aus dem Wagen gestiegen und wartete ungeduldig vor dem Grundstück auf dem Bürgersteig. Uwe erreichte Nick völlig außer Atem, denn er musste noch einige Meter zu Fuß zurücklegen, da er nicht direkt vor dem Haus parken konnte. Hinzu kam, dass er wesentlich kleiner als Nick war und einige Pfunde zu viel auf den Rippen hatte. Nick dagegen war mit seinen über 1,90 Meter außerordentlich sportlich und sehr gut trainiert.

»Nick«, keuchte Uwe, Schweißperlen standen ihm auf der Stirn, »jetzt warte doch! Ich kann verstehen, dass du dir Sorgen um Anna machst, aber das ändert nichts, wenn du fährst, als wenn sie hinter dir her wären. Du hättest beinahe den schwarzen Wagen gerammt, der aus der Straße kam. Der hatte eindeutig Vorfahrt.«

»Ich weiß, aber jetzt komm. Hier ist es. Hoffentlich ist jemand zu Hause.«

Die beiden Beamten betraten das Grundstück und klingelten an der Tür des Hauses mit der Nummer 34. Das Haus sah bei näherer Betrachtung ziemlich heruntergekommen aus, und die Fassade hatte dringend ein paar Eimer Farbe nötig. Das reetgedeckte Dach war zum Teil von Efeu überwuchert, und an anderen Stellen bildete grünes Moos einen samtigen Teppich. Auch am Holz der Haustür und an den Fensterrahmen blätterte die Farbe ab. Ein neuer Anstrich war längst überfällig gewesen. Zwischen den doppelten Scheiben der Sprossenfenster hatte sich Kondenswasser in Form einer Ansammlung kleiner Tropfen gebildet. Gehäkelte Gardinen, die vermutlich einmal weiß und jetzt eher grau waren, verhinderten einen Blick ins Innere des Hauses. Auf den Fensterbänken standen kleine Figuren aus Porzellan. Darunter ein kitschig bemalter Pekinese, der den Betrachter mit seinen goldenen Augen anglotzte.

»Scheint niemand zu Hause zu sein«, stellte Nick ungeduldig fest und versuchte erneut, durch eines der Fenster neben der Haustür zu schielen. Doch außer dem Porzellanhund war nichts zu sehen. »Das Viech ist ja potthässlich. Wie kann man sich nur so etwas freiwillig ins Fenster stellen. Warum macht denn keiner auf?«

»Sei nicht so ungeduldig«, sagte Uwe und drückte ein zweites Mal auf den Klingelknopf.

Plötzlich konnte man aus dem Inneren des Hauses Geräusche vernehmen. Dann endlich wurde die alte hölzerne Haustür geöffnet. Eine Frau fortgeschrittenen Alters mit ungekämmten Haaren und in einer geblümten, schmutzigen Kittelschürze stand nun vor den beiden Beamten. Sie schien alles andere als erfreut über diesen Besuch zu sein, was man ihrem Gesichtsausdruck deutlich ansehen konnte.

»Moin«, ergriff Uwe das Wort, bevor Nick etwas sagen konnte. »Mein Name ist Uwe Wilmsen, und das ist mein Kollege Nick Scarren.« Sie hielten der Frau ihre Dienstausweise vor die Nase. Nick überließ beim Reden lieber seinem Kollegen das Feld, es war besser so. Er war zurzeit nicht er selbst und hätte vermutlich zu ungeduldig oder undiplomatisch gehandelt.

»Wohnt bei Ihnen ein Herr Doktor Marcus Strecker?«, fragte Uwe die griesgrämig dreinblickende Frau.

»Warum wollen Sie das wissen?«

»Wir stellen hier die Fragen. Also, wohnt Herr Doktor Strecker hier?«, wiederholte Uwe seine Frage in für seine Verhältnisse ungewöhnlich scharfem Ton.

»Glaube nicht«, erwiderte die Frau und musterte beide Männer von oben bis unten. Ihr Blick blieb schließlich an Nick hängen.

»Und was heißt: ›Glaube nicht‹? Dann war er also hier?«

Uwe wurde langsam ungeduldig.

»Bin nicht sicher, ist weg.«

»Dann war er also hier?«, wiederholte er.

»Ja«, antwortete sie und löste ihren Blick von Nick, um Uwe anzusehen.

»Und wieso sind Sie sich sicher?«, hakte Uwe nach.

»Weiß nicht, ist halt weg«, entgegnete sie beinahe gelangweilt.

»Jetzt passen Sie mal auf«, platzte es aus Nick heraus. »Wir sind hier nicht zum Vergnügen, sondern stecken mitten in Ermittlungen. Bitte beantworten Sie uns unsere Fragen so, dass wir mit den Antworten etwas anfangen können. Wäre das möglich?« Er fuhr sich mit der Hand durchs Haar.

Die Frau blieb völlig unbeeindruckt und musterte Nick abermals von oben bis unten. Sie kratzte sich am Kinn und schwieg.

»Frau Petersen«, versuchte es Uwe betont freundlich, nachdem er den Namen auf dem verwitterten Klingelschild entziffert hatte. Es schien der richtige Name zu sein, denn die Frau sah ihn direkt fragend an. »Wir sind nicht hier, um zu kontrollieren, ob Sie Ihre Gäste ordnungsgemäß bei der Kurverwaltung angemeldet haben, wovon wir natürlich ausgehen, sondern wir ermitteln in einem Fall. Daher wäre es sehr freundlich von Ihnen, wenn Sie unsere Fragen wahrheitsgemäß und möglichst vollständig beantworten würden, so wie mein Kollege bereits gesagt hat«, fuhr Uwe fort.

In diesem Moment hasste er seinen Beruf. Nun musste er dieser unhöflichen und sturen Person auch noch Honig um den Mund schmieren, damit sie an die Informationen gelangten, die sie dringend benötigten. Das brachte selbst ihn, der sonst nicht so schnell aus der Ruhe zu bringen war, an den Rand seiner Geduld. Am liebsten hätte er ihr ordentlich die Meinung gesagt. Doch damit kamen sie nicht weiter. Er konnte froh sein, dass Nick sein Temperament in Zaum hielt, auch wenn es ihm sehr schwerfiel. Uwe hatte das Gefühl, neben einem Vulkan zu stehen, der jeden Augenblick auszubrechen drohte. Frau Petersen stemmte die Hände in die Hüften und holte tief Luft.

»Na schön«, sagte sie schließlich. Anscheinend war sie bereit zu kooperieren. »Er ist hier vor drei Tagen angekommen und nun wieder weg.«

Nick und Uwe sahen einander verdutzt an.

»Weg? Wissen Sie wohin?«, wiederholte Uwe.

»Woher soll ich das wissen? Ich wollte vorhin bei ihm saubermachen, und da war er nicht mehr da. Muss wohl heute Morgen sehr früh gegangen sein. Seine Sachen hat er jedenfalls alle mitgenommen. Bezahlt hatte er bar im Voraus. Für eine Woche. Er war sehr gut gekleidet und fuhr ein teures Auto. Ich habe mich schon gewundert, warum so einer ausgerechnet bei mir unterkommen wollte. Diese Typen findet man doch eher in Kampen oder so. Da passt er jedenfalls besser hin. Hat er denn was ausgefressen – oder warum interessiert sich die Polizei für ihn?«

»Ist Ihnen darüber hinaus irgendetwas aufgefallen?«, wollte Nick wissen und überging die Frage.

»Was'n?«

»Hatte er beispielsweise Besuch?«, versuchte Uwe, die Frau aus der Reserve zu locken.

»Nö«, sagte sie zu ihm und betrachtete kritisch ihre Fingernägel.

»Danke für Ihre Hilfe, Frau Petersen. Mehr Fragen haben wir im Moment nicht. Sollte Ihnen etwas einfallen, melden Sie sich bitte umgehend bei uns.«

Uwe reichte der Frau eine Visitenkarte. Frau Petersen nickte und ließ sie in der Tasche ihrer Kittelschürze verschwinden, ohne sie näher anzusehen. Nick und Uwe traten den Rückzug an und hatten bereits die Gartenpforte erreicht.

»Da waren gerade vorhin zwei Männer«, sagte Frau Petersen unerwartet.

Die beiden Beamten drehten sich abrupt um und kamen ein paar Schritte zurück.

»Was meinen Sie damit?«, fragte Nick, um sicherzugehen, dass sie sich nicht verhört hatten.

»Na, was ich gesagt habe. Sie wollten doch wissen, ob dieser Doktor … Dingsda Besuch hatte«, gab Frau Petersen fast vorwurfsvoll zurück.

Schnell ergriff Uwe das Wort, da Nick mit seiner Geduld am Ende war.

»Wann war das? Wer waren die Männer, und was haben sie genau gesagt?«

»Noch nicht sehr lange her. Sie haben nach diesem Doktor … gefragt. Ich vergesse ständig diesen Namen«, entschuldigte sich Frau Petersen, wedelte mit der Hand und machte ein entschuldigendes Gesicht.

»Strecker«, half Uwe nach.

»Ach, richtig, Doktor Strecker. Den wollten sie auf jeden Fall sprechen. Aber ich habe denen das Gleiche gesagt wie Ihnen, nämlich, dass er nicht mehr da ist.«

»Und dann?«

Jetzt wurde auch Uwe zusehends ungeduldiger.

»Dann sind sie gegangen«, erklärte Frau Petersen mit zufriedenem Gesichtsausdruck und verschränkte die Arme vor der Brust.

»Ist Ihnen an den Männern irgendetwas aufgefallen?

Können Sie sie näher beschreiben?«, erkundigte sich Nick.

»Es hat nur der eine von denen was gesagt. Aber der sprach irgendwie komisch.«

»Komisch? Inwiefern? Was meinen Sie damit?«, erkundigte sich Uwe und zog fragend die Augenbrauen hoch.

»Ja, ich glaub, das war ein Russe oder so«, erwiderte Frau Petersen und hatte die Stirn in Falten gelegt, als ob sie angestrengt nachdenken müsste.

»Meinen Sie damit, er hatte einen osteuropäischen Akzent?«, half Uwe der Frau erneut auf die Sprünge.

»Ja, genau.« Sie nickte sichtlich zufrieden.

»Und wie sahen die beiden aus?«

Sie überlegte kurz, ehe sie antwortete.

»Ganz normal eigentlich.«

Nick musste sich auf die Zunge beißen, um nicht gleich aus der Haut zu fahren. So schwer war es doch nun wirklich nicht, ein paar simple Fragen klar und deutlich zu beantworten. Dass Polizeiarbeit zäh und zermürbend sein konnte, war keine Seltenheit, aber heute raubte es ihm buchstäblich den letzten Nerv. Sein Kollege Uwe war in diesen Situationen stets wesentlich gelassener als er und legte in den allermeisten Fällen eine beneidenswerte Gelassenheit an den Tag. Obwohl Nick feststellen musste, dass es Uwe unter diesen Gegebenheiten ebenfalls schwerfiel, freundlich und entspannt zu bleiben. In diesem Fall waren sie persönlich betroffen, das machte einen erheblichen Unterschied zu den üblichen Ermittlungen.

»Bitte beschreiben Sie die beiden Männer kurz. Nur ganz grob, wenn es geht«, forderte Uwe die Frau auf.

Sie überlegte erneut kurz und blickte nach oben.

Dann kratzte sie sich erneut am Kinn und sagte schließlich: »Sie waren beide sehr groß und massig. Einer hatte ganz kurze Haare, der andere eine Glatze. Sie sahen aus wie die Typen im Fernsehen, die so Geldtransporte begleiten oder wichtige Leute beschützen. Wissen Sie, was ich meine?«

»Sie meinen Bodyguards?«, fragte Nick.

»Ja, so in etwa.« Frau Petersen nickte zustimmend. »Und sie hatten schwarze Sachen an. Hose, Jacke, alles in Schwarz. Richtig unheimlich, wenn ich im Nachhinein darüber nachdenke. Ich dachte mir gleich, dass mit denen was nicht stimmen kann.«

»Gut, Frau Petersen, damit haben Sie uns sehr weitergeholfen. Bitte kommen Sie heute im Laufe des Nachmittags auf dem Polizeirevier in Westerland vorbei.«

»Warum das denn? Ich habe doch nichts Verbotenes getan«, wehrte sich Frau Petersen empört.

»Natürlich haben Sie das nicht. Aber wir benötigen Sie für die Anfertigung eines Phantombildes der beiden«, erklärte Uwe.

»Ach so. So wie im Fernsehen?«, fragte sie und bekam Farbe im Gesicht.

»Ja, ja, genauso wie im Fernsehen«, antwortete Uwe und rang sich ein gequältes Lächeln ab.

Nick rollte mit den Augen.

»Das habe ich gesehen, junger Mann!«, entgegnete Frau Petersen blitzartig und funkelte Nick böse an.

Daraufhin schenkte Nick ihr ein entwaffnendes Lächeln, das ihre harten Gesichtszüge augenblicklich zum Schmelzen brachte.

Uwe fuhr derweil ungerührt fort: »Die Adresse finden Sie auf der Rückseite der Visitenkarte, die ich Ihnen gegeben habe. Es ist leicht zu finden. Das Revier befindet sich schräg gegenüber vom Bahnhof, neben dem Haus mit dem Leuchtturm auf der Fassade. Das rote große Backsteingebäude, das kennen Sie bestimmt. Haben Sie vielen Dank, Frau Petersen, schönen Tag noch.«

»Tschüss dann«, verabschiedete Frau Petersen die Beamten.

Dann drehten sich die beiden Männer um und verließen das Grundstück. Frau Petersen blieb einen Moment lang in der offenen Tür stehen, sah den beiden hinterher und starrte Nick dabei auf seinen Hintern.

»Meine Güte, war das eine schwere Geburt«, seufzte Uwe, als die beiden ihre Autos fast erreicht hatten.

»Das kannst du laut sagen, und wir sind eigentlich keinen Schritt weitergekommen. Wir waren leider zu spät. Ich würde zu gerne wissen, wo Marcus sich aufhält. Weit kann er nicht sein. Der ist irgendwo auf der Insel, da bin ich mir ganz sicher. Vielleicht weiß er noch nichts von Annas Verschwinden.«

»Ich würde nicht sagen, dass wir nicht weitergekommen sind, Nick. Wir wissen, dass ein paar unangenehme Zeitgenossen Marcus auf den Fersen sind. Möglicherweise haben diese Leute etwas mit Annas Verschwinden zu tun. Wir müssen unsere Suche nach Anna auf Marcus und diese beiden Russen ausweiten. Wenn wir erst die Phantombilder haben, dürfte es leichter fallen, sie ausfindig zu machen. Die fallen viel eher auf der Insel auf als so ein Marcus. Du kannst übrigens den Rest des Tages freinehmen, wenn du willst. Ich glaube, du brauchst Schlaf. Nimm es mir nicht übel, aber du siehst echt fertig aus.«

Uwe bemerkte Nicks Anspannung, die von Minute zu Minute größer wurde. Er konnte verstehen, dass Nick zutiefst beunruhigt war. Und seine Sorgen waren leider berechtigt, auch wenn Uwe versuchte, seinen Freund zu beruhigen. Sie waren beide Polizisten und gaben sich nicht irgendwelchen Illusionen hin. Gleichzeitig waren sie Menschen, die die Hoffnung niemals aufgaben, vor allem nicht, wenn es um einen geliebten Menschen aus den eigenen Reihen ging.

»Ich weiß. Das ist nett, aber zu Hause fällt mir die Decke auf den Kopf«, erwiderte Nick kopfschüttelnd. »Ich mache weiter.«

Nick war auf dem Weg nach Rantum zum Haus von Britta und Jan, um Pepper abzuholen. Es war kurz nach 18 Uhr. Er fühlte sich müde und kraftlos. Heute Abend hätte er eigentlich zum Sport gehen wollen, konnte sich dazu aber nicht aufraffen. Er parkte den Wagen direkt vor dem Haus. Britta öffnete ihm die Haustür, bevor er sie erreicht hatte und klingeln konnte. Sie hatte ihn durch das Küchenfenster auf den Parkplatz fahren sehen und hoffte, er würde gute Nachrichten mitbringen. Doch seinem Gesichtsausdruck nach zu urteilen, sah es nicht danach aus.

»Hallo, Nick!« Britta umarmte Nick. »Gibt es Neuigkeiten? Seid ihr weitergekommen?«

»Nein.« Nick schüttelte resigniert den Kopf und streichelte Pepper, der neugierig angelaufen kam. »Wir haben lediglich Annas Wagen gefunden, aber keine Spur von ihr. Die Untersuchung des Autos gab keinen Aufschluss darüber, was passiert ist. Keine Spuren. Der Wagen war unverschlossen, der Schlüssel steckte im Zündschloss, und Annas Handtasche lag unberührt auf dem Beifahrersitz. Sogar das Geld im Portemonnaie war noch da. Und Marcus ist verschwunden. Er ist bei Nacht und Nebel aus seiner Pension ausgezogen. Niemand weiß, wo er sich gerade aufhält.«

Nick fuhr sich mit beiden Händen übers Gesicht.

Britta sah ihn an und sagte: »Diese Ungewissheit macht einen ganz krank. Ihr werdet Anna bestimmt bald finden. Du siehst müde aus, komm doch rein und leg ab.«

»Ich will euch nicht lange stören. Es war schon nett, dass Pepper hier bleiben durfte. War er artig?«

»Absolut brav. Aber du störst überhaupt nicht. Komm, Nick, wir wollen gerade zu Abend essen. Du musst doch auch etwas essen. Alleine machst du dir sowieso nichts. Habe ich recht?«

»Ehrlich gesagt habe ich gar keinen Hunger«, seufzte er.

»Du brauchst jetzt Kraft, Nick. Los, komm schon. In Gesellschaft schmeckt es ohnehin besser«, versuchte Britta ihn zu überzeugen.

Nick ließ sich schließlich überreden. Er zog seine Jacke aus, hing sie an den letzten freien Haken der überfüllten Garderobe und folgte Britta ins Esszimmer.

»Moin, Nick. Wie sieht es aus? Wenn ich geahnt hätte, in welcher Gefahr sich Anna befunden hat, hätte ich sie gestern auf keinen Fall allein gelassen. Ich mache mir wirklich Vorwürfe deswegen«, sagte Jan.

»Das brauchst du nicht, es ist nicht deine Schuld, Jan. Noch wissen wir nicht sicher, was hinter dem Verschwinden von Anna steckt. Ich glaube nicht, dass Marcus sie selbst entführt hat.«

Man konnte Nick deutlich ansehen, dass es ihn viel Kraft kostete, über das alles zu sprechen. Er setzte sich auf einen der Stühle am Esszimmertisch. Britta stellte einen Teller und Besteck vor ihm ab.

»Was magst du trinken?«, fragte sie ihn.

»Nur ein Wasser, bitte.«

Sie legte ihm kurz eine Hand auf die Schulter, schenkte ihm ein aufmunterndes Lächeln und verschwand in der Küche.

»Wo sind die Kinder?«, fragte Nick und sah sich suchend um.

»Sie dürfen heute ausnahmsweise oben in ihrem Zimmer beim Fernsehen essen«, erklärte Jan.

»Aber nur«, ergänzte Britta, die gerade mit einem Glas Wasser wiederkam, »weil die Schwester eines Klassenkameraden bei so einer Talentshow mitmacht. Das wird nachher gesendet.«

»Aha«, brummte Nick vor sich hin und trank einen Schluck Wasser.

Während des Essens sprachen sie nicht viel. Es herrschte allgemeine Niedergeschlagenheit und Ratlosigkeit. Nach einer leichten Plauderei war niemandem zumute. Über Annas Verschwinden zu spekulieren, brachte auch niemanden weiter. Schließlich bedankte sich Nick für alles und machte sich mit Pepper auf den Weg nach Hause.

KAPITEL 10

Mitten in der Nacht wurde ich wach. Um mich herum war es stockdunkel. Plötzlich stieg mir ein leichter Brandgeruch in die Nase. Mir war, als hätte ich Stimmen gehört. Lief da nicht jemand weg? Sofort rappelte ich mich von meinem Lager auf und stellte mich dicht an den Kellerschacht, um herauszufinden, von woher der Geruch kam. Aber ich konnte aufgrund der Dunkelheit nichts erkennen. Der Brandgeruch wurde jedoch immer intensiver, und ich konnte es knacken und knistern hören, als wenn jemand durch vertrocknetes Gehölz trat. Dann sah ich einen hellen Lichtschein, der nicht weit entfernt von meinem Fenster flackerte. Irgendetwas brannte lichterloh.

»Feuer!«, stieß ich panisch aus.

Unweit von mir war etwas in Flammen aufgegangen. Der Rauch wurde zusehends dichter und waberte draußen an dem Kellerschacht vorbei. Durch die zerschlagene Fensterscheibe drang er ungehindert in mein Gefängnis ein. Ich wich instinktiv vom Fenster zurück und musste husten. Auch meine Augen begannen von dem scharfen Qualm zu brennen.

»Hilfe!«, schrie ich vor blanker Angst, und mein Puls raste. »Holt mich hier raus!«

In meiner wachsenden Panik griff ich nach der Wolldecke auf meinem Lager und stopfte sie hastig vor die kaputte Scheibe. Ich wollte verhindern, dass noch mehr Qualm zu mir dringen konnte. Dann lief ich voller Verzweiflung in meinem Gefängnis hin und her. Getrieben von dem Gedanken, dass ich hier so schnell wie möglich raus musste, um nicht elendig zu ersticken, mobilisierte ich meine letzten Kräfte und hämmerte und trat gegen diese verdammte Tür. Doch sie blieb unerbittlich. Ich hatte keine Chance. In der Ferne schrillten die Sirenen. Kurz darauf konnte man die herannahende Feuerwehr hören. Schleichend zog immer mehr Rauch in meinen Kellerraum, sodass ich erneut zu husten begann. Nur nicht die Nerven verlieren und schön ruhig bleiben, sagte ich mir gebetsmühlenartig. Und bloß nicht ohnmächtig werden, schoss es mir durch den Kopf. Meine Fingerknöchel schmerzten von den vergeblichen Versuchen, die Tür mit Gewalt zu öffnen. Ich wusste mir nicht mehr zu helfen. Letztendlich kauerte ich dicht an die Tür gepresst auf dem Boden, hielt mir schützend den Schal vor Mund und Nase und ergab mich meinem Schicksal. Ich hatte plötzlich sämtliche Kraft und Hoffnung verloren. Ich fühlte mich genauso leer wie der Raum, in dem ich mich befand.

Nach kurzer Zeit war mir, als hörte ich Stimmen hinter der Tür und Schritte auf dem Gang. Sollte ich endlich gefunden worden sein? War das die Feuerwehr? Hatten meine Hilferufe doch Aufmerksamkeit erregt und jemand hatte mich zufällig gehört? Vielleicht waren es meine Kidnapper, die mich aufgrund des Feuers woanders hinbringen wollten. Erschreckend musste ich feststellen, dass es mir beinahe egal war, Hauptsache, ich kam raus aus dieser akuten Gefahrensituation.

Augenblicklich erwachten meine Lebensgeister wieder.

Ich hämmerte erneut gegen die Tür und rief so laut ich konnte: »Ich bin hier! Hier drinnen! Hilfe!«

Gegen 2.00 Uhr nachts schlenderte ein junges Paar händchenhaltend den schmalen Fußgängerweg am Südwäldchen zwischen dem Syltstadion und dem Campingplatz von Westerland entlang. Sie kamen gerade von einem Discobesuch aus der Stadt zurück und steuerten ihren Wohnwagen auf dem Campingplatz an. Leicht angeheitert alberten sie herum. »Ruhe da draußen!«, war aus einem der anderen Wohnwagen zu hören. Offensichtlich fühlte sich jemand in seiner Nachtruhe massiv gestört. Daraufhin begannen die beiden noch mehr zu kichern. Plötzlich wurde die Stille der Nacht durch ein Geräusch durchschnitten.

»Hast du das gehört?«, fragte die junge Frau und hielt inne.

»Ich hab nix gehört. Was war denn?«, fragte der junge Mann und fingerte an der Jacke seiner Freundin herum.

»Hör mal auf, Sebastian! Das klang eben wie ein Knall oder eine Art Donner. Riechst du das?«

»Ich riech auch nix. Los, Lena, komm lieber schnell rein.«

»Mensch, Sebastian! Jetzt warte doch mal!«, erwiderte sie gereizt.

Die junge Frau ging ein paar Schritte von ihrem Wohnwagen weg und blickte in Richtung der Dünen, aus der sie meinte, das Geräusch gehört zu haben.

»Lena, komm doch rein, da ist nichts! Du hast dich bestimmt getäuscht«, rief ihr Freund ungeduldig und wollte gerade im Wohnwagen verschwinden.

In diesem Augenblick sah sie es deutlich vor sich. Ein

heller Feuerschein am Sylter Nachthimmel. Tiefschwarze Rauchwolken stiegen in den sternenklaren Himmel, und ein stechender Brandgeruch durchzog die kühle Nachtluft.

»Oh Gott! Da brennt es! Schnell, ruf die Feuerwehr!«, rief sie ihrem Freund zu, der augenblicklich stocknüchtern schien und ebenso gebannt in den Himmel blickte.

Geistesgegenwärtig zog er sein Smartphone aus der Jackentasche und wählte den Notruf 112. Mittlerweile waren andere Urlauber von dem Knall und dem Brandgeruch, der in der Luft hing, aufgewacht und aus ihren Behausungen gekrochen. In immer mehr Wohnmobilen und Zelten ging das Licht an. Die Menschen standen im Schlafanzug oder Bademantel im Freien und sahen zu der lodernden Feuerstelle hinter den Dünen.

Die Feuerwehr war nach wenigen Minuten vor Ort und versuchte, den Brand unter Kontrolle zu bekommen. Auch ein Streifenwagen der Polizei traf fast zeitgleich mit der Feuerwehr ein. Nach einer halben Stunde war das Feuer schließlich gelöscht. Lediglich einige Rauchschwaden stiegen noch wie dünne Schleier gespenstig von der Brandstelle empor. Von dem alten Wohnwagen, der hier am Fuße der Düne seit Jahren gestanden hatte, war nur noch ein Haufen geschmolzenes Plastik und ein verrußtes Gestell aus Metall übrig geblieben. Die verkohlten Überreste eines Lattenrostes sowie die Tischbeine eines Campingtisches waren deutlich zu erkennen. Feuerwehrmänner mit Atemmasken stocherten mit langen Stangen in der Asche herum, um etwaige übrig gebliebene Glutnester ausfindig zu machen und zu löschen.

»Chef!«, rief einer von ihnen. »Können Sie mal bitte herkommen. Ich habe etwas gefunden!«

Nick schreckte aus dem Schlaf hoch, als es an der Haustür klingelte. Draußen war es bereits hell, und die Vögel zwitscherten seit Stunden um die Wette. Ein untrügliches Zeichen, dass der Frühling längst Einzug auf der Insel Sylt gehalten hatte. In eineinhalb Wochen war Ostern. Nick sah auf den Wecker auf dem Nachttisch. Es war kurz nach 8.00 Uhr. Als er das letzte Mal auf die Uhr gesehen hatte, war es stockdunkel gewesen und 3.00 Uhr nachts. Er musste irgendwann vor lauter Grübelei und Erschöpfung so fest eingeschlafen sein, dass er kein Auto hatte kommen hören. Sollte Pepper angeschlagen haben, hatte er selbst das nicht bemerkt. Er schwang sich eilig aus dem Bett, griff nach seiner Jeans auf dem Sessel neben dem Bett und schlüpfte hastig hinein. Auf dem Weg nach unten zog er sich schnell ein T-Shirt über und fuhr sich mit einer Hand durchs Haar. Pepper stand in der Diele, wedelte aufgeregt mit dem Schwanz und bellte. In der Hoffnung, dass es Nachrichten von Anna gab oder sie sogar selbst vor dem Haus stand, riss Nick die Haustür auf.

»Moin, Nick! Ich hoffe, ich habe dich nicht aus dem Bett geholt. Oder doch?«

Uwe stand draußen vor der Tür. Nick sah seinen Freund erstaunt an, blinzelte gegen das Licht und rieb sich den Nacken.

»Uwe, gibt es etwas Neues? Komm erst mal rein, magst du einen Kaffee? Ich habe total verschlafen.«

Dann drehte er sich um, ohne eine Antwort abzuwarten, und bewegte sich in Richtung der Küche. Uwe zögerte einen Moment, trat ein und schloss die Haustür hinter sich. Dann folgte er Nick in die Küche. Nick war bereits dabei, die Kaffeemaschine anzuschalten und zwei Kaffeebecher aus dem Schrank zu nehmen. Dann öffnete er den Kühlschrank und nahm eine Packung Milch heraus.

»Nick, ich muss dir etwas sagen«, begann Uwe zögerlich.

Er hatte sich auf der ganzen Fahrt hierher überlegt, wie er beginnen sollte, aber keinen wirklich guten Satz gefunden.

»Ja? Was ist los?«, fragte Nick, stellte einen Becher unter die Kaffeemaschine und betätigte eine der Tasten. Nach einem kurzen Mahlgeräusch lief frischer Kaffee in die Tasse. »Du kommst doch nicht nur vorbei, um mir einen guten Morgen zu wünschen. Also? Sag schon.«

»Es hat heute Nacht auf der Insel gebrannt.«

»Schon wieder? Neulich hat es doch an der ›Sylt Quelle‹ in Rantum gebrannt, wenn ich mich recht erinnere. Wo denn dieses Mal?« Nick reichte Uwe einen Becher mit frischem Kaffee. »Nimmst du Milch?«

Uwe schüttelte ablehnend den Kopf.

»Nein danke. Es hat sogar an zwei unterschiedlichen Orten gebrannt. Allerdings nicht zeitgleich. In Hörnum wurde direkt am ehemaligen Jugendaufbauwerk Sylt ein Feuer gelegt, und eine Stunde später brannte es in Westerland auf dem Campingplatz.«

Uwe trank einen Schluck und hätte sich fast die Zunge verbrannt, da der Kaffee sehr heiß war.

»Brandstiftung?«, fragte Nick und stellte die Packung Milch zurück in den Kühlschrank.

»Davon ist auszugehen«, erwiderte Uwe. »In Hörnum wurden alte Paletten, Autoreifen und sonstiger Schrott, der dort herumlag, angezündet. Das passiert für gewöhnlich nicht von selbst. Aber kaum Sachschaden, weil dort niemand mehr wohnt. Die Fassade ist an einer Stelle etwas in Mitleidenschaft geraten, aber auch das hält sich wohl in Grenzen. Das Gebäude ist sowieso in einem miserablen Zustand. Würde mich nicht wundern, wenn es abgerissen wird. Ursprünglich sollte es für die Unterbringung von Flüchtlingen genutzt werden, aber das kann man wirklich niemandem zumuten. Aber in Westerland …« Uwe fiel es nicht leicht weiterzusprechen. Er holte tief Luft. »Nick, die Kollegen der Feuerwehr sind heute Nacht bei den Löscharbeiten auf etwas gestoßen. Das Feuer ist in einem ausgedienten Wohnwagen ausgebrochen, der weiter abseits vom eigentlichen Campingplatz steht, hinter den Dünen. Auch hier deutet alles auf Brandstiftung hin. Und beim Aufräumen haben die Kollegen dann …«, Uwe zögerte kurz, bevor er weitersprach, es zerriss ihm fast das Herz, »… eine verkohlte Frauenleiche gefunden.«

Uwe blieben die letzten Worte beinahe im Hals stecken. Wie gerne hätte er seinen Freund mit dieser Nachricht in der jetzigen Situation verschont. Nick war gerade mit der Kaffeemaschine beschäftigt, als er sich langsam zu Uwe umdrehte. Sämtliche Farbe war aus seinem Gesicht gewichen, er war kalkweiß und starrte Uwe mit regloser Miene an. Er schien wie gelähmt von dieser Mitteilung.

»Das hier wurde ganz in der Nähe der Brandstelle gefunden.«

Uwe reichte Nick eine kleine durchsichtige Tüte, in der sich ein silberner Ring mit einem kleinen Seestern befand. Nick griff wie mechanisch nach der Tüte und ließ sich damit auf einen der Stühle an dem großen Esstisch sinken. Was er da in den Händen hielt, war zweifelsfrei Annas Ring. Er hatte ihn sofort erkannt. Der Ring war eine Sonderanfertigung. Anna hatte ihn vor vielen Jahren von ihrer Oma geschenkt bekommen und trug ihn seitdem täglich. Lediglich nachts legte sie ihn ab, so wie ihren übrigen Schmuck auch.

»Der Ring gehört Anna«, flüsterte Nick und konnte seinen Blick nicht von dem Schmuckstück lösen.

»Bitte, Nick, das muss alles gar nichts bedeuten«, versuchte Uwe, ihn zu beruhigen und ihm Mut zuzusprechen.

Nick saß wie versteinert da und sagte kein einziges Wort. Dann schloss er für einen kurzen Augenblick die Augen. Er umfasste das Schmuckstück dabei mit seiner Hand und bildete eine Faust, die er so fest zusammendrückte, dass seine Fingerknöchel weiß hervortraten. Er schluckte.

»Nick, wir warten erst die genaue Untersuchung der Leiche ab. Anhand der Zähne werden wir die Identität der Person zweifelsfrei feststellen können. Wenn der Zahnstatus abgeklärt ist, haben wir Gewissheit, um wen es sich handelt. Es macht keinen Sinn, sich im Vorfeld in Spekulationen zu verrennen. Du darfst nicht mit dem Schlimmsten rechnen. Hast du gehört?« Nick sah seinen Freund mit leerem Gesichtsausdruck an, und Uwe war sich nicht sicher, ob er ihm überhaupt zugehört hatte. »Das wird alles nur ein blöder Zufall sein.« Uwe wusste, dass dies nur ein schwacher Trost war, aber er wusste im Moment nicht, was er anderes sagen sollte. »Trotzdem bräuchte ich die Adresse von Annas Zahnarzt. Alles nur Formsache, denn zunächst müssen alle weiblichen Personen, die zurzeit vermisst werden, überprüft werden. Aber das brauche ich dir nicht zu erklären, das weißt du selbst.«

»Ihr Wagen stand auf dem Campingplatz«, murmelte Nick vor sich hin, ohne Uwe dabei anzusehen.

Uwes Eindruck bestätigte sich, dass Nick ihm gar nicht richtig zugehört hatte.

Dann hob Nick den Kopf und sagte: »Ich muss sofort dahin!«

Unverzüglich stand er auf, doch Uwe hielt ihn am Arm zurück.

»Nein, Nick! Du kannst dort nichts ausrichten. Gerade weil ihr Wagen in der Nähe stand, kann sie den Ring verloren haben, und jemand hat ihn mitgenommen und wiederum verloren.« Uwe musste sich eingestehen, dass diese Theorie ziemlich an den Haaren herbeigezogen war. Doch wie sollte er seinem Freund in dieser Situation Hoffnung spenden und Mut zusprechen? »Es gibt viele verschiedene Möglichkeiten, wie der Ring dorthin gelangt sein könnte. Du darfst nicht die Nerven verlieren.«

»Gibt es Hinweise zur Brandursache?« In Nicks Augen standen Tränen.

»Nein, so wie es im ersten Moment aussieht, ist der alte, ausrangierte Wohnwagen in Brand geraten. Wie ich bereits erwähnte, steht er etwas abseits und wird schon seit Jahren nicht mehr genutzt. Eigentlich hätte er längst verschrottet werden sollen, aber niemand hat sich bislang darum gekümmert. Er wird gern als Treffpunkt von Jugendlichen genutzt. In diesem Wohnwagen hat mal der alte Jensen gehaust. Aber das war lange vor deiner Zeit als Polizist hier. Jensen war ein alter verrückter Kauz, aber im Grunde harmlos. Er tat niemandem etwas und lebte völlig zurückgezogen. Man munkelte, seine Frau wäre mit einem anderen durchgebrannt, worauf er seinen Kummer zusehends in Alkohol ertränkte. Vor ein paar

Jahren ist er gestorben. Betrunken vor ein Auto gelaufen, das war's dann. Tragisch. Seitdem stand der Wagen ungenutzt am Ende des Campingplatzes, ein bisschen versteckt in den Dünen. Die Kollegen der Kripo gehen mit hoher Wahrscheinlichkeit von Brandstiftung aus. In der Nähe wurde ein handelsüblicher Benzinkanister gefunden. Da waren keine Profis am Werk. Vielleicht war es die gleiche Truppe, die das Feuer neulich in Rantum an der ›Sylt Quelle‹ gelegt hat und kurz zuvor in Hörnum am Jugendaufbauwerk. Das muss alles näher untersucht werden. Vermutlich handelt es sich um politisch motivierte Taten.«

Nick fühlte sich plötzlich leer, und sein Herz war wie gelähmt. Annas Bild tauchte vor seinem inneren Auge auf. Sie lächelte ihn an, und der Wind spielte mit ihrem Haar. Er mochte sich nicht vorstellen, dass es sich bei der Toten wirklich um Anna handelte. Bei dem Gedanken schnürte es ihm die Kehle zu. Endlich war er nach langer Zeit wieder glücklich, es durfte nicht sein. So grausam konnte das Schicksal nicht mit ihm umgehen. Umso mehr verspürte er in diesem Moment den Drang, Marcus aufzuspüren. Er war der Schlüssel, der ihn zu Anna bringen würde, da war Nick sich absolut sicher. Uwe beobachtete seinen Freund aufmerksam.

»Was hast du vor?«, wollte er wissen.

»Ich suche die ganze Insel nach Anna und diesem Marcus ab, und wenn es Tag und Nacht dauert. Ich kann nicht rumsitzen und warten, sonst werde ich verrückt. Pepper nehme ich mit. Ich weiß, dass Anna lebt, und ich werde nicht eher ruhen, bis ich sie gefunden habe.«

»Aber wo willst du mit deiner Suche anfangen?«

»Das weiß ich noch nicht. Hat die Fahndung nach Marcus etwas ergeben? Was ist mit den Russen? Gibt es von denen eine heiße Spur?«

»Bislang leider nichts. Marcus' Automarke gibt es öfter auf der Insel, der Wagen fällt nicht weiter auf. Und von den beiden anderen fehlt bislang jede Spur, obwohl die eindeutiger zu erkennen sind.« Uwe zog eine Grimasse. »Ich komme mit dir, ich lasse dich unter diesen Umständen auf keinen Fall allein.«

»Musst du nicht aufs Revier? Ich habe heute Spätdienst.«

»Ich offiziell auch. Habe mich schon umgezogen, weil ich mir dachte, dass wir uns weiter auf die Suche machen. Außerdem lässt der Chef uns freie Hand in diesem Fall. Nick, wir stehen alle geschlossen hinter dir. Du bist nicht nur unser Kollege, sondern auch unser Freund. Und Anna mögen wir alle sehr gern, das weißt du. Wir stehen das gemeinsam durch. Geh duschen, zieh dich um und lass uns dann fahren!«

»Danke«, sagte Nick, und ein kleiner Funken Hoffnung flammte in ihm auf.

Draußen war es hell, als ich vorsichtig die Decke vor dem Fenster entfernte. Ich konnte das Geräusch eines Rasenmähers hören. Es klang ganz dicht. Der Brandgeruch draußen war längst einer frischen Brise gewichen. Nur in meinem Verlies roch es noch nach kaltem Rauch und modrigem Keller, da die Luft nur äußerst langsam zirkulierte. Meine Kehle fühlte sich trocken an, und ich hatte starke Halsschmerzen. Jedes Schlucken verursachte mir heftige Schmerzen. Aufgrund der Tatsache, dass es nachts sehr kalt wurde, war das keine Überraschung. Ich stellte mich auf die Zehenspitzen, um aus dem kleinen

Fenster zu sehen, aber ich konnte nichts erkennen außer blauem Himmel. Das Motorengeräusch des Rasenmähers entfernte sich immer weiter. Die vergangene restliche Nacht hatte ich vor der Tür gehockt. Die Stimmen, die ich meinte gehört zu haben, waren verstummt – und niemand war gekommen. Dabei hätte ich schwören können, dass jemand vor der Tür war. Vermutlich hatte mir in meiner grenzenlosen Verzweiflung meine Fantasie tatsächlich einen Streich gespielt. Um etwas frische Luft in mein Verlies zu bekommen, wickelte ich meine Hand in den Schal und schlug anschließend nahezu alle Splitter der bereits kaputten Scheibe aus dem Rahmen. Dieses Mal funktionierte es, und sie fielen knackend zur Seite. Ich musste mich sehr anstrengen und strecken, um die Fensterscheibe zu erreichen. Mein Schultergelenk schmerzte dabei, aber ich hoffte, dass auf diese Weise etwas mehr frische Luft hereinkommen würde. Welche Uhrzeit wir hatten, wusste ich nicht. Ich schätzte, es war 10 Uhr, aber ich konnte mich auch täuschen. Mittlerweile hatte ich jegliches Zeitgefühl verloren. Meine Armbanduhr trug ich nur selten und hatte sie bewusst neulich zu Hause auf dem Nachttisch liegen gelassen. In letzter Zeit reichte mir mein Handy, um zu wissen, wie spät es gerade war. Aber das Telefon befand sich in meiner Handtasche, die mir meine Kidnapper abgenommen hatten. Jetzt stattete ich meinem Eimer in der Ecke einen Besuch ab. Ich dachte nicht mehr darüber nach, sondern erledigte das, was nötig war und schenkte dieser Stelle im Raum anschließend keinerlei Beachtung mehr. In einer anderen Ecke des Raumes hatte ich mehrere Stücke alte Pappe gefunden. Vermutlich stammten sie von irgendeiner Verpackung. Von der Feuchtigkeit hier drinnen waren sie aufgequollen und wellig geworden. Ich verwendete ein Stück Pappe, um damit meine provisorische Toilette abzudecken. Vielleicht hatte jemand in Gefangenschaft auf diese Art den uns bekannten Toilettendeckel erfunden. Ich hatte mir vorher nie über solche Dinge Gedanken gemacht. Vermutlich wurde so manche Idee aus der Not geboren, überlegte ich. Aber warum kam ich ausgerechnet in diesem Moment auf derartig komische Einfälle? Wenn ich nicht bald hier rauskommen würde, würde ich noch gänzlich verrückt werden, befürchtete ich. Ich sprach bereits mit mir selbst oder mit der kleinen Maus, die mir in regelmäßigen Abständen einen Besuch abstattete. Und ich kam auf seltsame Ideen. Der Übergang zum Wahnsinn lag vermutlich nicht mehr in allzu weiter Ferne und nahm schleichend von mir Besitz. Ich tröstete mich mit dem Gedanken, dass ich es dann vielleicht nicht mehr bewusst wahrnehmen würde.

Nick und Uwe hatten beschlossen, ihre Suche nach Marcus in Kampen zu beginnen. Wenn er sich auf der Insel aufhielt, war dieser Ort mit aller Wahrscheinlichkeit die erste Adresse, um ihn zu finden. Das Leben im Luxus zog ihn magisch an. Daraus resultierten auch seine finanziellen Probleme. Anna hatte mit Nick nie viel über ihre Vergangenheit mit Marcus gesprochen, aber das, was Nick von ihm wusste, war, dass er stets über seine Verhältnisse lebte. Nick nahm daher an, er würde versuchen, irgendwie an Geld zu kommen. Marcus war charmant und gut aussehend und hatte bei Frauen leichtes Spiel.

Sie parkten den Wagen auf dem Parkplatz am Strönwai und gingen zu Fuß weiter. Noch hatte die Saison nicht richtig begonnen, daher parkten am Straßenrand nur wenige Wagen der Luxusklasse. Vor den Schaufenstern der exquisiten Geschäfte, die auf zahlungskräftige und anspruchsvolle Kundschaft warteten, flanierten einige Passanten. Zwischen denen, die gerne zeigten, was sie besaßen, befanden sich auch ganz normale Touristen. Da schoben zum Beispiel Familienväter Kinderwagen vor sich her, während ihre Frauen ehrfürchtig in die Auslagen der Geschäfte schauten. Uwe machte gerade einer älteren Dame im Pelzmantel Platz, die ebenfalls einen Kinderwagen schob. Aber nicht etwa, um ihren Enkel darin spazieren zu fahren, sondern in der Karre saß ein dicker, hechelnder Mops, dessen Augen jeden Moment aus dem Kopf zu quellen drohten. Er gab ein röchelndes Geräusch von sich, als er Pepper erblickte. Man konnte nicht klar definieren, ob es ein Ausdruck von Freude oder Missfallen war. Pepper ging unbeeindruckt weiter. Vermutlich nahm er das schnaufende Wesen im Kinderwagen gar nicht als Artgenossen wahr.

»Ich fasse es nicht«, murmelte Nick kopfschüttelnd, als die Dame mit Mops ihn und Uwe selbstbewusst passiert hatte. Eine schwere Parfümwolke erfüllte die Luft.

»Ja, aber mich wundert hier gar nichts mehr. Warum bist du dir eigentlich so sicher, dass Marcus noch auf Sylt ist?«, fragte Uwe, während sie die Straße weitergingen und nach Marcus Ausschau hielten.

Pepper lief brav neben Nick an der Leine her, die Nase gen Boden gerichtet.

»Weil wir ihn sonst längst erwischt hätten, wenn er versucht hätte, den Autozug oder die Fähre nach Dänemark zu nehmen. Und seinen Wagen lässt der nicht zurück. Auch wenn der wahrscheinlich sowieso der Bank gehört.«

»Klingt logisch«, gab Uwe seinem Freund recht und strich sich über seinen Bart.

Plötzlich ertönte ein lautes Hupen, das aus Uwes Jacke zu kommen schien.

»Oh, sorry, das ist mein Handy«, sagte Uwe und zog es hervor, um das Gespräch anzunehmen.

Nick sah seinen Kollegen mit angespannter Miene an, während dieser telefonierte.

Als er das Gespräch beendet hatte, sagte Uwe: »Das war unser Kollege Christof Paulsen. Die Eltern des vermissten Mädchens sind auf der Insel eingetroffen und sitzen bei ihm im Büro. Sie wollen genau wissen, was für Maßnahmen wir im Einzelnen ergriffen haben, um ihre Tochter zu finden. Sie setzen ihm wohl ganz gehörig zu.«

»Werden wir auch noch kontrolliert, ob wir unsere Arbeit richtig machen? Das wird ja immer besser!« Nick lachte kurz bitter auf.

»Reg dich nicht auf! Paulsen kümmert sich um sie, aber ich möchte trotzdem nicht in seiner Haut stecken. Die fahren schweres Geschütz auf. Einen Anwalt haben sie auch gleich mitgebracht.«

»Wozu soll das gut sein?« Nick schüttelte verärgert den Kopf. »Die hätten sich lieber vorher besser um ihre Tochter kümmern sollen, als jetzt anderen Leuten vorzuschreiben, wie sie ihre Arbeit zu machen haben. Unfassbar!«

»Tja, du weißt doch, wie es läuft. Schuld haben immer die anderen! Und wir sind doch sowieso immer die Dummen!«

Uwe zuckte gleichgültig mit den Schultern, und die beiden Männer gingen weiter.

»Haben die Eltern denn eine neue Idee, wo sie stecken könnte?«, fragte Nick.

»Nein. Das Handy kann aus irgendwelchen Gründen nicht geortet werden. Keine Ahnung. Aber warum das nicht funktioniert, darfst du mich nicht fragen. Ich bin kein Fachmann. Die richterliche Genehmigung liegt jedenfalls vor«, erklärte Uwe.

»Hm«, überlegte Nick. »Scheinbar bezahlt sie überall bar, denn die Kreditkarte und die EC-Karte wurden nirgends eingesetzt, habe ich von den Kollegen erfahren.«

»Zuletzt wurden mit der EC-Karte 1.000 Euro an einem Geldautomaten in Flensburg abgehoben und dann in Niebüll, ebenfalls 1.000 Euro. Sie will wirklich nicht gefunden werden. Es soll einen heftigen Streit mit den Eltern gegeben haben. Es ging dabei wohl in erster Linie um das leidige Geld«, stellte Uwe nachdenklich fest.

»Tja, wo wir wieder beim Thema wären«, ergänzte Nick.

Die beiden Männer gingen weiter und sahen sich überall um, konnten aber Marcus nirgends entdecken.

Mittlerweile war es Mittagszeit, und die Aprilsonne strahlte vom wolkenlosen Himmel. Überall in den Restaurants saßen die Menschen draußen und genossen die Frühlingssonne. Der Winter war lang gewesen, und jeder war ausgehungert nach der wärmenden Kraft der Sonne. Uwe verspürte urplötzlich ein starkes Hungergefühl beim Anblick der vielen vollen Teller, die überall an den Tischen serviert wurden. Seine letzte Mahlzeit war mindestens drei Stunden her.

»Ich glaube, ich brauche dringend etwas zu essen«, sagte er deshalb zu Nick. »Wollen wir uns nicht kurz irgendwo hinsetzen und eine Kleinigkeit zu uns nehmen? Ich lade dich ein. Bitte, Nick! Du solltest auch was essen. Du brauchst Kraft.«

»Das habe ich vor Kurzem schon einmal gehört«, erwiderte dieser daraufhin.

Obwohl Nick in den letzten Tagen weder Hunger noch Durst verspürte, willigte er ein. Er kannte seinen Freund und wusste, dass er es nie lange ohne eine Mahlzeit aushielt und irgendwann übellaunig wurde. Leider sah man ihm das auch an. Jegliche Beteuerungen, er würde ab sofort mehr auf seine Ernährung achten und Sport treiben, verliefen stets im Sande. Nick hatte es längst aufgegeben, Uwe dahingehend zu beeinflussen. Schließlich war Uwe alt genug und sollte wissen, was für ihn gut war. Und da gab es Tina, Uwes Frau, die penibel darauf achtete, was zu Hause auf den Tisch kam. Zugegeben, wenn Nick mit Uwe unterwegs war, machte sich Uwe wenig aus Tinas guten Ratschlägen. Er aß das, was er gerade wollte und was ihm schmeckte. Nick mischte sich nicht ein. Sie hielten Ausschau nach einer Lokalität, die nicht gerade im höchsten Preisniveau lag, was in Kampen nicht einfach war. Auf einer Terrasse eines kleinen Bistros fanden sie einen freien Platz. Sie setzten sich an einen der Tische und studierten die Speisekarte. Zwischendurch kontrollierte Nick sein Mobiltelefon, in der Hoffnung, irgendetwas von Anna oder den Kollegen zu hören. Aber nichts rührte sich.

Nachdem sie mit dem Essen fertig waren, lehnte sich Uwe zurück und strich sich zufrieden mit beiden Händen über seinen strammen Bauch. Das Hemd darüber spannte, und einige Knöpfe drohten jeden Moment abgesprengt zu werden.

»Ach, das war gut. Jetzt geht es mir gleich viel besser«, stellte Uwe fest. Dann sah er auf Nicks Teller. »Du hast ja nicht gerade viel gegessen. Mehr als die Hälfte ist übrig!«

»Bitte, bediene dich ruhig, wenn du noch hungrig bist!«, sagte Nick und schob seinen Teller ein Stück in Uwes Richtung.

»Nein, danke, lass mal. Salat! Das ist doch kein Essen. Ich stelle mich doch nicht freiwillig an den Anfang der Nahrungskette! Reicht schon, dass ich zu Hause dauernd so was vorgesetzt bekomme. Davon kann man unmöglich satt werden, schon gar nicht als Mann.«

Nick schmunzelte. Die Bedienung kam an ihren Tisch, um das Geschirr abzuräumen. Sie zögerte kurz, bevor sie nach den Tellern griff.

»Darf ich abräumen?«, fragte sie.

»Danke, wir sind fertig«, erklärte Uwe.

»Hat es Ihnen nicht geschmeckt oder war irgendetwas nicht in Ordnung damit?«, erkundigte sich die Kellnerin bei Nick, als sie den fast unberührten Teller vor ihm sah.

»Doch, doch, es war ausgezeichnet, aber ich habe keinen besonders großen Hunger.«

»Er hat Angst um seine Figur«, setzte Uwe einen drauf.

Die junge Kellnerin musterte Nick daraufhin eingehend und grinste kokett.

»Ich glaube, darum muss sich Ihr Kollege nun wirklich keine Gedanken machen.«

Sie schenkte Nick dabei ein vielsagendes Lächeln, dann drehte sie sich um und verschwand mit dem Geschirr nach drinnen.

»Also deine Wirkung auf Frauen ist immer wieder aufs Neue faszinierend«, stellte Uwe fest. »Hast du bemerkt, wie sie dich gerade angesehen hat? Ich wünschte, mich würde mal eine Frau so ansehen.«

Er seufzte aus tiefstem Herzen und sah in die Richtung, in die die junge Frau verschwunden war.

»Dann iss mehr Salat!«

Nick lachte und klopfte seinem Kollegen mit der Hand auf seinen kugeligen Bauch. Dann verdüsterte sich seine Miene.

»Wollen wir wieder?«, fragte er ungeduldig und rutschte auf seinem Stuhl unruhig hin und her.

»Ja, ich gehe nur schnell rein und bezahle. Bin gleich wieder da!«

»Okay, ich warte mit Pepper da vorne. Dort kann er aus dem Wassernapf trinken.«

Nick zog einen Geldschein aus seiner Hosentasche und reichte ihn Uwe.

»Lass mal stecken, Nick, ich lade dich ein. Das habe ich doch versprochen.«

»Danke«, antwortete Nick und steckte den Schein ein.

Uwe verschwand zum Bezahlen im Inneren des Bistros. Nick war aufgestanden und wartete draußen auf dem Bürgersteig. Unterdessen wanderten seine Augen von einer Restaurantterrasse zur anderen. Um diese Zeit herrschte Hochbetrieb, fast alle Plätze draußen waren besetzt. Gerade als sich Uwe neben ihn gesellte, blieb Nicks Blick an einem der hinteren Tische eines Restaurants auf der gegenüberliegenden Seite hängen.

»Das glaube ich jetzt nicht«, murmelte er. »Hier, nimm mal Pepper, ich habe etwas zu erledigen. Bin gleich zurück.«

»Aber Nick, wo willst du hin? Was hast du vor?«

Uwe hielt Pepper an der Leine und blickte Nick verwundert hinterher, wie er im Laufschritt quer über die Straße lief. Dann erkannte er plötzlich, was sein Kollege gesehen hatte. Auf der Terrasse eines der gegenüberliegenden Restaurants saß Doktor Marcus Strecker, gesund und äußerst munter. Er war in Begleitung einer augenscheinlich betuchten Frau. Sie war auffallend stark geschminkt, hatte langes blondiertes Haar und war mit extravagantem Schmuck behängt wie ein Weihnachtsbaum kurz vor der Bescherung. Beide schienen sich sehr zu amüsieren. Die Frau lachte und kicherte immer wieder übertrieben albern. Dabei hielt sie sich affektiert eine Hand vor den Mund und warf übertrieben den Kopf in den Nacken. In der Mitte des Tisches stand eine auf Eis gekühlte Flasche Champagner in einem silbernen Behältnis. Eine Bedienung servierte gerade zwei überdimensionale Teller mit diversen Meeresfrüchten. Uwe erkannte augenblicklich die Situation und lief Nick so schnell er konnte hinterher, denn er ahnte, was gleich geschehen würde. Doch Nicks Vorsprung war zu groß. Er stand bereits vor Marcus, der ihn überrascht ansah. Ein breites Grinsen erschien auf seinem Gesicht.

»Oh, der Herr Wachtmeister! Was verschafft mir die Ehre? Bin ich etwa zu schnell gefahren oder parke im Halteverbot«, fragte er und zwinkerte seiner Begleitung neckisch zu, die darauf erneut in albernes Gelächter verfiel.

»Wo ist Anna? Was hast du mit ihr gemacht?«, fragte Nick.

Seine dunklen Augen wirkten fast schwarz vor Zorn. Er atmete tief ein und aus und hatte Mühe, nicht die Beherrschung zu verlieren.

»Ich habe keine Ahnung, wovon du überhaupt sprichst. Wieso sollte ausgerechnet ich wissen, wo Anna sich aufhält?« Marcus wirkte amüsiert, denn er grinste breit. »Dafür bin ich nicht mehr zuständig. Ich dachte, sie wärmt jetzt dein Bett?«, fügte er hinzu und blinzelte gegen die Sonne Nick an.

Dann wandte er sich seiner Begleiterin zu, als wenn Nicks Erscheinen nur ein bloßer Irrtum wäre und das Gespräch damit beendet. Doch mit Nicks Selbstbeherrschung war es nun endgültig zu Ende. Er packte Marcus mit beiden Händen am Kragen und riss ihn von seinem Stuhl hoch.

»Du weißt genau, wovon ich spreche«, zischte er ihn mit zusammengepressten Zähnen wütend an. »Wenn Anna auch nur ein Haar gekrümmt wird, wirst du dafür büßen, das verspreche ich dir!«

Seine Augen funkelten vor Wut, und jeder Muskel seines Körpers war bis zum Äußersten gespannt. Marcus bekam ein hochrotes Gesicht, und Schweißperlen standen ihm auf der Stirn, während er Nick mit weit aufgerissenen Augen erschrocken ansah. Mit einer solch heftigen Reaktion hatte er nicht gerechnet. Seine Großspurigkeit und Arroganz von eben waren schlagartig purer Angst gewichen. Er packte Nick zwar an dessen Handgelenken, konnte sich jedoch nicht aus eigener Kraft aus dem festen Griff befreien. Nick war mehr als einen Kopf größer als Marcus und deutlich kräftiger gebaut. Gegen ihn hatte er nicht den Hauch einer Chance. Die Frau an Marcus' Tisch war aufgesprungen, trampelte hektisch auf der Stelle und hielt sich vor Schreck eine Hand vor den Mund.

»Oh Gott, Marcus! Er soll dich sofort loslassen«, wisperte sie mit hilflosem Gesichtsausdruck und sah sich wie ein verängstigtes Kaninchen um. »Warum macht denn keiner etwas?«, stammelte sie mit dünnem Stimmchen.

Die Leute an den Nachbartischen waren auf das Schauspiel aufmerksam geworden und reckten neugierig ihre Köpfe. Aber niemand sah sich in der Pflicht, Marcus zu Hilfe zu eilen.

»Lass mich sofort los!«, krächzte Marcus. »Du glaubst wohl, nur weil du Bulle bist, kannst du dir alles erlauben. Das wird Konsequenzen haben, mein Lieber! Das wirst du bitter bereuen! Das hier kann dich locker deinen Job kosten.«

»Du wagst es, mir zu drohen, du Mistkerl?«, konterte Nick zornig.

Nick verstärkte den Druck, bis Marcus laut zu röcheln begann. Inzwischen hatte Uwe die beiden erreicht, ließ Peppers Leine fallen und ging beherzt dazwischen. Er hatte Mühe, die beiden Kontrahenten voneinander zu trennen.

»Lass gut sein, Nick, der ist es nicht wert. Beruhige dich«, redete er auf seinen Freund ein und schob ihn ein Stück beiseite.

Nick atmete tief ein und ließ Marcus los. Dieser sank hustend auf seinen Stuhl zurück. Marcus' Begleiterin stürzte sofort zu ihm, um sich von seiner Unversehrtheit zu überzeugen. Unbeholfen legte sie ihm eine Hand auf die Schulter und redete auf ihn ein. Marcus, dem die Situation unangenehm zu sein schien, beruhigte sie und bat sie, Platz zu nehmen. Die anderen Gäste um sie herum hatten das Interesse an diesem Intermezzo längst verloren und widmeten sich wieder ihren Gesprächen. Marcus richtete den Kragen seines Hemdes und setzte sich aufrecht auf seinen Stuhl. Noch immer stand ihm der Schweiß auf der Stirn. Er griff nach der Serviette neben seinem Teller und wischte sich damit übers Gesicht. Dann lächelte er verlegen.

»Also, Herr Strecker«, übernahm Uwe nun das Ruder, »können Sie uns Hinweise zum Verschwinden von Anna Bergmann geben?«

»Ich weiß nicht, wo sie ist. Das habe ich ihm schon gesagt«, antwortete Marcus und deutete an Uwe vorbei zu Nick.

»Warum sind Sie so schnell aus Ihrer Pension ausgezogen, und was wollten die beiden Männer von Ihnen?«, setzte Uwe ungeachtet der neugierigen Blicke der Personen an den Nachbartischen die Befragung fort.

Marcus war die Situation deutlich unangenehm, denn er blickte hektisch umher.

»Müssen wir das hier besprechen?«, fragte er leise.

»Sie können gerne mit aufs Revier kommen, wenn Ihnen das lieber ist. Jederzeit.«

»Nein, ist es nicht. Ich verstehe nicht, was Sie überhaupt von mir wollen. Ich hatte keinen Besuch und weiß auch nicht, wo Anna ist. Alles andere ist meine Privatsache. So, und jetzt lassen Sie mich in Ruhe, sonst beschwere ich mich bei Ihrem Vorgesetzten. Wir leben in einem freien Land, ich muss niemandem Rechenschaft darüber ablegen, was ich tue oder wohin ich gehe.«

»In diesem Fall müssen Sie das. Wie können wir Sie erreichen?«, fragte Uwe.

Widerwillig griff Marcus in die Tasche seines Jacketts, das neben ihm über der Stuhllehne hing. Er kramte seine Geldbörse und einen Kugelschreiber hervor. Dann entnahm er dem Portemonnaie eine Visitenkarte. Darauf notierte er auf der Rückseite eine Handynummer und reichte sie Uwe.

»Hier, bitte. Unter dieser Nummer können Sie mich erreichen. Aber nur, wenn es wirklich wichtig ist«, fügte er gereizt hinzu.

»Danke. Bitte halten Sie sich zu unserer Verfügung und verlassen die Insel in den nächsten Tagen nicht. Sie sind noch lange nicht raus aus der Sache.« Damit drehte sich Uwe um, nahm die Leine des geduldig wartenden Pepper auf und trat den Rückzug an.

»Warum nehmen wir ihn nicht gleich mit?«, fragte Nick, der ihm folgte.

»Weil wir nichts gegen ihn in der Hand haben, was eine Festnahme rechtfertigen würde«, murmelte Uwe im Weitergehen.

»Aber er weiß viel mehr, als er zugibt«, protestierte Nick.

»Das kann schon sein, aber wir können im Moment nicht mehr machen, Nick. Du weißt genauso gut wie ich, dass wir ihn nicht einmal zur Fahndung hätten ausschreiben dürfen. Wir bewegen uns rechtlich auf verdammt dünnem Eis. Also, komm jetzt.«

Widerwillig folgte Nick seinem Kollegen. Sie waren gerade im Begriff die Terrasse des Restaurants zu verlassen, als Marcus Nick lautstark hinterherrief: »Hey Nick!« Nick blieb stehen, hob den Kopf, drehte sich jedoch nicht um, sondern wartete ab. »Wer weiß, vielleicht ist Anna ja abgehauen, weil du sie mit deinen Qualitäten als Zuchtbulle nicht überzeugen konntest! Sie will doch unbedingt ein Kind. Jetzt holt sie sich das eben woanders.«

Marcus hatte den letzten Satz kaum zu Ende ausgesprochen, da konnte man seine Nase unschön knacken hören, als sie von Nicks rechter Faust getroffen wurde. Blut lief Marcus über sein Gesicht. Sein helles Hemd war rot gesprenkelt, und er hielt sich sofort beide Hände vors Gesicht.

»Spinnst du?«, schrie er Nick an und sah entsetzt auf seine blutverschmierten Hände.

Aber der wurde bereits von Uwe, der Pepper an der Leine hielt, energisch am Arm mitgezogen.

»Komm weg hier«, murmelte er ihm zu, als sie sich den Weg durch die Menge von Schaulustigen bahnten, die sich um sie geschart hatte. »Das war nicht gerade die schlauste Idee, mein Freund. Du trägst immerhin eine Uniform.«

»Hast du gehört, was er gesagt hat?«

»Ja, aber das ist noch lange kein Grund, gleich zuzuschlagen. Das ist doch sonst nicht deine Art. Mensch, Nick! Seit wann lässt du dich so leicht provozieren?«

»Bei dieser Unverschämtheit ist mir die Sicherung durchgebrannt. Ich weiß auch nicht, was mit mir los ist. Es tut mir leid«, entschuldigte sich Nick.

»Sag das nicht mir, sag das ihm.«

»Niemals!«, erwiderte Nick prompt und sah Uwe dabei direkt ins Gesicht. »Nur über meine Leiche.«

Uwe konnte sich ein leichtes Grinsen nicht verkneifen.

»Aber sauberer Schlag, das hat gesessen. Respekt, mein Lieber!«, stellte Uwe anerkennend fest. »Ganz ehrlich? Wenn du mich fragst, hat er es nicht besser verdient. Ich an deiner Stelle hätte wahrscheinlich auch nicht lange gefackelt. Ich kann gar nicht verstehen, dass der mal mit Anna zusammen gewesen ist.« Uwe schüttelte ungläubig den Kopf.

»Meinst du, er wird mich anzeigen?«, fragte Nick und rieb sich seine rechte Hand. Sie schmerzte gehörig von dem Schlag.

»Das kann ich mir nicht vorstellen. Der dürfte genügend andere Probleme haben. Von der gebrochenen Nase mal abgesehen. Selbst wenn er es tun sollte, müsstest du erst verurteilt werden, bevor überhaupt disziplinarisch irgendwas passiert. Und schließlich hat er dich angegriffen. Nur, weil wir Polizisten sind, müssen wir uns nicht alles gefallen lassen. Mach dir darum keinen Kopf. Aber meinst du wirklich, er wusste, dass Anna verschwunden ist?«

»Davon bin ich felsenfest überzeugt. Über die Frage, ob er wüsste, wo sie ist, war er nicht sonderlich überrascht. Er hat zwar so getan, als wenn er nicht im Geringsten wüsste, wovon ich spreche, aber das war glatt gelogen. Er weiß sehr wohl, dass sie entführt wurde und auch von wem. Dafür kommen nur diese beiden Inkassoeintreiber in Betracht. Da bin ich mir absolut sicher, kann es nur leider nicht beweisen. Ist so ein Bauchgefühl. Mir macht der nichts vor. Vielleicht kennt er Annas genauen Aufenthaltsort nicht, aber das scheint ihn auch völlig kaltzulassen. Wenn einem das Wasser bis zum Hals steht, sitzt man normalerweise nicht in einem der teuersten Restaurants der Insel und trinkt gemütlich Champagner mit irgendeiner aufgedonnerten Tussi. So abgebrüht kann man eigentlich gar nicht sein.«

»Dann halten die Entführer Anna vermutlich für seine Freundin, um so schneller an ihr Geld zu kommen«, versuchte Uwe die Situation zu analysieren.

»Ja, das denke ich. Wenn sie es nicht sind, wer ist es dann? Dann hätte es doch längst eine Lösegeldforderung oder etwas in der Art gegeben. Aber bislang hat sich niemand gemeldet. Das ist doch ungewöhnlich.«

»Da stimme ich dir zu. Vielleicht sollten wir uns mit den Kollegen zusammensetzen und alles genau analysieren. Vielleicht übersehen wir etwas«, schlug Uwe vor.

Nick sagte leise: »Ja. Wenn es tatsächlich die Russen sind, kann man nur hoffen, dass sie ihren Irrtum nicht feststellen, bevor wir Anna gefunden haben.«

Uwe nickte nachdenklich. Niemand wagte auszusprechen, was beide in diesem Augenblick dachten.

Als sie den Parkplatz erreicht hatten, schloss Uwe das Auto auf und sagte: »Ich bringe dich und Pepper nach Hause. Ein Eisbeutel würde deiner Hand bestimmt guttun.«

Er deutete auf Nicks Hand, die sich leicht gerötet hatte und entsprechend schmerzte.

»Ja, wahrscheinlich hast du recht. Wann rechnest du mit dem Ergebnis der Überprüfung des Zahnstatus der Leiche?«

»Ich rufe dich sofort an, wenn er mir vorliegt, versprochen«, sicherte Uwe Nick zu. »Ich weiß, dass du dir Sorgen um Anna machst. Mir würde es genauso gehen, wenn Tina verschwunden wäre. Aber wir dürfen nicht die Nerven verlieren und müssen einen klaren Kopf behalten.«

Uwe wollte gerade den Motor anlassen, als er stockte.

»Warte mal! Siehst du, was ich sehe?« Mit ungläubiger Miene starrte er durch die Windschutzscheibe.

»Was meinst du?«, fragte Nick irritiert, der gerade dabei war, seine Hand näher zu untersuchen.

Er blickte auf und erkannte sofort, was sein Freund meinte. Keine 20 Meter von ihnen entfernt, stiegen gerade zwei Gestalten in schwarzer Kleidung aus einem dunklen Wagen.

»Na, so ein Zufall«, stellte Nick fest. »Los, die schnappen wir uns!«

In Sekundenschnelle sprang Nick aus dem Wagen. Uwe hatte Mühe, so schnell hinterherzukommen. Beide Beamte gingen mit großen Schritten auf die Männer zu. Diese bemerkten sie zu spät, um flüchten zu können.

»Halt, bleiben Sie stehen!«, rief Uwe. »Hände hoch und Gesichter zur Wand!«

Die Männer wurden völlig überrumpelt von dieser Aktion und folgten Uwes Anweisungen widerstandslos.

Nick untersuchte erst den einen, dann den anderen Mann nach Waffen, fand aber nichts.

»Was soll das?«, fragte der Größere von beiden.

»Sie sind vorläufig festgenommen, da Sie in Verdacht stehen, in einen Entführungsfall verwickelt zu sein«, erklärte Uwe.

Der Mann antwortete nicht, sondern tauschte nur einen flüchtigen Blick mit seinem Partner. Während Uwe die beiden in Schach hielt, forderte Nick Verstärkung an. Es dauerte nicht lange und ein zweiter Streifenwagen erschien, um die Männer auf das Revier zu begleiten. Nick und Uwe fuhren ebenfalls dorthin. Pepper hatte es sich derweil auf der Rückbank gemütlich gemacht und schlief. Er verstand die ganze Aufregung nicht.

»Also, ich verstehe das nicht!«, sagte Maria Bergmann, als sie das Telefon auf die Basisstation gestellt hatte.

»Was verstehst du nicht, Maria?«, wollte ihr Mann wissen und sah von seinem Kreuzworträtsel in der aktuellen Ausgabe der Gartenzeitung auf.

Es fehlten ihm nur wenige Buchstaben, um das Lösungswort vollständig entschlüsselt zu haben, trotz allem kam er nicht drauf. Eventuell hatte er sich geirrt, und deshalb passte es nicht. Wenn man es bis zum 15. des Monats einschickte, winkte als Preis eine elektrische Heckenschere. Er beschloss, dass er es unbedingt versuchen sollte. Vielleicht hatte er Glück und würde sie gewinnen. Seine Heckenschere hatte viele Jahre auf dem Buckel, das Ergebnis des Schnittes war schon lange nicht mehr zufriedenstellend. Jedes Mal musste er per Hand nachbessern. Doch trennen wollte er sich nicht von diesem Gartengerät. Im Prinzip funktionierte sie noch und war sehr teuer gewesen. Seine Frau hatte ihm seit Langem in den Ohren gelegen, endlich ein neues Gerät anzuschaffen. Doch so leicht gab Volker Bergmann nicht auf.

»Ich erreiche Anna seit zwei Tagen nicht, weder auf ihrem Handy noch auf dem Festnetz. Da geht niemand ran.«

»Vielleicht sind sie für ein paar Tage weggefahren«, mutmaßte Volker Bergmann.

»Das hätte sie mir doch erzählt, als wir neulich telefoniert haben. Außerdem, wo sollten sie hingefahren sein? Sie wohnen doch da, wo andere Urlaub machen. Nein, das glaube ich nicht. Da ist bestimmt etwas passiert.«

»Maria, warum soll denn gleich etwas passiert sein?«

»Darf ich dich an letztes Jahr kurz vor Weihnachten erinnern?«, hielt sie dagegen.

»Die Kinder können doch auch mal wegfahren, ohne sich gleich bei uns abmelden zu müssen, oder? Sie sind schließlich erwachsen und führen ihr eigenes Leben.«

»Das bestreite ich ja gar nicht. Aber findest du es nicht trotzdem sonderbar?«

»Ehrlich gesagt Nein. Vielleicht wollen sie nur ihre Ruhe haben und nicht ständig kontrolliert werden«, gab Annas Vater zu bedenken.

»Ruhe? Etwa vor uns? Was soll das denn heißen! Und was meinst du mit dauernd kontrolliert werden?«, echauffierte sich Maria Bergmann. Sie bekam ganz rote Wangen.

Aber ihr Mann murmelte nur etwas Unverständliches vor sich hin und widmete sich wieder ganz seinem Kreuzworträtsel.

Britta hatte eben die Kinder an der Sporthalle abgesetzt und fuhr in Richtung ihres Hotels, dem Syltstern, durch

Westerland. Die Ampel am Bahnhof schaltete auf Rot, und Britta hielt an. Während sie wartete, ließ sie ihren Blick über den Bahnhofsvorplatz schweifen, auf dem die riesigen grünen Figuren in windschiefer Haltung jeden ankommenden Gast begrüßten und jeden abfahrenden verabschiedeten. Plötzlich traute sie ihren Augen kaum. Direkt vor ihr über den Fußgängerüberweg ging ihr Mann Jan in Begleitung einer blonden Frau. Sie unterhielten sich so angeregt, dass er sie noch nicht einmal bemerkte, obwohl sie mit ihrem Wagen unmittelbar vor ihm stand. Britta stockte der Atem. Also hatte sie sich nicht getäuscht. Jans merkwürdiges Verhalten war tatsächlich auf ein anderes weibliches Wesen zurückzuführen. Zu allem Überfluss musste Britta zugeben, dass die Frau sehr hübsch war. Viel hübscher als sie selbst, größer und viel schlanker. Eine rundherum attraktive Erscheinung, bei dessen Anblick kaum ein Mann widerstehen konnte. Sie gehörte zweifelsohne zu der Kategorie Frauen, die eine magnetische Anziehungskraft auf Männer hatten, ohne dass sie dafür viel tun mussten. Britta spürte einen heftigen Stoß mitten ins Herz, und Tränen stiegen ihr in die Augen. Über das Verschwinden von Anna hatte sie den Gedanken, ihr Mann würde sie eventuell betrügen, verdrängt. Doch jetzt wurde sie schlagartig daran erinnert – und der eindeutige Beweis war eben gerade auf zwei langen Beinen vor ihr über die Straße spaziert. Hinter ihr hupte es. Britta zuckte zusammen. Die Ampel hatte auf Grün geschaltet, und die Autofahrer hinter ihr machten ihrem Unmut Luft, weil es nicht schnell genug weiterging. Britta trat aufs Gaspedal und fuhr mit quietschenden Reifen los. Wirre Gedanken kreisten wild in ihrem Kopf, während sie das Bild von Jan und dieser Frau vor Augen hatte. Es hatte sich förmlich in ihre Netzhaut eingebrannt. Als sie vor dem Hotel angekommen war, stellte sie den Motor ab und blieb einen Moment lang, das Lenkrad umklammert, im Auto sitzen. Sie überlegte fieberhaft, was sie als Nächstes tun sollte. Es war, als wenn sie plötzlich in eine andere Welt katapultiert worden wäre. Nichts war mehr wie vorher, und sie wusste nicht, wie sie sich in dieser fremden Welt zurechtfinden sollte. Die Straße machte unerwartet eine Kurve, obwohl es eigentlich weiter geradeaus gehen sollte. Sie hatte keine Ahnung, wie sie sich Jan gegenüber verhalten sollte, wenn sie ihm das nächste Mal begegnen würde. Und das würde in Kürze der Fall sein. Sollte sie so tun, als wäre nichts gewesen und abwarten, bis er es von selber beichtete? Oder sollte sie ihm eine Szene machen? Sie wusste es nicht. Sie hatte zuvor noch nie solch eine Situation erlebt. Bis zum heutigen Zeitpunkt hatte sie immer geglaubt, es wäre alles in Ordnung zwischen ihnen, und Jan wäre glücklich und zufrieden. Doch derzeit erschien alles in einem ganz anderen Licht. Alles war zerbrochen. Britta hatte Angst, von den herabstürzenden Trümmern erschlagen zu werden. So ratlos fühlte sie sich selten. Erneut füllten sich ihre Augen mit Tränen. Jan war ihre ganz große Liebe. In zwei Wochen feierten sie ihren zehnten Hochzeitstag. Eigentlich wollte sie ihn mit einer Minikreuzfahrt überraschen. Die Reise war gebucht und bezahlt. Jans Eltern wollten sich während dieser Zeit um die Kinder und das Hotel kümmern. Britta hatte alles bis ins kleinste Detail geplant und organisiert. Und nun stand sie vor einem riesigen Scherbenhaufen. Sie klappte die Sonnenblende herunter und blickte in den kleinen Spiegel. Die Schminke um ihre Augen herum war vom Weinen völlig verlaufen. Sie wischte sie mit den

Fingern so gut es ging weg. Dann nahm sie ihre Handtasche vom Beifahrersitz und stieg aus. Sie atmete tief durch, straffte die Schultern und ging durch den Hoteleingang zur Rezeption. Unter keinen Umständen wollte sie, dass jemand von den Gästen oder dem Personal bemerkte, was in ihr vorging.

Nick und Uwe folgten den Kollegen mit den Festgenommenen ins Innere des Gebäudes, nachdem sie auf dem Parkplatz ihrer Dienststelle in Westerland eingetroffen waren. Sie wurden in einen Vernehmungsraum gebracht. Durch eine von einer Seite verspiegelten Scheibe konnten Nick und Uwe die Vernehmung der beiden einzeln nacheinander verfolgen. Aber weder der eine, noch der andere waren zu einer Aussage bereit. Sie schwiegen beharrlich und waren nicht gewillt, ohne einen Anwalt auch nur ein Sterbenswort von sich zu geben. Ihr gelassenes Verhalten deutete darauf hin, dass es nicht das erste Mal war, dass sie sich in Polizeigewahrsam befanden.

»Das sind eindeutig die Typen, die hinter Marcus her sind, und mit Sicherheit sind sie auch für Annas Verschwinden verantwortlich«, sagte Nick fest überzeugt.

»Wahrscheinlich hast du recht. Jedenfalls würde alles sehr schön zusammenpassen. Allerdings bewegen wir uns mit der Festnahme auf hauchdünnem Eis, das ist dir hoffentlich klar. Konkret können wir ihnen nämlich nichts nachweisen. Alles nur Vermutungen. Den Phantombildern nach sind sie es aber hundertprozentig. Da hatte die Petersen ein verdammt gutes Gedächtnis. Hätte ich ihr ehrlich gesagt gar nicht zugetraut nach den anfänglichen Schwierigkeiten«, stellte Uwe fest und rief sich das äußerst zähe Gespräch mit der Frau in Erinnerung.

»Manchmal irrt man sich eben gewaltig in Menschen. Aber bei diesen beiden Kandidaten täuschen wir uns nicht. Die wissen alles und sagen nichts. Wie lange wollen wir uns von denen noch auf der Nase herumtanzen lassen? Wir können nicht warten, bis es den Herrschaften gefällt und sie endlich die Zähne auseinanderbekommen. Dann kann es für Anna schon zu spät sein«, schimpfte Nick.

»Und was willst du tun, Nick?«, fragte Uwe, und ein ungutes Gefühl machte sich in ihm breit. Aber Nick ging nicht weiter auf seine Frage ein, sondern starrte durch die Scheibe in den Raum vor sich. »Mach bloß keinen Unsinn, hörst du?«

»Ich mache keinen Unsinn, aber das kann man sich ja nicht länger mit ansehen. Packt der Kollege den Kerl gleich in Watte?«

Nicks Geduld war endgültig am Ende, und er stürmte unvermittelt in das Vernehmungszimmer, bevor Uwe ihn daran hindern konnte.

»So, Schluss jetzt!«, sagte er, stützte sich mit beiden Händen vor dem schwarz gekleideten Mann auf dem Tisch ab und sah ihm direkt ins Gesicht. Seine Augen schienen dabei vor Wut Funken zu sprühen. »Sie wissen genauso gut wie wir alle, warum Sie hier sind. Sie brauchen uns somit nichts vorzuspielen. Da kann Ihnen auch ein Anwalt nicht weiterhelfen. Kommen wir also gleich zur Sache. Wir wissen, dass Sie hinter Doktor Marcus Strecker her sind, weil er Ihnen oder Ihrem Auftraggeber Geld schuldet. Das ist die eine Sache. Die andere ist: Wo befindet sich die Frau, die Sie deshalb entführt haben?«

Der Mann antwortete nicht und sah ohne jegliche Gefühlsregung stur an Nick vorbei. Nick kramte die Tüte mit Annas Ring aus der Jackentasche und knallte sie wütend vor dem Mann auf die Tischplatte. Doch der Verdächtige blieb davon unbeeindruckt. Er machte sich noch nicht einmal die Mühe, sich den Gegenstand anzusehen. Lediglich Nicks Kollege zuckte heftig zusammen.

»Hier! Kennen Sie das? Das haben wir in der Nähe des Wagens der Frau gefunden.«

Der Mann senkte für einen Augenblick den Kopf und ließ seinen Blick über das Schmuckstück gleiten. Dann sah er ungerührt geradeaus. Seine Mundwinkel zuckten für einen Bruchteil einer Sekunde, aber er schwieg. Seine überhebliche Art fachte Nicks Zorn weiter an.

»Wo habt ihr sie hingebracht?«, zischte Nick in seiner grenzenlosen Wut und Verzweiflung.

Am liebsten hätte er den Mann am Kragen gepackt und ordentlich geschüttelt. Doch er riss sich zusammen, auch wenn es ihm außerordentlich schwerfiel. Er war immerhin im Dienst und wusste, dass er mit derlei Methoden in diesem Fall nicht weiterkam. Die Sache mit Marcus lag ihm schwer genug im Magen. Der Verdächtige lehnte sich entspannt zurück. Man konnte den Eindruck gewinnen, dass es ihm regelrecht Freude bereitete, die Beamten zappeln zu lassen. Nick schlug mit der Faust auf den Tisch. Sein junger Kollege, der die Vernehmung bislang erfolglos geführt hatte, erschrak ein weiteres Mal fast zu Tode. Der Festgenommene dagegen verzog keine Miene und schien von den Beamten keinerlei Notiz zu nehmen. Gelangweilt betrachtete er die Fingernägel seiner rechten Hand. In diesem Augenblick ging die Tür auf, und Uwe kam herein. Ohne ein Wort packte er Nick am Arm und zerrte ihn nach draußen.

»Was soll das, Nick? Das hat doch so keinen Sinn! Du bist unter diesen Umständen nicht in der Verfassung, ein normales Verhör zu führen. Der Chef war übrigens eben da und hat sich das mit angesehen. Ich konnte ihn mit Mühe und Not davon überzeugen, dich nicht wegen Befangenheit von dem Fall abzuziehen. Du kannst von Glück reden, dass er so große Stücke auf dich hält, sonst wärst du ab sofort beurlaubt.«

Nick atmete tief durch und fuhr sich mit der Hand über das unrasierte Kinn.

»Aber …«, wehrte Nick ab.

»Nichts aber. Wir werden die beiden laufen lassen müssen.«

»Was?«

»Wir haben nichts gegen sie in der Hand. Versteh das doch bitte. Glaubst du vielleicht, ich finde das gut? Aber so sind die Gesetze nun mal.« Nick holte tief Luft und rieb sich mit beiden Händen über die Augen. »Ich bringe dich und Pepper nach Hause. Er ist drüben im Büro, die Sekretärin spielt mit ihm. Und du solltest dir dringend eine Mütze Schlaf gönnen. Für heute ist es wohl genug.«

»Danke«, sagte Nick leise und nickte. »Du hast recht. Es tut mir leid. Vielleicht wäre es wirklich besser, ich würde Urlaub nehmen. Ich weiß nicht mehr weiter.«

»Blödsinn. Zu Hause wird es auch nicht besser. Ich kenne dich doch. Gleich morgen suchen wir weiter«, versuchte Uwe ihn aufzumuntern.

»Scarren«, meldete sich Nick, als er das Telefon nach dem dritten Klingeln abnahm.

Die Nummer war unterdrückt, daher konnte er nicht erkennen, wer anrief. Er saß auf dem Sofa und hatte ein Glas Rotwein vor sich auf dem Couchtisch. Gewöhnlich trank er in der Woche keinen Wein abends und schon gar nicht allein, aber er brauchte das heute. Vielleicht konnte er dann wenigstens besser einschlafen. Pepper lag neben dem Sofa auf dem Teppich und bearbeitete einen Kauknochen, den er zwischen den Vorderpfoten hielt.

»Hallo, Nick, hier ist Maria. Ihr seid ja doch zu Hause! Ich habe schon mehrfach versucht, euch zu erreichen.«

Das hatte ihm noch gefehlt, dachte Nick. Was sollte er Annas Mutter sagen, überlegte er. Konnte er Annas Verschwinden weiterhin verschweigen? Bislang hatte er ihre Eltern nicht informiert.

»Nick? Hallo? Bist du noch da?«, fragte Maria ungeduldig, als sie nicht sofort eine Antwort erhielt.

»Hallo, Maria! Doch, doch, ich bin dran, entschuldige bitte. Ich war gerade nicht bei der Sache.«

»Ist alles in Ordnung? Du klingst so komisch. Da stimmt doch was nicht. Ist Anna nicht da?«

Nick zog ein Bein zum Körper und umfasste seinen nackten Knöchel mit einer Hand.

»Maria«, begann Nick, »ich wollte euch auch anrufen.« Er atmete tief aus. »Anna ist verschwunden.«

Endlich war es raus. Er hätte es ohnehin nicht länger verschweigen können und wollen. Schließlich waren es Annas Eltern. Sie hatten ein Recht darauf zu erfahren, dass ihre Tochter vermisst wurde.

»Was heißt denn ›verschwunden‹? Nick, was ist los bei euch? Habt ihr euch gestritten? Das renkt sich alles wieder ein. Anna ist sehr temperamentvoll, sie beruhigt sich wieder. Das hat sie von mir. Redet miteinander und schafft das Problem aus dem Weg. Dann sieht die Welt gleich ganz anders aus. Ihr seid doch frisch verliebt«, eiferte sich Annas Mutter.

»Nein, nein, das ist es nicht. Wir haben uns nicht gestritten. Ich wünschte, es wäre nur das. Anna wurde mit großer Wahrscheinlichkeit gekidnappt.«

Plötzlich war absolute Stille am anderen Ende der Leitung. Nick konnte seine zukünftige Schwiegermutter laut atmen hören.

»Gekidnappt? Du meinst, man hat sie entführt? Aber wer und weshalb? Und warum wissen wir nichts davon?«

»Ich wollte euch nicht beunruhigen, solange wir keine konkreten Anhaltspunkte haben. Schon, um Anna nicht zu gefährden.«

»Ich verstehe das alles nicht, Nick. Anna kann doch keiner Fliege etwas zuleide tun. Wer macht so etwas?«

Annas Mutter klang völlig fassungslos.

»Ich kann es nur vermuten. Wir denken, es hat mit Marcus Strecker zu tun. Er ist hier vor ein paar Tagen bei uns aufgetaucht und hat Anna um sehr viel Geld gebeten. Er steckt tief in finanziellen Schwierigkeiten und hat sich offensichtlich mit den falschen Leuten angelegt«, ergänzte Nick.

»Mein Gott«, flüsterte Maria, »und ich habe ihm gesagt, wo Anna wohnt. Ich konnte ja nicht ahnen …«

»Es ist nicht deine Schuld. Er hätte sie vermutlich früher oder später sowieso aufgespürt. In Zeiten des Internets ist das alles kein Problem mehr. Außerdem ist es kein Geheimnis, dass Anna auf Sylt lebt.«

»Und was geschieht jetzt? Nick, ihr müsst doch etwas unternehmen«, fragte sie aufgeregt.

»Wir tun alles, was in unserer Macht steht und suchen überall nach ihr.«

»Hast du mit Marcus gesprochen? Vielleicht hat er eine Idee, wo sie sein könnte«, schlug Annas Mutter vor.

»Marcus hat angeblich keine Ahnung wo sie sein könnte. Er ist nicht gerade sehr kooperativ, um es mal nett zu formulieren.«

Nick kniff die Augen zusammen und massierte sich mit Daumen und Zeigefinger die Nasenwurzel. Er war körperlich und seelisch am absoluten Limit. Er konnte die Aufregung von Annas Mutter durchaus nachvollziehen, aber ihr momentan nichts anderes sagen. Den Fund der verbrannten Frauenleiche in der Nähe des Campingplatzes verschwieg er ihr jedoch bewusst. Er wollte sie nicht zusätzlich beunruhigen, solange kein endgültiges Ergebnis vorlag. Am liebsten hätte er diesen Gedanken selbst weit verdrängt, doch er kreiste unaufhaltsam in seinem Kopf. Vor allem die Entdeckung des Ringes in der Nähe des Tatortes bereitete ihm erhebliche Bauchschmerzen. Dieses Warten und diese Ungewissheit machten ihn ganz mürbe. Da war es kein Wunder, dass er in Kampen die Nerven verloren hatte. Trotzdem ärgerte er sich im Nachhinein darüber, dass er sich derart hatte provozieren lassen. Er neigte sonst nicht zu Gewalt, ganz im Gegenteil, es war stets das letzte Mittel und für ihn eigentlich gar keines. Nick konnte sich nicht erinnern, wann er das letzte Mal derart die Kontrolle über sich verloren hatte. Das musste schon mehrere Jahre zurückliegen.

»Ich weiß gar nicht, wie ich das Volker erklären soll«, sagte Maria Bergmann und riss damit Nick aus seinen Gedanken.

»Ist er denn nicht zu Hause?«

»Nein, er ist bei einem Freund. Sie spielen immer einmal in der Woche Karten. Ich werde ihn aber sofort anrufen. Mein armes Mädchen! Hoffentlich geht es ihr gut. Ich mache mir solche Vorwürfe. Aber wer konnte denn ahnen, dass Marcus so weit gehen würde? Er hat mir irgendetwas von einer Unterschrift erzählt, die er dringend von Anna brauchte. Von Geld war überhaupt nicht die Rede. Wenn ich gewusst hätte, dass das alles nur ein Vorwand war«, sagte sie mit tränenerstickter Stimme.

Nick konnte hören, dass sie zu weinen begonnen hatte.

»Maria, bitte mach dir keine Vorwürfe. Ich sage euch sofort Bescheid, wenn ich etwas Neues erfahre. Das verspreche ich dir«, versuchte Nick, Annas Mutter zu beruhigen, allerdings ohne nennenswerten Erfolg.

Sie schluchzte ins Telefon.

»Wir packen am besten sofort und kommen hoch zu euch!«, schlug sie vor, nachdem sie sich etwas gefangen hatte.

»Das braucht ihr nicht. Ihr könnt hier nichts tun, wirklich«, versicherte ihr Nick. »Und heute bekommt ihr keinen Autozug mehr.«

»Bist du sicher?«, erwiderte sie zaghaft. »Und du meldest dich umgehend?«

»Ganz sicher, und ich melde mich sofort, das habe ich dir versprochen. Wir werden sie bald finden!« Und wenn es das Letzte ist, was ich im Leben tue, fügte er in Gedanken hinzu, sprach es jedoch nicht laut aus. Er wünschte sich selbst in diesem Augenblick nichts sehnlicher, als Anna so schnell wie möglich zu finden.

KAPITEL 11

Es war bereits die dritte Nacht, die ich in meinem Gefängnis verbracht hatte. Ich fror, und meine Halsschmerzen waren stärker geworden. Dazu kamen Schüttelfrost und wohl auch Fieber. Meine Hände und Füße waren eiskalt, aber mein Gesicht glühte. Ich sehnte mich nach Wärme, frischer Luft und vor allem Licht. Wie gerne hätte ich einen warmen Tee getrunken. Neben hämmernden Kopfschmerzen hatte ich das beklemmende Gefühl, dass der Raum, in dem ich mich befand, immer enger wurde. Die Wände schienen immer näher zu kommen und mich beinahe zu zerdrücken. Natürlich war es nur Einbildung, vielleicht war dieses Empfinden auf das Fieber zurückzuführen oder ich wurde wirklich langsam verrückt. Schließlich sprach ich bereits mit mir selbst, nur um eine menschliche Stimme zu hören und der erdrückenden Stille zu entkommen. Wenn ich zu Hause allein war und Gesellschaft haben wollte, schaltete ich das Radio ein, sprach mit Pepper oder rief beispielsweise Britta an. Außerdem sehnte ich mich nach einer Dusche. In Gedanken ließ ich fließend warmes Wasser über meinen Körper laufen. Allein die Vorstellung, meine Hände unter den Wasserhahn halten zu können, lösten fast Glücksgefühle in mir aus. Dabei war dies eine Handlung, die man täglich mehrfach tat, ohne im Geringsten darüber nachzudenken. Für viele Kleinigkeiten des Alltags hatte man das Bewusstsein, diese Dinge überhaupt tun zu können, völlig verloren. Und ich bildete da keine Ausnahme, es war einfach eine Selbstverständlichkeit und ganz normal. Es konnte nicht schaden, sich hin und wieder daran zu erinnern, dass es eben genau das nicht war. Ich nahm es mir in diesem Moment fest vor. Doch zurzeit war nichts mehr selbstverständlich und schon gar nicht normal. Ich verbrachte Tag und Nacht in einem engen, dunklen Raum ohne Möbel, abgesehen von einer alten Matratze und einer kratzigen Decke, über deren hygienischen Zustand ich aufgehört hatte, mir Gedanken zu machen. Darüber hinaus ernährte ich mich von Keksen, Obst und Mineralwasser, dessen Rationierung ich mir selbst streng auferlegt hatte. Draußen war ein weiterer Frühlingstag in vollem Gange, und die Sonne schien. Doch der Schein trog, denn nachts war es empfindlich kalt. Ich fror noch immer und zitterte am ganzen Körper, nicht nur von der Erkältung, die ich mir zugezogen hatte, sondern auch vor Anspannung, Kälte und Schlafmangel. Immer wieder rieb ich erst die Handflächen gegeneinander und anschließend auch über Arme und Beine, in der Hoffnung, dass mir auf diese Art warm wurde und die Durchblutung angeregt wurde. Aber meistens hielt es nicht lange vor. Ich zog meine Schuhe aus und massierte meine Füße, da ich meine Zehen kaum spürte. Ein bisschen Linderung brachte es, jedenfalls für eine kurze Zeit. Ich rechnete damit, dass jeden Augenblick einer meiner Kidnapper erschien, um mich mit weiterem Essen und Wasser zu versorgen. Eigentlich war es längst an der Zeit, überlegte ich. Aber es kam niemand. Langsam bekam ich ein mulmiges Gefühl. Eine weitere Welle der Angst drohte mich zu überrollen. Hatten sie von Marcus bekommen, was sie wollten und überließen mich meinem Schicksal? Oder hatten sie eben das nicht bekommen und würden mich hier deswegen elendig verhungern und verdursten lassen? Erneut begann sich das Gedankenkarussell in meinem Kopf zu drehen.

Nach einer weiteren gefühlten Stunde hatte sich noch immer nichts gerührt. Niemand erschien bislang. Ich ging von einer Wand zur anderen. Dann lief ich im Kreis und überlegte angestrengt, welche Möglichkeiten mir blieben, um hier herauszukommen, falls wirklich keine Hilfe auftauchte. Immer wieder sah ich zu meiner Wasserflasche, in der sich nur noch sehr wenig Wasser befand. Um meinen Körper ausreichend mit Flüssigkeit zu versorgen, war es viel zu wenig. Ein Mensch konnte durchaus für eine längere Zeit ohne Nahrung auskommen, aber nicht ohne ausreichend Wasser. Für den heutigen Tag reichte es gerade aus, um den größten Durst zu stillen. Ich hätte schon aufgrund meiner starken Halsschmerzen am liebsten die ganze Zeit über etwas Kaltes getrunken, um den Schmerz damit zu betäuben. Denn allein das Schlucken bereitete mir bereits immense Schwierigkeiten. Wenn man mich irgendwo in freier Wildbahn ausgesetzt hätte, hätte ich wenigstens noch die Chance gehabt, mir Regen- oder Tauwasser zu sammeln. Aber hier im Keller gab es nichts dergleichen, zumal ich nichts hatte, in dem ich es hätte auffangen können. Schnell versuchte ich, mich von dem Gedanken zu lösen. Ich steckte meine Hand in meine Jackentasche in der Hoffnung, dort vielleicht einen Bonbon oder desgleichen zu finden. Aber außer ein paar kleinen Hundeleckerlis befand sich darin nichts weiter. Bei dem Anblick der Hundekekse in meiner Hand musste ich unweigerlich an Pepper denken, und mir wurde bange ums Herz. Um mich abzulenken, sah ich zu dem kleinen Fenster. Bei dem Blick in den blauen Himmel hatte ich wenigstens das Gefühl, der Freiheit ein kleines Stück näher zu sein. Aber es war zu klein, um sich hindurchquetschen zu können. Abgesehen davon kam ich erst gar nicht ohne Hilfsmittel dran. Ich hätte einen stabilen Stuhl oder Hocker gebraucht. Es war schon ein ungeheurer Kraftakt gewesen, die Reste der Glasscheibe zu entfernen. In dem Raum gab es nichts anderes, was ich als Kletterhilfe hätte nutzen können. Mein Toiletteneimer war viel zu niedrig und diente ohnehin einem anderen Zweck. Erneut überfielen mich Angstgefühle, die abscheulichen Fratzen an der Decke sahen schadenfroh auf mich herab, und ich begann augenblicklich zu weinen, ohne dass ich etwas dagegen tun konnte. Entmutigt und verzweifelt ließ ich mich auf mein Lager sinken und rollte mich zusammen wie ein Igel. Ich zog die graubraune Decke, die aus Bundeswehrbeständen stammte, wie ein Aufdruck zeigte, über meine Beine bis hoch zu den Schultern. Sie roch ebenso muffig wie die Matratze, auf der ich nun seit Tagen lag, aber meine Nase hatte sich bereits an den Geruch gewöhnt. Außerdem beeinträchtigte die Erkältung zusätzlich meinen Geruchssinn. Ich beschloss, meine Kraftreserven einzuteilen und somit Energie zu sparen. So blieb ich eine ganze Weile liegen und verfiel in eine Art Dämmerschlaf.

Ein Geräusch von draußen vor dem Fenster weckte mich letztendlich aus meinem Standby-Modus. Dieses Mal war es nicht das Piepsen der kleinen Maus, die mich regelmäßig besucht hatte und sich einen Kekskrümel schmecken ließ, den ich ihr absichtlich hingeworfen hatte. Ich horchte erneut, um ganz sicherzugehen, dass ich mich nicht ein weiteres Mal getäuscht hatte. Da war es wieder.

Blitzschnell rappelte ich mich auf. Ich nahm ganz deutlich eine Kinderstimme wahr.

»Louis, komm da weg! Pfui!«, sagte jemand.

Das war meine Chance. Neben der Stimme vernahm ich ein Scharren und Kratzen direkt an meinem Kellerschacht über mir. Dann erklang erneut die Stimme eines Jungen.

»Er hört einfach nicht. Oma, ich glaube, Louis hat irgendwas gefunden!«

Ich zögerte nicht lange und rief so laut ich konnte: »Hallo! Hört mich jemand? Ich bin hier unten! Hilfe!«

Aber niemand schien Notiz von meinen Rufen zu nehmen. Was sollte ich denn noch tun, damit man mich endlich bemerkte. Vielleicht konnte man mich bis dort oben nicht hören. Voller Verzweiflung rief ich ein weiteres Mal mit aller Kraft um Hilfe. Doch die Stimmen entfernten sich. Dann konnte ich nur noch einen kleinen Schatten erkennen, der sich vor dem Fenster bewegte, um jedoch gleich darauf zu verschwinden. Dann war wieder alles ruhig. Sie waren weg.

»Bitte!«, wimmerte ich leise und lehnte mich erschöpft mit dem Rücken an die Wand. Ich begann von Neuem innerlich zu frösteln. »Helft mir doch!«

Nick erschien pünktlich zum Spätdienst und hatte soeben das Polizeirevier von Westerland betreten, als Uwe ihm bereits auf dem Flur entgegenkam. Nick wollte gerade erklären, warum er heute Pepper mitbringen musste, auch wenn es gegen jegliche Dienstvorschrift verstieß. Aber Uwe ließ ihn erst gar nicht ausreden, sondern zog ihn am Jackenärmel zur Seite neben den Getränkeautomaten.

»Was ist mit dir los, Uwe? Nun sag schon!«

»Wir haben Marcus«, sagte Uwe, und seine Augen leuchteten.

Nick sah ihn fragend mit hochgezogenen Augenbrauen an. Er verstand nicht, was sein Kollege ihm damit sagen wollte. Marcus hatten sie gestern bereits gefunden, aber sie hatten nichts gegen ihn in der Hand, was zu einer Festnahme gereicht hätte. Wozu dann also diese Aufregung?

»Er ist vorhin geschnappt worden, weil er sturzbetrunken mit seinem Wagen unterwegs war«, erklärte Uwe. »Er hat obendrein einen Verkehrsunfall verursacht und wollte abhauen. Es handelt sich zwar nur um einen kleinen Blechschaden, aber er beteuert natürlich seine Unschuld. Die Kollegen haben ihn gleich mit aufs Revier genommen. 1,2 Promille, damit ist er seinen Lappen vorerst los. Dumm gelaufen, würde ich sagen. Wahrscheinlich hat er den ganzen Vormittag seinen Kummer ertränkt. Er befindet sich in der Ausnüchterungszelle. Wir behalten ihn bis morgen früh hier. Kann nicht schaden.«

»Und du meinst, ich sollte mich um ihn kümmern?«, fragte Nick und grinste.

»Oh, nein. Er sieht elend genug aus. Das überlässt du lieber den Kollegen. Aber vielleicht können sie ihn in diesem Zusammenhang weichkochen, und er verrät uns doch noch, wo Anna ist. Und ob die Typen, die die Petersen gesehen hat, etwas mit Annas Verschwinden zu tun haben.«

»Na sicher haben sie damit zu tun«, erklärte Nick mit voller Überzeugung.

»Wir haben im Übrigen ein paar Hinweise erhalten, diese Gorillas betreffend.«

Nick wurde hellhörig.

»Allerdings bringen sie uns keine neuen Erkenntnisse. Dann gab es noch einen Anruf von einem Ole Philipps. Er ist Vorarbeiter einer Baufirma und hat Anna vor ein paar Tagen in Kampen gesehen«, erklärte Uwe und durchsuchte seine Hosen- und Jackentaschen.

Nicks Augen blitzten auf, als er Annas Namen hörte.

»Und?«, fragte er ungeduldig.

»Fehlanzeige. Sie hat sich dort auf einer Baustelle umgesehen«, berichtete Uwe.

»Das war lange vor ihrem Verschwinden. Und danach hat sie niemand mehr gesehen?«, wollte Nick wissen.

Die Enttäuschung war ihm sichtlich anzumerken, aber Uwe schüttelte den Kopf und wühlte weiter angestrengt in seinen Taschen.

»Was suchst du denn? Du machst einen ja ganz nervös.«

»Ich habe Durst und will mir eine Cola aus dem Automaten ziehen, aber ich finde kein passendes Kleingeld. Ich war mir sicher, dass ich heute Morgen etwas eingesteckt habe. Hast du mal einen Euro für mich?«

Nick griff in seine Hosentasche, zog eine Ein-Euro-Münze heraus und reichte sie Uwe.

»Bitte. Aber wolltest du nicht ab sofort gesünder leben?« Nick sah Uwe schmunzelnd an.

»Das musste ja kommen. Du kannst einem auch jede Lebensfreude nehmen«, konterte Uwe prompt und schnitt eine Grimasse.

Dann steckte er das Geldstück in den Schlitz des Automaten und wählte eine Taste. Innerhalb des Automaten klackte es, und eine Wasserflasche fiel laut rumpelnd in das Ausgabefach. Uwe öffnete es und entnahm die Flasche. Er hielt sie Nick demonstrativ vor die Nase und verzog dabei das Gesicht.

»Mineralwasser ganz ohne Geschmack! Bist du nun zufrieden?«, knurrte er.

»Schon besser, ich bin wirklich stolz auf dich«, erwiderte Nick lachend, während Uwe den Verschluss der Plastikflasche aufschraubte.

In diesem Augenblick kam eine Beamtin über den Flur. Sie sah sich suchend um.

Als sie Uwe und Nick schließlich neben dem Getränkeautomaten erblickte, steuerte sie zielstrebig auf die beiden Männer zu und sagte: »Mensch, Uwe, hier bist du! Ich habe dich überall gesucht. Kannst du bitte kommen, da ist ein Telefongespräch von der Kripo aus Flensburg für dich. Ich glaube, es ist ziemlich wichtig.«

In Sekundenschnelle stürmten die beiden an der Kollegin vorbei, die ihnen nur noch verdutzt nachblicken konnte.

»Na, das muss ja wirklich wichtig sein«, murmelte sie.

Dann ging sie kopfschüttelnd weiter. Pepper musste gezwungenermaßen hinter Nick her, obwohl er gerade mit dem vertrockneten Blatt einer Topfpflanze gespielt hatte, das auf dem Fußboden neben dem Getränkeautomaten lag. Uwe hastete an seinen Schreibtisch und riss den Hörer ans Ohr, dabei hätte sich beinahe der Inhalt seiner Wasserflasche über die Akten ergossen, die sich dort stapelten.

»Wilmsen am Apparat«, meldete er sich völlig aus der Puste vom schnellen Laufen.

Nick beobachtete Uwe während des Telefonats mit angespannter Miene. Sein Herz hämmerte aufgeregt in seiner Brust, und er ballte seine Hände nervös zu einer Faust. Nachdem Uwe aufgelegt hatte, fuhr er sich mit beiden Händen über das Gesicht und setzte sich auf seinen Stuhl. Er holte tief Luft und strich sich über seinen Bart.

An Nick gerichtet, der ihn mit besorgter Miene ansah, sagte er schließlich: »Das war der Kollege von der Kripo aus Flensburg. Das endgültige Ergebnis der Zahnuntersuchung liegt vor.« Er machte eine Pause. Nicks Herz raste, und seine Nerven waren bis zum Äußersten gespannt. Sie drohten jeden Moment zu zerreißen. »Die Tote aus dem Wohnwagen ist nicht Anna! Das hat der Abgleich des Zahnstatus zweifelsfrei ergeben.«

Nick war die Erleichterung deutlich anzumerken, als er laut ausatmete. Er legte sich eine Hand vor den Mund, mit der anderen stützte er sich an der Stuhllehne ab. Tränen standen in seinen Augen.

Dann flüsterte er: »Gott sei Dank!« Ihn durchlief eine Gänsehaut, und die Härchen auf seinen Armen stellten sich auf.

»Bei der weiblichen Leiche handelt es sich eindeutig um die vermisste Viola Schröffner. Sie haben zwei weitere vermisste Frauen vom Festland in Betracht gezogen, deshalb hat es so lange gedauert. Aber die waren es nicht. Zurzeit gibt es auf Sylt neben Anna nur eine weitere weibliche Person, die als vermisst gemeldet ist, und das ist eben diese junge Frau«, sagte Uwe und machte ein betretenes Gesicht.

»Verdammt«, murmelte Nick. »Aber warum? Weiß man schon mehr zu den näheren Todesumständen oder dem Tatmotiv?«

»Wenn ich den Kollegen eben gerade richtig verstanden habe, handelt es sich im vorliegenden Fall aller Voraussicht nach um ein Versehen, wenn man es so nennen möchte.«

»Ein Versehen? Wie darf man das verstehen?«, wollte Nick wissen und setzte sich auf den Stuhl vor Uwes Schreibtisch.

Er kraulte Pepper am Ohr, der seinen Kopf auf seinem Oberschenkel abgelegt hatte und genüsslich die Augen leicht geschlossen hielt.

»Heute Morgen haben sich zwei Jugendliche freiwillig bei der Dienststelle in Keitum gemeldet. Sie haben zugegeben, den Wohnwagen in der besagten Nacht angezündet zu haben. Es war eine Art Mutprobe. Ob sie für die anderen Brände auch verantwortlich sind, wissen wir noch nicht. Aber es sieht eher nicht danach aus. Bei ihnen handelt es sich mit aller Wahrscheinlichkeit nach um sogenannte Trittbrettfahrer. In diesem besagten Fall waren sie davon ausgegangen, dass sich zu dem Zeitpunkt niemand in dem Wohnwagen aufhielt.«

»Aber die Frau hat sich dort aus welchen Gründen auch immer aufgehalten«, ergänzte Nick nachdenklich.

»So ist es. Ein Dummejungenstreich mit tödlichem Ausgang. Die Kollegen von der Kripo schließen zudem nicht aus, dass die Tote unter Alkohol oder Drogen gestanden hat und daher das Feuer nicht bemerkt hat. Ein Taxifahrer hat sich gemeldet und ausgesagt, dass er Viola Schöffner und einen jungen Mann in der Tatnacht gefahren und am Campingplatz in Westerland abgesetzt hat. Die junge Frau stand offenbar unter dem Einfluss von Rauschmitteln. Mehr konnte der Taxifahrer nicht sagen. Aber da sie in Begleitung war, hat er weiter nichts unternommen.«

»Und der junge Mann? Kennt man seine Identität?«, wollte Nick wissen.

»Ja, er hat sich mittlerweile gemeldet und beteuert, er hätte sie nur bis zu den Toiletten des Campingplatzes begleitet. Dort hätten sich ihre Wege getrennt. Die junge Frau hatte darauf bestanden, allein zu ihrem Wohnwagen zu gehen, und ihn eiskalt abserviert. Er war nicht auf Streit aus und ist dann nach Hause gegangen.«

»Hm. Glaubst du ihm die Geschichte?«

»Ich denke schon. Warum sollte er nicht die Wahrheit sagen?«

»Das darfst du mich nicht fragen. Gekränkte Eitelkeit?«

»Eher unwahrscheinlich. Und durch die Aussage der beiden Jungen bestehen keine Zweifel an seiner Aussage. Vermutlich hatte die Frau plötzlich keine Lust mehr auf ein amouröses Abenteuer und hat sich in dem Wohnwagen zum Schlafen gelegt. Da sie so berauscht war, konnte sie sich nicht mehr aus eigener Kraft befreien, als das Feuer ausbrach. Sie ist ohnmächtig geworden und letztendlich erstickt.«

Beide Männer schweigen einen Moment lang.

»Das ist Mord«, stellte Nick fest.

»Das kommt auf den Richter an«, erwiderte Uwe.

»Auf jeden Fall haben die Jungen den Wohnwagen vorsätzlich angezündet und dabei billigend in Kauf genommen, dass ein Mensch zu Schaden kommt. Hätten sie sich zunächst vergewissert, ob sich jemand im Inneren des Wohnwagens aufhielt, hätten sie die junge Frau finden müssen. Auch wenn die beiden noch nicht volljährig wären, drohten ihnen im Höchstfall zehn Jahre Gefängnis. Das heißt, wenn das Gericht sie zu lebenslanger Haft verurteilt«, erklärte Nick.

Uwe nickte zustimmend.

»So sieht es aus. Wirklich tragisch. Und das alles nur, um andere zu beeindrucken. Was hat das mit Mut zu tun?«

»Sind die Eltern der jungen Frau informiert worden? Es muss ein schrecklicher Schock für sie sein«, wollte Nick wissen.

»Ich weiß es nicht. Darum kümmern sich die Kollegen der Kripo, das fällt nicht in unseren Aufgabenbereich. Ich bin ehrlich gesagt froh, dass nicht ich mit den Eltern reden muss. Schon gar nicht nach diesem Auftritt, den sie hier gestern zum Besten gegeben haben. Christof klingeln jetzt noch die Ohren.«

»Ich kann nachempfinden, wie sich die Eltern fühlen.«

Nick war aufgestanden und stand, die Hände in den Hosentaschen, mit dem Gesicht zum Fenster und sah hinaus auf den Parkplatz.

Uwe trat zu ihm und legte ihm freundschaftlich eine Hand auf die Schulter.

»Ja, Nick, ich weiß. So etwas vergisst man nicht. Tina und ich haben zwar keine Kinder, aber ich stelle es mir sehr schrecklich vor. Trotzdem bin ich unendlich froh, dass es sich in diesem Fall nicht um Anna handelt. Wir werden sie finden!«

Als Nick am Abend nach Hause kam, traute er seinen Augen kaum. Vor dem Haus parkte ein Wagen, den er gut kannte. Die Türen öffneten sich, als er näher kam, und Annas Eltern stiegen aus. Er mochte die beiden sehr gern, aber in der jetzigen Situation waren sie alles andere als eine große Hilfe. Er dachte, er hätte Maria am Telefon gestern klar zu verstehen gegeben, dass sie nicht zu kommen brauchten. Dieser überfallartige Besuch passte ihm nicht.

»Nick, wir mussten sofort herkommen«, begrüßte Maria Bergmann den Freund ihrer Tochter.

Sie kam auf ihn zu, den Mantel weit geöffnet und ihre Handtasche über dem Arm baumelnd. Dann umarmte sie ihren zukünftigen Schwiegersohn zur Begrüßung ganz fest.

»Hallo, Maria, hallo, Volker! Ich habe ehrlich gesagt gar nicht mit euch gerechnet«, versuchte Nick seinen Unmut zu verbergen.

»Gibt es in der Zwischenzeit Neuigkeiten von unserer Tochter?«, wollte Annas Vater wissen.

Er hatte dunkle Ringe unter den Augen und sah blass aus. Obwohl er schon immer sehr schlank war, wirkte er noch ein bisschen schmaler. Nick schüttelte bedauernd den Kopf.

»Nein, wir haben leider nichts Neues. Wir suchen fieberhaft weiter nach ihr. Ich hätte euch umgehend informiert, das hatte ich Maria versprochen. Aber da ihr nun schon da seid, kommt erst mal mit ins Haus. Wir müssen das alles nicht auf der Straße besprechen. Bestimmt möchtet ihr etwas Warmes trinken.«

Annas Eltern folgten Nick und Pepper ins Haus. Nick sah auf die vielen Gepäckstücke, die mit ins Haus gebracht wurden. Er musste sich ganz offensichtlich auf einen längeren Aufenthalt seiner Schwiegereltern einstellen.

»Geht ruhig vor ins Wohnzimmer, ich bin gleich bei euch. Ich gebe Pepper sein Futter und gehe mich noch schnell umziehen. Nehmt euch bitte Kaffee oder etwas anderes aus der Küche. Ihr wisst ja, wo alles steht.«

Nick hätte den Abend lieber allein verbracht.

»Ich glaube, es war keine gute Idee, unangemeldet aufzutauchen, mein Schatz«, sagte Annas Vater zu seiner

Frau, als sie in der Küche die Kaffeemaschine einschaltete. »Nick schien nicht begeistert zu sein, uns zu sehen.«

»Es geht schließlich um unser einziges Kind! Das wird er wohl verstehen«, erwiderte sie und holte die Kaffeebecher aus einem der Küchenschränke.

»Ja, aber was sollen wir tun? Willst du die ganze Insel persönlich absuchen? Das sollten wir lieber der Polizei überlassen. Die wissen schon, wie in solchen Fällen vorzugehen ist. Die machen das nicht das erste Mal. Aber das habe ich dir schon zu Hause gesagt. Wir sind doch nur im Weg.«

»Ich kann aber nicht untätig rumsitzen, während unsere Tochter vielleicht in Lebensgefahr schwebt. Machst du dir denn gar keine Sorgen?«

Maria sah ihren Mann fast vorwurfsvoll an.

»Natürlich mache ich mir Sorgen. Was ist das denn für eine Frage? Sie ist schließlich auch meine Tochter.«

»Nick hätte uns längst Bescheid geben müssen. Seit Anna mit ihm zusammen ist, steckt sie ständig in Schwierigkeiten.«

»Aber das stimmt doch gar nicht. Jetzt übertreibst du aber gewaltig, Maria! Nick kann doch nichts dafür. Glaubst du, er macht sich keine Sorgen? Ist dir nicht aufgefallen, wie schlecht er aussieht? Vermutlich hat er nächtelang nicht mehr richtig geschlafen. Sicherlich wollte er uns nicht beunruhigen und hat es uns deshalb nicht gleich erzählt. Er weiß schon, was er tut. Außerdem liebt er unsere Tochter doch über alles. Ich möchte momentan nicht mit ihm tauschen. Und nun hat er uns auch noch am Hals.«

In diesem Augenblick entdeckten sie plötzlich Nick im Türrahmen stehen. Er war unbemerkt nach unten gekommen.

»Volker hat recht. Ich wollte euch längst informieren. Aber es gab noch eine Sache, die abgeklärt werden musste«, sagte Nick. Annas Eltern sahen ihn beide fragend an, aber er winkte ab. »Ist nicht mehr so wichtig in diesem Fall.«

Er wusste, dass es wenig Sinn machte, von der toten Frau zu berichten. Annas Mutter hätte sich im Nachhinein nur noch mehr aufgeregt. Sie würden es früh genug erfahren. Spätestens morgen war in der Sylter Rundschau von der verbrannten Leiche auf dem Campingplatz zu lesen. Die Presse stürzte sich gerne auf solche Ereignisse, schließlich war Sylt sonst kein sehr kriminelles Pflaster, wenn man von gewöhnlichen Diebstahldelikten absah. Nick sah auf die Küchenuhr.

»Ich gehe eine Runde mit dem Hund. Möchte uns jemand von euch begleiten? Ich bleibe nicht lange weg, aber Pepper muss mal raus.«

Maria Bergmann schüttelte den Kopf.

»Nein, danke, ich habe genug für heute. Ich werde mich lieber ums Abendessen kümmern. Geht ihr ruhig. Volker, dir tut Bewegung an der frischen Luft gut nach der langen Autofahrt.« Sie öffnete den Kühlschrank und sah hinein. »Der ist ja fast leer!«

Sie schloss die Tür. Kopfschüttelnd ging sie weiter in den Vorratsraum und schaltete dort das Licht ein.

»Also, wir gehen dann!«, sagte Nick und verließ mit Annas Vater und dem Hund die Küche.

»Ja, ist gut. Lasst euch ruhig Zeit. Ich schaue mal, was ich finden kann, um uns daraus etwas zum Abendessen zu zaubern«, rief sie ihnen hinterher. Dann sah sie sich in dem Vorratsraum um. »Meine Güte, hier sieht es nicht viel besser aus als im Kühlschrank. So gut wie nichts da. Ich frage mich, wovon diese jungen Leute von heute leben. Morgen muss ich unbedingt einkaufen gehen«, sagte sie laut vor sich hin.

Wenige Stunden später lag Nick im Bett und konnte wie auch in den vergangenen Tagen nicht einschlafen, obwohl er todmüde war. Die erlösende Botschaft, dass die Tote nicht Anna war, nahm ihm zwar eine Sorge, aber trotz allem blieb Anna spurlos verschwunden. Seine zukünftigen Schwiegereltern hatten das Gästezimmer schräg gegenüber bezogen. Er konnte über den Flur hören, dass sie sich eine Weile unterhielten, bevor sie das Licht ausschalteten und schliefen. Nick wusste, dass sie es nur gut meinten und sich um ihre Tochter sorgten. Ebenso wie er. Er blickte neben sich auf das leere Kopfkissen und wünschte sich in diesem Moment nichts sehnlicher, als dort Anna liegen zu sehen. Sein Brustkorb zog sich schmerzhaft zusammen. Wie gerne hätte er ihre warme weiche Haut gespürt, wie sie sich fest an seinen Körper schmiegte, sie im Schlaf beobachtet, wie sie friedlich an seiner Seite ruhte, und ihr langes Haar berührt, das auf dem Kopfkissen ausgebreitet wie ein seidiger Fächer aussah. Er hatte förmlich den Duft des Shampoos in der Nase, mit dem sie es immer wusch. Er sah zu ihrem Nachttisch rüber. Dort lag das Buch, in dem sie abends ein paar Seiten las, und ihre Armbanduhr. Nick hatte das Gefühl, sie käme gleich jeden Augenblick aus dem Badezimmer und legte sich neben ihn ins Bett. Der Gedanke, dass es nicht so sein würde, schmerzte unendlich. Sosehr er sich das Hirn zermarterte, er hatte keine Vorstellung, wo sie sich derzeit aufhalten könnte. Die Insel war zu groß und Anna hätte überall sein können. Hier standen Dutzende Häuser leer zu dieser Zeit, auch wenn Ostern kurz bevorstand. Sie konnte in jedem dieser Häuser versteckt sein. Nick hoffte, dass es ihr den Umständen entsprechend gut ging und sie vor allem unverletzt war. Morgen früh würde er sich erneut auf den Weg machen und überall auf der Insel nach ihr suchen. Vielleicht hatte er eine spontane Eingebung und würde ihr Versteck finden. Er sah zu Pepper, der neben seinem Bett lag und schlief. Schade, dass der Hund ihn in diesem Fall nicht unterstützen konnte. Aber Pepper war kein ausgebildeter Spürhund. Vielleicht wäre es gar keine schlechte Idee, ihn dahingehend zu trainieren. Er war jung und lernte sehr schnell. Nachdem Nick eine Weile die unterschiedlichsten Szenarien zu Annas Rettung in seinem Kopf durchgespielt hatte, knipste er das Licht aus, drehte sich auf die Seite und schloss die Augen. Er brauchte unbedingt eine Portion Schlaf, denn langsam neigten sich seine Energiereserven dem Ende entgegen. Der morgige Tag würde lang und anstrengend werden.

Britta lag bereits im Bett, als Jan aus dem Badezimmer ins Schlafzimmer kam. Er schlug die Bettdecke zurück und legte seine Armbanduhr neben sich auf dem Nachttisch ab. Sie hatten den ganzen Tag über nicht viel miteinander gesprochen. Als Britta am Nachmittag ins Hotel gekommen war, war Jan noch nicht da gewesen. Wie sollte er auch. Sie hatte ihn ja kurz zuvor zu Fuß in Begleitung dieser anderen Frau über die Straße gehen sehen. Dieses Bild wurde sie nicht mehr los. Als er später ins Hotel kam, verschwand er gleich ohne ein Wort in seinem Büro. Britta hatte die eine oder andere Gästeanfrage bearbeitet und war dann nach Hause nach Rantum gefahren, da die Kinder bald von der Schule kamen. Sie machte ihnen etwas zu essen, half ihnen bei den Hausaufgaben und fuhr sie anschließend zum Fußball.

Beim Abendbrot erzählten die beiden Jungs abwechselnd von der Schule und dem Fußballtraining. Britta hörte ihnen nur mit halbem Ohr zu, denn ihre Gedanken schweiften immer wieder zu Jan und dieser fremden Frau. Sie war so damit beschäftigt, sich nichts anmerken zu lassen, dass sie sogar Annas Verschwinden für eine Weile ausgeblendet hatte. Jetzt fiel ihr siedend heiß ein, dass sie ganz vergessen hatte, sich bei Nick zu melden. Sie bekam augenblicklich ein schlechtes Gewissen. Aber sicherlich hätte Nick sich sofort bei ihr gemeldet, wenn es neue Erkenntnisse gegeben hätte, überlegte sie. Schließlich wollte sie ihn nicht ständig mit ihren Nachfragen belästigen. Ihm stand der Kopf ganz woanders.

Jetzt legte sich Jan neben seine Frau ins Bett und schaltete die Nachttischlampe aus.

»Gute Nacht, Liebling«, sagte er und beugte sich zu Britta, um ihr einen Gutenachtkuss zu geben.

»Nacht«, erwiderte sie nur und drehte sich demonstrativ mit dem Rücken zu ihm auf die Seite.

Einen Kuss von ihm konnte sie in dieser Situation nur schwer ertragen.

Jan hielt inne und schwieg einen Moment lang, dann sagte er: »Was ist eigentlich mit dir los, Britta? Ist irgendetwas nicht in Ordnung? Du gehst mir die ganzen letzten Tage aus dem Weg. Darf ich fragen, warum? Habe ich dir irgendetwas getan, und du bist nun sauer auf mich?«

Britta hatte Tränen in den Augen und hoffte, Jan würde es nicht bemerken.

»Ich bin müde, sonst nichts«, murmelte sie lediglich in ihr Kopfkissen.

»Na, schön, wenn du nicht reden willst, kann ich dir nicht helfen. Ich dachte immer, wir könnten offen über alles sprechen. Wir haben in zwei Wochen unseren zehnten Hochzeitstag. Schon vergessen?«

Ja genau, dachte Britta, wir haben Hochzeitstag, und du triffst dich mit einer anderen Frau und wirfst mir vor, nicht offen zu reden. Wirklich großartig. Wut mischte sich unter ihre Gefühle. Sie antwortete ihm nicht. Stattdessen liefen dicke Tränen ihre Wangen herunter und wurden schließlich vom Ärmel ihres Nachthemdes vollständig aufgesaugt. Sie hatte Mühe, ein Schluchzen zu unterdrücken. Jan drehte sich ebenfalls auf die Seite mit dem Rücken zu ihr und war gleich darauf eingeschlafen, was durch sein gleichmäßiges Schnarchen bestätigt wurde. Britta konnte noch lange nicht einschlafen. Scheinbar war für ihn die Welt völlig in Ordnung. Sie lag lange wach und dachte an Anna. Wie es ihr wohl ging? Hoffentlich wurde sie bald wohlbehalten gefunden, damit wenigstens dieser Albtraum ein glückliches Ende nahm. Morgen früh wollte sie unbedingt als Erstes bei Nick anrufen. Ihm ging es mit Sicherheit nicht gut. Vielleicht könnte sie ihm Pepper abnehmen oder ihn sonst irgendwie unterstützen. Sie brauchte morgen nicht ins Hotel und hatte keine weiteren Termine. Die Kinder gingen nach der Schule zu den Großeltern, und Jan brachte sie abends mit nach Hause. Britta würde den ganzen Tag über zu Hause sein.

KAPITEL 12

Marcus verließ das Backsteingebäude mit den hübsch verzierten Giebeln, in dem sich das Polizeirevier befand, und ging zu Fuß in Richtung der Promenade durch die Strandstraße, die Parallelstraße zur Friedrichsstraße im Herzen Westerlands. Hier lud ein Geschäft neben dem anderen zu einem ausgiebigen Einkaufsbummel ein. Doch daran verschwendete er keinen Gedanken. Er ärgerte sich, dass er die vergangene Nacht in einer kargen Zelle im Polizeirevier ohne jeglichen Komfort verbringen musste. So etwas war ihm überhaupt noch nie passiert. Man hatte ihn wegen dieses blöden Unfalls dort behalten und in diese kleine Ausnüchterungszelle gesperrt, als wäre er ein Schwerverbrecher. Seiner Ansicht nach war das reine Schikane. Das wollte er sich nicht bieten lassen. Diese polizeiliche Willkür würde ein Nachspiel für die Beamten haben, da war er sich sicher. Und das alles nur, weil er ein paar Gläschen Bier getrunken hatte. Mit Sicherheit steckte Annas Freund, dieser Nick, dahinter. Marcus musste dabei an seine gebrochene Nase denken. Deswegen hatte er sowieso ein Hühnchen mit dem Kerl zu rupfen. Die Angelegenheit würde er nicht auf sich beruhen lassen, das war eindeutig Körperverletzung gewesen. Zeugen hatte es schließlich genügend gegeben. Marcus ging weiter. Seine Armbanduhr zeigte kurz nach halb zehn, und die ersten Geschäfte öffneten gerade ihre Pforten und wappneten sich für den bevorstehenden Besucheransturm. Allerdings war heute ein recht windiger und kühler Tag, da waren vielleicht gar nicht so viele Menschen draußen auf den Straßen unterwegs, überlegte Marcus. Da machte man es sich nach einem ausgiebigen Frühstück lieber drinnen gemütlich. Die Sonne hatte sich bislang nicht blicken lassen. Ein Blick zum Himmel verriet, dass nichts darauf hindeutete, dass sich daran im Laufe des Tages etwas ändern würde. Er konnte nicht verstehen, wie man hier freiwillig leben konnte, schon gar nicht zu dieser Jahreszeit. Seitdem Marcus Anna kannte, war sie verrückt nach Sylt gewesen. Als Kind hatte sie regelmäßig einige Wochen in den Sommerferien mit ihrer Oma auf der Insel verbracht. Seit dieser Zeit schwärmte sie ihm von Sylt mit seinen endlosen Stränden vor. Wenn es um die jährliche Urlaubsplanung ging, hatte sie ihm damit ständig in den Ohren gelegen, die gemeinsame Zeit doch hier zu verbringen. Dann hätten sie gleichzeitig die Gelegenheit nutzen können, um Britta und ihre Familie zu besuchen. Sicherlich hatte die Insel ihre Reize, das musste Marcus zugeben, vor allem gab es hier schnelle teure Autos, schöne und wohlhabende Frauen und jede Menge anderer Annehmlichkeiten. Das war eher nach seinem Geschmack. Anna dagegen legte darauf weniger Wert. Sie liebte das Meer, die unendlichen Dünenlandschaften und das raue Klima zu jeder Jahreszeit. Sie konnte stundenlang am Strand laufen, obwohl es außer Sand und Wasser seiner Meinung nach nichts weiter zu sehen gab. Alles sah gleich langweilig aus, kein Strauch, kein Baum, nichts außer endloser Weite. Das war definitiv nichts für ihn. Aber darüber musste er sich keine Gedanken mehr machen. Er war nicht mehr mit Anna zusammen. Die Typen, die sie geschnappt hatten, würden sie sicher bald laufen lassen, wenn sie erst merkten, dass er sich von dieser Entführung nicht beeindrucken ließ. Plötzlich fühlte Marcus sich stark und überlegen. Er wollte sich nicht einschüchtern und schon gar nicht erpressen lassen. Wenn sich sein Geldgeber oder einer seiner Kettenhunde bei ihm melden würden, würde er ihnen erklären, dass es völlig sinnlos war, ihn unter Druck zu setzen, denn er hatte das Geld momentan nicht. Sie würden ihn am Leben lassen, da sie schließlich auf ihre Forderung nicht verzichten wollten. Das war sein Vorteil. Schließlich befanden sie sich nicht im Wilden Westen, sondern im 21. Jahrhundert. Sobald Anna frei war, würde er sie um die Unterschrift für die Lebensversicherung bitten, und dann wäre alles geklärt. Die geforderten 100.000 Euro waren damit zwar bei Weitem nicht abgegolten, aber 20.000 waren doch immerhin ein Anfang, sagte er sich. Vielleicht könnte er auf diese Weise eine Fristverlängerung erreichen, wenn er Kooperationsbereitschaft signalisierte. Das Einzige, was ihn momentan am meisten störte, war die Tatsache, dass er keinen Führerschein mehr besaß. Ausgerechnet dieser blöde Verkehrsunfall hatte dazu geführt, obwohl es seiner Ansicht nach nicht seine Schuld war. Diesen kleinen Blechschaden hatte sich die Unfallgegnerin selbst zuzuschreiben. Sie hätte ihn aus der Parklücke fahren lassen können und nicht auf ihre Vorfahrt bestehen müssen. Und anschließend musste sie ja unbedingt die Polizei rufen. Marcus hatte zwar ein bisschen getrunken, sah sich aber durchaus in der Lage zu fahren.

Während Marcus mürrisch durch die Fußgängerzone trottete, bemerkte er, dass ihn die Leute seltsam ansahen. Das lag vermutlich an seiner gebrochenen Nase, die er Annas neuem Freund zu verdanken hatte. Der Groll auf ihn war nicht abgeklungen. Vorsichtig befühlte er sein Gesicht. Selbst bei der kleinsten Berührung tat es höllisch weh. Darüber hinaus hatten sich violette Ringe unter seinen Augen gebildet, und die gesamte Nase war dick angeschwollen. Johanna, mit der er gerade in Kampen beim Essen war, als dieser Nick auftauchte, hatte darauf bestanden, ihn sofort ins Krankenhaus zu fahren. Dort wurde er von so einem arroganten Arzt behandelt. Von ihm hatte er sich zu allem Überfluss einen dummen Spruch anhören müssen.

»Na, waren Sie in einen Revierkampf verwickelt?«, hatte er fast schadenfroh gefragt, als er sich Marcus' Nase näher angesehen hatte.

Dabei ging er obendrein nicht besonders behutsam mit ihm um. Über die Blicke der Passanten machte Marcus sich allerdings keine weiteren Gedanken. Er sah in der Tat nicht sehr ansprechend aus, das war aber zurzeit nicht zu ändern. Darüber hinaus konnte er heute Morgen nicht duschen und hatte sich seit zwei Tagen nicht rasiert. Er hätte sich vermutlich vor sich selbst erschrocken, wenn er sich so auf der Straße begegnet wäre. Doch schließlich war er nicht zu einem Date unterwegs. Aber halt! Johanna, fiel es Marcus ein. Er musste sie anrufen. Sie war eine Frau genau nach seinem Geschmack und hatte die gleichen Vorstellungen vom Leben wie er. Außerdem war sie nicht ganz unvermögend. Wenn er sich geschickt anstellte, gehörten seine Geldsorgen vielleicht bald der Vergangenheit an. Beschwingt durch diesen Gedanken, machte er sich auf die Suche nach einer Gelegenheit, um einen Kaffee zu trinken. Diese dünne Brühe, die man ihm auf dem Polizeirevier angeboten hatte, verdiente den Namen Kaffee in keinem Fall. Kein Wunder, dass diese Beamten dort so übellaunig waren bei dem Zeug, das sie täglich trinken mussten. In Gedanken versunken ging Marcus die Straße in Richtung Meer weiter. Im Augenwinkel registrierte er zwei Männer. Für einen kurzen Moment stockte ihm der Atem. Waren das die beiden Kerle, die ihn bereits in seiner Praxis besucht hatten? Er war sich nicht sicher, versteckte sich aber instinktiv hinter einer Hausecke. Vorsichtig spähte er in die Richtung, in der er die Männer gesehen hatte. Aber dort war niemand zu sehen. Wahrscheinlich hatte er sich geirrt und sah Gespenster. Erleichtert atmete er tief durch, trat aus seinem Versteck hervor und setzte seinen Weg fort.

Am Übergang zur Strandpromenade wurde Marcus aufgefordert, seine Gästekarte vorzuzeigen, die er gar nicht besaß. Seine Vermieterin hatte ihm keine ausgehändigt, und er hatte sich seinerseits nicht darum gekümmert. Warum sollte man zahlen, nur damit man das Meer sehen durfte? Dafür fehlte ihm jegliches Verständnis, schließlich war er deutscher Staatsbürger und zahlte ordentlich, wenn auch widerwillig, seine Steuern. Und zwar nicht zu knapp. Murrend löste er ein Tagesticket bei dem Mann im Kontrollhäuschen und lief in Richtung der Musikmuschel. Auf der Promenade flatterten bunte Fahnen im Wind. Zwischen den Wolkenlücken waren blaue Flecken zu erkennen. Der Himmel riss langsam auf. Marcus ging weiter und kaufte sich an der ›Crêperia am Meer‹ einen Kaffee zum Mitnehmen. Mit dem Becher Kaffee in der Hand schlenderte er über die Westerländer Promenade und hielt Ausschau nach einer freien Sitzgelegenheit. Ihm taten alle Knochen weh von der unbequemen Liege, auf der er die vergangene Nacht unfreiwillig verbringen musste. Aber alle Bänke und Strandkörbe, die vor dem Geländer der Promenade dicht nebeneinander aufgereiht standen, waren besetzt, obwohl das Wetter alles andere als einladend war, um lange sitzend zu verweilen. Aber wer hier an der Nordsee Urlaub machte, war scheinbar durch nichts so leicht zu erschüttern. Schließlich lehnte Marcus gegen das weiße Holzgeländer, ließ sich den Wind um die Nase wehen und blickte auf das Meer, das ohne Sonne grau und braun wirkte. Wellen brachen sich am Flutsaum und hinterließen weiße Schaumreste auf dem Sand wie auf einem abgestandenen Bier, wenn das Wasser zurücklief. Vereinzelt schaukelten kleine Gruppen von Wasservögeln auf den Wellen hin und her. Viele Spaziergänger waren an der Wasserkante unterwegs. Sie trugen wetterfeste Kleidung, hatten sich ihre Schals fest umgebunden und genossen ihre Wanderung. Einige von ihnen hatten Kameras umgehängt, andere trugen einen Rucksack auf dem Rücken oder waren mit Walkingstöcken ausgerüstet. Dafür hatte Marcus nichts übrig. Wenn er ans Meer fuhr, dann lieber in den Süden. Dort bevorzugte er es, am Strand zu liegen und das Leben in vollen Zügen zu genießen mit allem, was dazu gehörte. Er trank einen Schluck von seinem Kaffee. Er war heiß, schmeckte wie Kaffee schmecken sollte und lief ihm wohltuend die Kehle hinunter. Plötzlich dachte er an Anna und bekam einen kurzen Anflug eines schlechten Gewissens. Was wäre, wenn ihr wirklich etwas zustoßen würde? Schnell schüttelte Marcus den Gedanken ab. Das Ganze diente lediglich dazu, ihn ein bisschen einzuschüchtern, mehr auch nicht. Sicher saß sie irgendwo sicher und trocken und würde bald frei kommen. Hätte sie ihm gleich geholfen, dann wäre das alles erst gar nicht so weit gekommen. Nach einem weiteren kräftigen Schluck Kaffee zog Marcus sein Handy aus der Jackentasche und wählte die Nummer von Johanna. Er wollte sich mit ihr treffen, am besten sofort. Die Zeit drängte.

»Oma! Louis ist schon wieder da drüben!«

Von diesen Worten wurde ich aus meinem leichten Schlaf gerissen. Ich rappelte mich hoch und bewegte mich hastig auf das schmale Fenster im Kellerschacht zu. Von dort oben drang ein Scharren und Kratzen zu mir, ähnlich wie neulich, und ich konnte helles, zotteliges Fell erkennen.

»Hallo!«, rief ich so laut ich konnte. »Bitte helfen Sie mir!«

Jetzt schien sich eine Person dem Kellerschacht zu nähern, denn ein Schatten verdeckte meine einzige Verbindung zur Außenwelt.

»Hallo?«, fragte eine junge Stimme. »Ist da jemand?«

»Ja, ich bin hier!«, rief ich, und mein Herz schlug mir vor Aufregung bis zum Hals.

Offenbar hatte man mich endlich gehört. Ich hätte vor Freude und Erleichterung weinen können.

»Wer ist denn da?«

»Ich heiße Anna Bergmann und bin hier unten eingesperrt! Bitte hol Hilfe!«

»Oma!«, rief die Jungenstimme, »hier unten ist jemand!«

»Paul, jetzt komm her, wir müssen weiter! Das Haus ist unbewohnt, da ist niemand. Sei nicht albern«, hörte ich eine ältere Stimme von weiter weg antworten.

»Oh nein! Halt! Bitte geh nicht weg!«, versuchte ich mit Verzweiflung in der Stimme, den Jungen am Gehen zu hindern.

Ich durfte ihn unter keinen Umständen gehen lassen. Wer weiß, ob er wiederkam. Ob überhaupt irgendwer hierher kam. Der Gedanke versetzte mich in Panik. Das war vielleicht gerade meine letzte Chance, jemals lebendig herauszukommen. In diesem Augenblick hörte ich die erwachsene Stimme dichter kommen.

»Wer soll hier sein, Paul? Das Gebäude ist doch gar nicht bewohnt. Schau dir an, wie heruntergekommen es aussieht. Da wohnt keiner.«

Noch ehe der Junge etwas sagen konnte, rief ich erneut: »Hier! Ich bin hier unten gefangen! Bitte holen Sie Hilfe!«

Kurzes Schweigen.

»Oh, mein Gott, da ist ja wirklich jemand!«, sagte die Frauenstimme. »Bleiben Sie, wo Sie sind, wir rufen die Polizei! Ich habe unglücklicherweise mein Handy nicht dabei und muss es schnell aus der Ferienwohnung holen. Es dauert einen Moment.«

Mit diesen Worten entfernten der Junge und die Frau sich eilig. Im Gehen sagte sie irgendetwas zu dem Jungen, aber ich konnte es nicht verstehen. Gleichermaßen erleichtert wie erschöpft ließ ich mich mit dem Rücken gegen die Wand auf meine Matratze sinken. Ich zitterte vor Aufregung und spürte, dass es mich ungeheure Anstrengung gekostet hatte, mich bemerkbar zu machen. Spätestens seit gestern Abend merkte ich, wie meine Kräfte nachließen. Zu meinen Halsschmerzen und dem Fieber waren Schnupfen und Husten dazugekommen, was mich jedoch nicht überrascht hatte. Doch jetzt trat das alles weit in den Hintergrund. Meine Rettung stand unmittelbar bevor. Ein Gefühl von Euphorie war meiner Angst gewichen. Ich musste im Nachhinein sogar schmunzeln, als ich an die Worte der Frau denken musste. Ich sollte bleiben, wo ich war, hatte sie gesagt. Fast ein bisschen makaber, denn wo sollte ich schon hin. Ich lächelte, das erste Mal seit Tagen.

Es waren gefühlt erst ein paar Minuten vergangen, und ich saß auf meine baldige Befreiung wartend in meinem Kellerraum, als ich auf einmal im Gang Schritte und tiefe Stimmen vernahm. Jemand näherte sich zweifelsfrei meinem Gefängnis. Sollte das etwa schon die Polizei sein? Das erschien mir erstaunlich schnell, es sei denn, ein Streifenwagen war zufällig in der Nähe unterwegs gewesen. Doch an Zufälle dieser Art glaubte ich nicht. Ein ganz anderer Gedanke erschreckte mich plötzlich. Bei den Personen vor meiner Tür konnte es sich eigentlich nur um meine Kidnapper handeln, denn sonst wusste niemand, dass ich hier war. Warum mussten sie ausgerechnet jetzt kommen, wo ich es doch fast in die Freiheit geschafft hatte? Was hatten sie mit mir vor? Ich konnte nur hoffen, dass sie mich nicht ausgerechnet jetzt von hier wegbringen würden, wo es bestimmt nicht mehr lange dauern konnte, bis die Polizei eintreffen würde. Hoffentlich waren sie nicht auf dem Weg hierher der Frau und dem Jungen begegnet und vereitelten meine Befreiung. Die schlimmsten Befürchtungen brauten sich wie düstere Wolken in meinem Kopf zusammen. Ich überlegte fieberhaft, was ich machen sollte, obwohl mir keine Option einfiel. Sich zu verstecken war zwecklos, denn es gab keine einzige Möglichkeit in meiner Zelle, die als Versteck in Frage kam. Keine losen Bretterdielen im Fußboden, unter denen ich mich hätte verbergen können, wie es gerne in Filmen gezeigt wurde. Hier gab es rein gar nichts dieser Art. Jetzt waren die Geräusche ganz nah. Ich hörte den Schlüssel im Schloss und sah, wie sich die Tür einen Spalt öffnete. Mein Herz schlug mir bis zum

Hals, und meine Hände waren eiskalt. Dieses Mal waren es gleich beide Männer, die mein Gefängnis betraten, und meine Annahme, sie würden mich abholen, erhärtete sich mit einem Schlag. Bitte nicht, flehte ich innerlich, und mein Herz krampfte sich schmerzhaft zusammen. Das durfte nicht passieren! Aber lediglich einer der beiden Kidnapper betrat den Raum, bis er nur wenige Schritte von mir entfernt stehen blieb. Er zögerte kurz und stellte dann eine kleine Flasche Wasser ab, die er in der Hand hielt. Der andere Mann blieb in der offenen Tür stehen und ließ mich dabei nicht aus den Augen. So gelassen ich konnte, atmete ich ruhig weiter, als wäre nichts geschehen und versuchte, mir meine Nervosität nicht anmerken zu lassen. Mein gesamter Körper krampfte sich unter der Anspannung zusammen, sosehr ich auch versuchte, es zu unterdrücken, aber ich hatte kaum mehr Kontrolle über meine Muskeln. Lange würde ich diesem Druck nicht standhalten können. Ich strengte mich weiterhin an, so gut es ging, mich zu beherrschen. Dabei mied ich es, die beiden Männer anzusprechen und direkt anzusehen, sondern heftete meinen Blick fest auf den Fußboden vor mir. Aus dem Augenwinkel konnte ich dennoch erkennen, dass der Mann ein in Folie eingeschweißtes Sandwich aus der Jackentasche zog und es neben die Flasche auf den Boden legte. In diesem Moment zog sich mein Magen schlagartig krampfhaft zusammen vor Hunger, und ich musste reflexartig schlucken. Schon allein der bloße Anblick des Brotes hatte ausgereicht, diesen Reiz auszulösen. Am liebsten hätte ich mich sofort darauf gestürzt. Ich fühlte mich annähernd wie ein ausgehungertes Raubtier, dem man den lang ersehnten Brocken Fleisch hinwarf. Absurderweise fiel mir ausgerechnet in diesem Augenblick der Pawlowsche Hund ein, den wir einmal zu Schulzeiten im Biologieunterricht durchgenommen hatten. Man lernte also doch fürs Leben, stellte ich fest. Ich verharrte nach wie vor reglos in meiner Position und wünschte mir sehnlichst, die beiden Männer würden so schnell es ging verschwinden, um meine kurz bevorstehende Rettung nicht im letzten Moment zu gefährden. Jeden Moment konnte die Polizei vor Ort eintreffen. So absurd es erscheinen mochte, aber in Anbetracht dessen, was in Kürze geschehen würde, wollte ich allein sein und vor allem in meiner Zelle bleiben. Scheinbar hatten die Männer meinen Wunsch erhört, denn der Mann, der mir die Nahrung und das Wasser hingestellt hatte, drehte sich um und ging zur Tür. Sein Kollege sagte etwas zu ihm, was ich aber nicht verstand, weil es in einer Sprache war, die ich nicht beherrschte. Es könnte Russisch gewesen sein, aber selbst wenn es so war, machte es keinen Unterschied, da ich kein Russisch sprach. Das Einzige, was mich interessierte, war die Tatsache, dass sie gingen und zwar möglichst schnell.

Sie warfen mir einen letzten Blick zu, bevor sie die Tür hinter sich abschlossen. Erleichtert atmete ich aus, und mein gesamter Körper entspannte sich geringfügig. Ich hörte, wie die Schritte sich entfernten und endgültig auf dem Gang verhallten. Dann war es wieder still. Viel zu still. Lange tat sich nichts. Ich saß auf meiner Matratze, sah zum Fenster und wartete. Ich hatte nach der Packung mit dem Sandwich gegriffen, aber meine Finger waren zu kalt und kraftlos, um die fest verschweißte Packung aufzureißen. Ich brach mir bei dem Versuch, an das Brot zu gelangen, einen Fingernagel ab. Dann versuchte ich es mit den Zähnen. Doch auch diese Maßnahme blieb erfolglos. Dann gab ich schließlich auf, länger an der Verpackung herumzuziehen. Langsam kamen Zweifel in mir auf, dass die Frau wirklich Hilfe geholt hatte. Sie hätte längst zurück sein müssen. Aber ich hatte mittlerweile jegliches Zeitgefühl verloren und wusste nicht, wie lange es her war, dass sie mich entdeckt hatten. Vielleicht hatte die Frau nach weiterem Überlegen alles für einen schlechten Scherz gehalten. Oder sie hielt mich schlicht für verrückt und hatte nur versprochen, Hilfe zu holen, um sich schnell aus der Affäre zu ziehen. Plötzlich verspürte ich weder Hunger noch Durst, sondern eine tiefe innere Leere. Ein eiserner Mantel aus Hoffnungslosigkeit und Verzweiflung legte sich fest um mich. Mein Schicksal schien endgültig besiegelt zu sein. Ich begann erneut zu weinen, obwohl mein Reservoir an Tränen eigentlich längst versiegt sein musste. Lange würde ich meine Gefangenschaft nicht mehr aushalten. Ich war buchstäblich am Ende meiner Kräfte sowohl in seelischer als auch in körperlicher Hinsicht.

Marcus marschierte beschwingt durch die Straßen Westerlands, vorbei an der Kirche St. Christophorus mit dem markanten Glockenturm, der an einen Schiffsmast erinnerte, und vorbei an dem Friedhof für Heimatlose, auf dem unbekannte Seeleute ihre letzte Ruhestätte gefunden hatten, dessen sterbliche Überreste das Meer einst an den Strand gespült hatte. Marcus hatte kurz zuvor mit Johanna telefoniert. Sie hatte sich über seinen Anruf höchst erfreut gezeigt und sich mit ihm in einer halben Stunde auf dem großen Parkplatz vor dem Syltaquarium in Westerland verabredet. Von dort aus wollten sie zusammen in die Stadt gehen, um eine Kleinigkeit zu essen. Der Wind hatte in der letzten Stunde ordentlich an Stärke zugelegt, sodass Marcus von einigen kräftigen Windböen regelrecht vorwärts geschoben wurde. Einzelne dunkle Wolken fegten über den Himmel. Zwischendurch ließ sich in unregelmäßigen Intervallen die Sonne blicken. Dieser ständige Wind war ein weiterer Grund, sich mit dieser Insel nicht anzufreunden, dachte er, während er den Parkplatz ansteuerte. Als er ihn schließlich erreicht hatte, hielt er Ausschau nach Johannas silbernem Sportwagen. Doch er konnte ihn nirgends erblicken. Einige silberne Autos parkten zwar bereits, aber der von Johanna war nicht darunter. Sicherlich würde sie jeden Augenblick angefahren kommen. Marcus lief ein Stückchen auf dem Fußweg neben dem Hotel ›Dorint Resort‹ entlang, setzte sich für einen Moment auf eine der Bänke, stand doch auf und sah sich um. Er war angespannt und nervös und wurde das Gefühl nicht los, dass er beobachtet wurde. Jedoch fiel ihm niemand Verdächtiger auf. Vorhin in der Stadt hatte er sich getäuscht. Dort liefen so viele Menschen umher, da konnte man sich leicht irren. Er sah auf sein Handy. Einen Anruf von seinem Geldgeber hatte er seitdem nicht erhalten. Alles schien ruhig zurzeit. Er beobachtete weiter den Parkplatz. Autos kamen an, andere fuhren weg, aber von Johanna war noch nichts zu sehen. Marcus sah erneut prüfend auf das Zifferblatt seiner Armbanduhr. Fünf Minuten verblieben bis zur verabredeten Zeit. Vielleicht steckte sie im Verkehr fest. Das Straßennetz in und um Westerland herum war engmaschig und hatte viele Ampelanlagen. Außerdem war es gut möglich, dass gerade ein Autozug angekommen war. Da konnte es beim Entladen leicht zu Staus und Verkehrsbehinderungen kommen, wenn so viele Wagen vom Zug rollten. Im Allgemeinen lösten sie sich aber schnell auf. Das hatte er selbst mehrfach feststellen können. Er zog den Kragen seiner Jacke höher und ging langsam weiter. Besonders kalt war es heute nicht, aber er fror trotzdem. Er führte es auf Übermüdung zurück und auf die Tatsache, dass er noch nichts Vernünftiges gegessen hatte. Vielleicht waren es auch die ersten Symptome einer Erkältung, die im Anmarsch war. Als er gerade die Einfahrt zum Parkplatz passieren wollte, wurde er fast von einem schwarzen Wagen angefahren, der in diesem Augenblick in den Parkplatz einbog. Marcus sprang ein Stück zur Seite und schimpfte wütend vor sich hin. Am liebsten hätte er mit der Faust auf die Motorhaube geschlagen. Konnte der Fahrer denn nicht aufpassen? Doch dann erkannte er die Insassen des Wagens, und ihm lief schlagartig ein eiskalter Schauer über den Rücken. Seine wiedergewonnene Gelassenheit von vorhin war mit einem Schlag verflogen. In dem schwarzen Auto saßen die beiden Männer, die ihn in seiner Praxis in Hannover aufgesucht und ihm unmissverständlich zu verstehen gegeben hatten, dass sie keinen Spaß machten. Dies waren die beiden Bullterrier von Herrn Karmakoff, dem er noch 100.000 Euro schuldete. Automatisch griff sich Marcus an den Daumen seiner rechten Hand. Dort war noch immer die Wunde der Schnittverletzung zu spüren, die ihm der eine der beiden Männer bei seinem Besuch zugefügt hatte. Auch der damit verbundene Schmerz war Marcus allzu gegenwärtig. In der jüngsten Vergangenheit hatte er körperlich eine Menge einstecken müssen, kam es ihm in den Sinn. Die Männer in dem Auto mussten ihn erkannt haben, da war er sich völlig sicher. Sie sahen ihn durch die Scheibe aus wenig vertrauenserweckenden Gesichtern an. Sie mussten ihn aufgespürt haben und waren ihm bis hierher gefolgt, ohne dass er sie bemerkt hatte. Und sie waren es auch, die mit Sicherheit Anna in ihrer Gewalt hatten. Wer sollte es sonst sein? Marcus wurde heiß und kalt, als er in ihre finsteren Visagen blickte. Was sollte er tun? Er sah Hilfe suchend über den Parkplatz, aber weder von Johanna noch von ihrem Wagen war etwas zu sehen. Mittlerweile hatten die beiden Geldeintreiber ihr Auto abgestellt und waren im Begriff auszusteigen. Sie schienen es nicht besonders eilig zu haben, als wären sie sich ihrer Sache sehr sicher, ihr Opfer bald in den Fängen zu haben. Entspannt sahen sie zu Marcus herüber, der sich langsam in Richtung der nahe gelegenen Treppe des Strandüberganges bewegte. Das plötzliche Eintreffen der beiden Männer ließ ihm keine Zeit mehr, auf seine Verabredung zu warten. Sein Unbehagen gepaart mit Angst wuchs von Minute zu Minute. Er steuerte mit großen Schritten auf das Kontrollhäuschen am Fuße der Treppe zu und hielt der hübschen jungen Frau darin im Vorbeigehen seine Kurkarte vor die Nase, die er schnell aus seiner Hosentasche gekramt hatte. Glücklicherweise war er seit Kurzem im Besitz einer solchen Karte, denn viel Zeit für lange Diskussionen verblieb in Anbetracht seiner Verfolger, die immer näher kamen, nicht. Die blonde Frau im Kontrollhäuschen nickte ihm freundlich zu und wünschte einen angenehmen Tag. Unter anderen Umständen hätte er sie sicherlich angesprochen, sie gefiel ihm ausgesprochen gut. Vielleicht hätte er sie später auf einen Kaffee oder Drink eingeladen. Doch jetzt beeilte er sich, die vielen Stufen nach oben zu erklimmen. Immer wieder hielt er an, drehte sich um, um nach seinen Verfolgern Ausschau zu halten und nach Atem zu ringen. Dabei hätte er beinahe das Gleichgewicht verloren und wäre gestolpert. Im letzten Moment konnte er einen Sturz verhindern. Die beiden Typen waren ihm auf den Fersen, und sein Abstand zu ihnen verringerte sich glücklicherweise nicht. Trotzdem hatte er das Gefühl, dass die Bedrohung, die von ihnen ausging, stetig wuchs.

Völlig abgekämpft und außer Atem erreichte Marcus schließlich das Ende der Treppe. Das toppte beinahe jegliches Fitnessprogramm. Seine trockene Kehle brannte, und seine Lungen pumpten auf Hochtouren Frischluft in seinen Körper. Die vielen steilen Stufen waren wirklich die reinste Tortur gewesen. Da war es nicht verwunderlich, dass diese Treppe mit den 97 Stufen den Namen Himmelsleiter trug. Oben angekommen musste Marcus sich durch eine Gruppe Menschen drängeln, die gerade von der angrenzenden Aussichtsplattform kamen. Sie redeten wild durcheinander und versperrten ihm mit ihren Rucksäcken auf dem Rücken den Weg. Von der Aussichtsplattform aus wurde dem Betrachter ein herrlicher Blick auf die unendliche Weite der Nordsee zur einen und auf die Stadt Westerland zur anderen Seite geboten. Am Horizont hatten sich dunkle Wolkentürme formiert. Sie bildeten im Sonnenlicht einen faszinierenden Kontrast zu den weißen Schaumkronen auf den Wellen. Doch für den Reiz seiner Umgebung hatte Marcus in seiner jetzigen Situation wenig übrig. Er hatte Mühe, sich zur Holztreppe, die nach unten zum Strand führte, durchzukämpfen. Die beiden Verfolger waren mittlerweile oben angekommen. Aber ihnen war die Anstrengung des Aufstiegs weniger deutlich anzumerken. Vermutlich waren sie besser im Training als Marcus. Sie rangen zwar ebenfalls nach Luft, hatten aber trotzdem aufgeholt und waren nicht mehr weit von ihrem Opfer entfernt. Marcus schwitzte, jedoch nicht ausschließlich von den körperlichen Strapazen, die ihm der Aufstieg abverlangt hatte. Er lief so schnell er konnte die Holzstufen der Treppe nach unten. Unter seinem Gewicht und den schnellen Bewegungen schwankte die Holzkonstruktion bedrohlich hin und her. Auf seinem Weg nach unten rempelte er eine Frau an, die ihm entgegen kam und ihren schwarzen Pudel auf dem Arm trug. Wütend schimpfte sie hinter ihm her und konnte sich gerade noch mit einer Hand am Geländer abstützen, um nicht aus dem Gleichgewicht zu kommen. Aber Marcus schenkte ihr keine Beachtung, sondern rannte weiter. Unten angekommen, lief er den Holzsteg entlang, der parallel zum Strand auf Holzstelzen errichtet worden war. Immer wieder musste er Spaziergängern ausweichen, die gemütlich vor sich hin schlenderten und den Blick auf das Meer und den Strand genossen. Da er auf diese Art kaum vorwärts kam, beschloss er, unten am Strand weiterzulaufen. Doch dies erwies sich bereits nach wenigen Metern als nicht gerade optimale Lösung, wie er feststellen musste. Denn seine Verfolger teilten sich auf, und einer der beiden kam ebenfalls unten am Strand hinter ihm her, während der andere parallel den Holzsteg benutzte und ihn somit gut im Auge behalten konnte. Marcus fluchte innerlich. Die Idee war alles andere als brillant gewesen. Hinzu kam, dass das Laufen im Sand nicht leicht war, schon gar nicht, wenn man nicht das passende Schuhwerk trug. Seine Slipper waren voll Sand, und die dünnen, glatten Ledersohlen boten keinerlei Halt in dem feinen Sand, vergleichbar mit abgefahrenen Sommerreifen, mit denen man im Schnee unterwegs war. Marcus hatte Mühe, seine Schuhe nicht bei jedem Schritt zu verlieren, und seine Füße schmerzten von der verkrampften Haltung seiner Zehen.

Diese verdammte Insel brachte ihm nichts als Unannehmlichkeiten, schimpfte er in Gedanken vor sich hin. Dabei hatte er sich alles so einfach vorgestellt. Er lief so schnell er konnte weiter, obwohl seine Kraftreserven langsam aufgebraucht waren. Sein Brustkorb drohte fast zu zerspringen, und seine Oberschenkel schmerzten entsetzlich bei jedem Schritt. Der Mann, der den Holzsteg entlang ging, war ihnen bereits ein Stückchen voraus und wartete an dem Aufgang zum Bistro ›Badezeit‹ auf sie. Dort lehnte er gemütlich gegen das Geländer und schien es regelrecht zu genießen, sein Opfer gleich in Empfang zu nehmen. Sein Kollege dagegen kämpfte sich ebenso schwerfällig durch den tiefen Sand und fiel immer mehr zurück. Er wog bestimmt das Doppelte von Marcus und hatte sichtlich Schwierigkeiten, seinen massigen Körper vorwärts zu bewegen. Da kam Marcus eine Idee. Kurzerhand wechselte er abrupt die Richtung, machte eine 90-Grad-Drehung und lief direkt geradeaus auf den Holzsteg zu. Als er ihn fast erreicht hatte, setzte er seinen Weg nach rechts, zurück in Richtung der Himmelsleiter, fort. Sein Verfolger unten am Strand konnte ihm nicht so schnell folgen. Er blieb für einen Augenblick stehen und stützte seine Hände auf die Oberschenkel, um zu verschnaufen. Der Mann am Geländer sah ihm aufmerksam nach und wartete ab, um herauszufinden, was der Gejagte vorhatte. Marcus krabbelte mit letzter Kraft auf den Holzsteg und rannte einige Meter weiter zum nächstgelegenen Strandaufgang, um darüber wieder auf die andere Seite der Düne zu gelangen. In den Straßen in Westerland war es für die Verfolger schwerer, ihn zu fassen. Dort gab es mehr Möglichkeiten, um unterzutauchen und sich zu verstecken. Damit hatten die beiden bestimmt nicht gerechnet, überlegte Marcus. Der Kerl vom Strand verfolgte ihn erneut und versuchte den Vorsprung zu verkleinern, indem er schneller zu laufen begann. Den anderen konnte Marcus im Gedränge der vielen Menschen, die sich auf der Promenade tummelten, nicht mehr ausfindig machen. Dafür blieb ihm aber auch keine Zeit, denn jede Sekunde und jeder Millimeter Vorsprung zählten bei dieser gnadenlosen Verfolgungsjagd. Marcus steuerte auf die rettende Treppe zu und nahm gleich zwei Stufen auf einmal, um möglichst schnell ans Ziel zu gelangen. Seine Lunge brannte wie Feuer, und seine Kehle fühlte sich staubtrocken an, das Schlucken tat weh. Seine Atmung war nur noch flach und unregelmäßig. Dadurch quälten ihn zusätzlich schmerzhafte Seitenstiche. Die Hälfte des Weges hatte er annähernd geschafft. Er gönnte sich eine winzige Verschnaufpause und blickte sich um. Er atmete mit offenem Mund, und sein Herz raste. Er konnte sich nicht erinnern, jemals in seinem Leben so schnell gerannt zu sein, und wunderte sich selbst über sich. In solchen Ausnahmesituationen war der menschliche Körper in der Lage, Höchstleistungen zu vollbringen. Diese Fähigkeit war vermutlich auf Urzeiten zurückzuführen, in denen eine solche Flucht die Entscheidung über Leben und Tod bedeuten konnte. Marcus beeilte sich. Sein Verfolger würde die Treppe in Kürze ebenfalls erreicht haben, ihm blieb nicht viel Zeit. Also nahm er die nächsten Stufen in Angriff. Der Abstand zu seinem Jäger wurde erfreulicherweise etwas größer. Ein kleiner Funke Hoffnung glomm in ihm auf, erlosch jedoch augenblicklich. Denn gerade, als er glaubte, seinen Verfolgern entkommen zu sein, blickte er auf und erstarrte. Nur wenige Meter von ihm entfernt ganz oben auf der Treppe stand breitbeinig und mit einem diabolischen Grinsen im Gesicht sein zweiter Verfolger. Verdammt! Sein Trick hatte nicht funktioniert. Marcus blickte panisch um sich. Unten am Fuße der Treppe war mittlerweile der andere Mann angekommen. Sein Gesichtsausdruck spiegelte ebenfalls äußerste Zufriedenheit wider. Marcus saß buchstäblich in der Falle. Er konnte weder nach oben noch nach unten entkommen. Auch seitlich gab es keinerlei Entrinnen, wenn er nicht die Treppe hinunterfallen und sich das Genick brechen wollte. Diese Situation hatte er nicht im Geringsten in Betracht gezogen. Der zweite der beiden Männer hatte seinen Plan durchschaut und war auf der Rückseite der Dünen zum Strandübergang gelaufen, um ihn genau hier in Seelenruhe abzufangen. Und jetzt? Instinktiv sah Marcus nach unten. Er schöpfte Hoffnung, als er sah, dass mehrere Leute die Treppe nach oben kamen. Vielleicht konnte er sich dazwischen irgendwie an dem zweiten Bullterrier vorbeimogeln. Durch die anstrengende Verfolgung durch den Sand musste dieser ebenfalls erschöpft und nicht mehr so schnell sein. Marcus sah nach oben, wo sich noch immer der Geldeintreiber breitbeinig und mit verschränkten Armen positioniert hatte, dann nach unten zum Fuße der Treppe. Er wollte sich gerade umdrehen, um den Fluchtweg nach unten zu nehmen, als er unglücklich mit dem Fuß auf den glatten Holzstufen wegrutschte und dabei das Gleichgewicht verlor. Er kam ins Straucheln, versuchte sich am Geländer festzuhalten, doch es war bereits zu spät.

Uwe und Nick waren im Begriff, auf dem Parkplatz vor dem Revier in ihren Wagen einzusteigen, als ein anderer Streifenwagen eintraf. Der Beifahrer ließ die Scheibe herunter und rief Uwe zu: »Wartet mal eben! Wir haben etwas für euch.«

Uwe schloss die Fahrertür wieder. Nick stützte sich mit den Armen auf dem Autodach ab und wartete gespannt, bis die Kollegen ausgestiegen waren.

»Was ist los?«, fragte Uwe ungeduldig seine Kollegen.

»Es hat eben eine filmreife Verfolgungsjagd an der Strandpromenade gegeben«, berichtete der Polizeibeamte. Als er in die fragenden Gesichter seiner Kollegen blickte, fuhr er fort: »Ein Mann wurde von zwei Typen quer über die Promenade und den Strand gejagt. Zu guter Letzt ist er die Treppe heruntergestürzt und befindet sich nun auf dem Weg ins Krankenhaus. Wir wollen gleich hin und ihn befragen.«

»Und was ist mit den Verfolgern? Habt ihr die geschnappt?«, fragte Nick.

»Nein«, gab der zweite Beamte kleinlaut zu. »Sie sind uns leider entwischt in dem Gedränge. Wir waren nur zu zweit und mussten uns zunächst um den Verletzten kümmern. Passanten hatten uns gerufen und den Vorfall beschrieben.«

»Das sollte auf keinen Fall ein Vorwurf sein«, wehrte Nick ab.

Nick sah zu Uwe.

»Denkst du auch gerade, was ich denke?«, fragte er ihn.

»Wie lautet der Name des Verletzten? Könnt ihr uns den sagen?«, erkundigte sich Uwe.

Der Beamte zog ein Notizbuch aus der Tasche und las ab: »Das haben wir gleich. Marcus Strecker.«

Nick und Uwe sahen erneut einander an.

»Dachte ich es mir doch«, murmelte Nick vor sich hin. »Und die Flüchtigen?«

»Nach Zeugenaussagen handelt es sich eindeutig um die beiden Kerle, die wir neulich vernommen haben und laufen lassen mussten.«

Uwe nickte zufrieden.

»Wer sagt's denn. Ihr braucht euch nicht um den Strecker zu kümmern. Nick und ich fahren gleich ins Krankenhaus und nehmen die Befragung vor. Danke für eure Hilfe.«

»Kein Problem«, erwiderte einer der beiden Kollegen.

»Dann wollen wir mal starten«, sagte Uwe. Nick zog überrascht die Augenbrauen hoch. »Auf in die Klinik! Schokolade für die Nerven?«

Uwe reichte Nick einen Schokoriegel über das Autodach hinweg und grinste. Nick lachte und nahm ihn ohne Zögern entgegen. Er fühlte sich ausgelaugt, obwohl er vergangene Nacht nach langer Zeit ein paar Stunden am Stück geschlafen hatte. Doch die enorme Belastung der letzten Tage hatte deutliche Spuren hinterlassen. Beide Männer stiegen in den Wagen.

»Willst du lieber fahren?«, fragte Uwe und blickte zu Nick auf den Beifahrersitz.

Doch dieser schüttelte ablehnend den Kopf und biss genussvoll in den Schokoriegel.

»Lieber nicht. Ich glaube, es ist besser, wenn du fährst.«

»Vermutlich hast du recht«, erwiderte Uwe und startete den Motor.

Dann verließen sie den Parkplatz in Richtung des Krankenhauses.

»Ach, wir kennen uns doch bereits? Mit wem haben Sie sich denn dieses Mal angelegt?«, fragte Doktor Frank Gustafson, als er in die Notaufnahme kam und den Patienten vor sich auf der Krankenliege sah.

»Sie können wohl nur blöde Sprüche klopfen«, stöhnte Marcus und verzog schmerzhaft das Gesicht.

»Jedenfalls geht es mir damit im Moment besser als Ihnen«, gab Frank zurück und zog sich ein Paar blaue Einmalhandschuhe über seine Hände. Gleichzeitig studierte er die Röntgenbilder auf dem Monitor an der Wand. »Das hat sich ja richtig gelohnt. Zwei gebrochene Rippen, eine Fraktur des linken Handgelenkes und ordentlich viele Prellungen. Naja, hätte schlimmer kommen können. Ihr Sprachzentrum hat scheinbar keinen Schaden genommen.«

»Sehr witzig!«, murmelte Marcus.

»Wie ist das überhaupt passiert?«, erkundigte sich Frank und wandte sich seinem Patienten zu.

»Ich wüsste wirklich nicht, was Sie das angehen sollte? Machen Sie lieber Ihren Job«, erwiderte Marcus.

»Anscheinend geht es Ihnen nicht so schlecht, oder?«, entgegnete Frank und zog die Augenbrauen hoch.

Er wusste genau, wie man mit solchen Patienten umzugehen hatte und fühlte sich von diesen verbalen Attacken in keiner Weise persönlich angegriffen. Ganz im Gegenteil, es amüsierte ihn geradezu. Dann widmete er sich dem gebrochenen Handgelenk. Marcus zuckte vor Schmerz zusammen, als Frank es nur leicht berührte.

»Das sieht allerdings gar nicht gut aus. Eine distale Radiusfraktur. Das müssen wir in jedem Fall operieren. Um eine Verplattung kommen Sie nicht herum. Wir müssen den Bruch fixieren und stabilisieren, um eventuelle Spätschäden zu vermeiden«, stellte Frank mit skeptischem Blick auf das bereits stark angeschwollene Handgelenk fest. Das war eine ernstzunehmende Verletzung. Er war sicher, dass Marcus ziemlich starke Schmerzen ertragen musste. »Daran führt kein Weg vorbei«, fügte er hinzu.

»Na toll. Aber doch nicht etwa in diesem Provinzkrankenhaus hier?«, sagte Marcus. »Haben Sie überhaupt jemanden, der damit Erfahrung hat und das vernünftig kann? Ich will sofort den Chef sprechen. Ich brauche meine Hand nämlich und kann es mir nicht leisten, dass das irgendein Anfänger vermasselt. Schließlich bin ich Zahnarzt.«

»Ach, was Sie nicht sagen. Und ich dachte schon, Sie wären Komiker. Aber ich werde mein Bestes geben, irgendwann ist immer das erste Mal.« Frank entblößte eine Reihe perfekt weißer Zähne und genoss den erschrockenen Ausdruck in Marcus' Gesicht. »Sie können sich aber gerne nach Hamburg oder Flensburg fahren lassen. Mit der Hand dürfen Sie leider nicht am Straßenverkehr teilnehmen. Überhaupt kein Problem. Das steht Ihnen natürlich frei. Ich kann Sie nicht zwingen hierzubleiben.«

»Ja, ja, schon gut. Dann operieren Sie mich eben, aber wenn Sie es verbocken, verklage ich Sie. Darauf können Sie sich verlassen«, gab Marcus zurück. Ihm war bewusst, dass er in der jetzigen Situation kaum eine andere Wahl hatte. Außerdem wurden die Schmerzen immer unerträglicher. »Können Sie mir bis dahin irgendetwas gegen die Schmerzen geben?« Frank sah ihn an, worauf Marcus ergänzte: »Bitte.«

Frank nickte zufrieden und wandte sich an die Krankenschwester. »Bitte geben Sie unserem Patienten Dipidolor. Das wirkt am schnellsten. Aber das muss ich Ihnen ja nicht erklären, Herr Strecker, Sie sind ja vom Fach.«

Ein sehr junger Arzt mit blondem Pferdeschwanz und Vollbart betrat in diesem Augenblick das Behandlungszimmer.

»Hallo, Arne«, begrüßte Frank den Kollegen. Dann

wandte er sich an Marcus. »Das ist unser Assistenzarzt Arne Burger, er wird Sie für die Operation vorbereiten. Seien Sie ein bisschen kooperativ, er kommt frisch von der Uni und ist erst seit ein paar Tagen bei uns. Wir sehen uns später!«

»Hey, Sie können doch nicht weggehen und mich mit ihm allein lassen! Ich bin Privatpatient«, protestierte Marcus lautstark.

»Glauben Sie, Sie sind der einzige Patient hier, der unsere Hilfe braucht? Bei uns werden alle Menschen gleich behandelt. Ich wiederhole mich äußerst ungern, aber wenn Ihnen das nicht passt, können Sie gerne woanders hingehen. Und was den jungen Kollegen betrifft, wir haben doch alle mal angefangen, oder?«

Mit diesen Worten drehte sich Frank um und verließ den Raum. Der Assistenzarzt trat zögerlich näher und begann damit, Marcus Blut abzunehmen.

»Autsch! Können Sie nicht einmal vernünftig Blut abnehmen? Wo bin ich bloß gelandet«, schnauzte Marcus den jungen Mann an, der augenblicklich einen hochroten Kopf bekam und ein leises »Entschuldigung« murmelte.

Anschließend startete er einen weiteren Versuch, Marcus einen Zugang an der gesunden Hand zu legen. Vor lauter Aufregung schaffte er es auch im zweiten Anlauf nicht auf Anhieb und traf die Vene nicht genau.

»Mensch, passen Sie doch auf oder wollen Sie mir die ganze Hand zerlöchern?«, fuhr Marcus ihn erneut an. »Wie ungeschickt sind Sie eigentlich? Das lernt man doch gleich zu Studienbeginn. Ich bin selbst Arzt, ich weiß, wovon ich spreche. Außerdem bin ich Privatpatient. Da kann man wohl mehr Professionalität für sein Geld erwarten. Meine Güte!«

Dem Assistenzarzt sah man deutlich an, dass er unter starkem Druck stand. Er sah sich Hilfe suchend zu der Krankenschwester um. Sie dagegen verdrehte nur die Augen und nickte ihm aufmunternd zu.

Als Nick und Uwe aus dem Fahrstuhl stiegen, wären sie beinahe mit Doktor Gustafson zusammengestoßen.

»Ach, hallo! Was macht ihr denn hier?«, fragte dieser überrascht. »Ist Anna aufgetaucht? Ich habe die Vermisstenanzeige gesehen. Das ist ja schrecklich. Wenn ich irgendetwas tun kann, sagt es mir.«

»Nein, wir wissen nicht, wo sie sich aufhält«, erwiderte Nick.

Für einen kurzen Augenblick schwiegen alle drei.

Dann sagte Uwe: »Warum wir eigentlich gekommen sind, Frank, hier müsste vor Kurzem ein Verletzter namens Marcus Strecker eingeliefert worden sein. Weißt du etwas davon?«

»Ja«, erwiderte Frank auf Anhieb. »Den habe ich eben behandelt. Unsympathischer Zeitgenosse, wenn ihr mich fragt. Was ist mit ihm?«

»Wir gehen davon aus, dass er mit Annas Verschwinden zu tun hat«, erklärte Nick.

»Was sagst du da?« Frank war sichtlich erstaunt. Dann murmelte er: »Wenn ich das gewusst hätte.« Uwe und Nick sahen ihn fragend an, aber er winkte schnell ab. »Nicht so wichtig. Aber wieso denkt ihr, dass er etwas damit zu tun haben könnte?«

»Er ist ihr Ex und wollte sich Geld von ihr leihen«, ließ Nick ihn ohne Umschweife wissen.

Frank sah ihn mit großen Augen an.

»Ihr Ex? Aber du hast nicht zufällig etwas mit der …«,

Frank deutete mit der Hand in Richtung seiner Nase, »zu tun?«

Nick antwortete nicht, aber Frank konnte von seinem Gesicht ablesen, was er bereits vermutete. »Gut, der hat es nicht besser verdient«, sagte er schließlich. »Aber wie kann ich euch helfen?«

»Wir würden gerne mit Marcus sprechen, wenn das möglich ist«, erklärte Uwe.

»Er befindet sich in der Notaufnahme und wird gerade für die anstehende OP vorbereitet. Den Gang entlang und hinten rechts. Den Weg kennt ihr ja mittlerweile. Viel Erfolg!«

»Danke, wir sehen uns!«, erwiderte Nick.

Dann machten Uwe und er sich auf den Weg zur Notaufnahme.

Als Marcus die beiden Beamten im Türrahmen erblickte, sagte er: »Was wollt ihr schon wieder von mir? Von Leuten eurer Sorte habe ich langsam die Nase gestrichen voll. Und mit dir, Nick, bin ich noch nicht fertig. Bleib mir bloß vom Leib!«

»Ich glaube nicht, dass Sie irgendetwas zu entscheiden haben«, konterte Uwe. »Wir sind gekommen, um über den Vorfall von vorhin zu sprechen. Wer waren die beiden Männer, vor denen Sie geflüchtet sind?«

Marcus schwieg und sah von einem zum anderen.

»Mein Kollege hat dich was gefragt, also?«, drängte Nick ihn in unerbittlichem Ton.

»Sie haben mich verfolgt und in Lebensgefahr gebracht. Warum werde ich wie ein Verbrecher behandelt? Kümmert euch lieber um die Kerle!«

»Warum sind die beiden Ihnen gefolgt?«, fragte Uwe weiter unbeirrt. Marcus schwieg. »Wir warten, Herr Strecker«, forderte Uwe ihn erneut auf.

»Sie arbeiten für ein Unternehmen, mit dem ich geschäftlich zu tun habe«, gab Marcus schließlich widerwillig zurück.

»Wir wissen, dass du ihnen Geld schuldest, was du nicht zurückzahlen kannst«, brauste Nick auf. »Deshalb haben sie Anna entführt, richtig? Sag es schon! Wo haben sie sie versteckt? Was weißt du? Rede endlich!«

»Meine Herren, bitte, geht es etwas leiser? Wir sind in einem Krankenhaus und nicht auf dem Fußballplatz«, mahnte eine resolute Krankenschwester, die das Zimmer betrat.

»Verzeihung«, entschuldigte sich Uwe und setzte einen versöhnlichen Blick auf, der scheinbar Wirkung zeigte, denn der strenge Ausdruck in ihrem Gesicht schwand und sie lächelte ihm zu. Geht doch, dachte Uwe, und das ganz ohne Salat. Denn ihm fiel gerade Nicks Bemerkung von gestern ein, als die junge Kellnerin Nick fast mit ihrem Blick verschlungen hätte.

»Ich weiß nicht, wo Anna ist. Das haben sie mir nicht gesagt«, beteuerte Marcus.

»Dann wusstest du also von Anfang an, dass diese Kerle sie in ihrer Gewalt haben, und hast uns nichts gesagt?«

Nick schäumte vor Wut und konnte nur mit Mühe von Uwe davon abgehalten werden, sich auf den verletzten Marcus zu stürzen.

»Sie werden ihr schon nichts antun, das soll nur zur Abschreckung dienen, damit ich zahle«, erwiderte Marcus.

»Nichts antun? Vielleicht genauso wenig wie sie dir nichts angetan haben? Sieht nichts antun so aus, ja?«

Nick war außer sich, ging ein paar Schritte in Richtung der Tür und fuhr sich mit der Hand durchs Haar.

Er konnte nicht glauben, was er gerade gehört hatte. Wo lebte dieser Typ? So naiv und gleichgültig konnte man doch nicht sein.

»Anna ist bislang nicht aufgetaucht, und die beiden Gorillas sind entwischt. Die laufen da draußen irgendwo frei herum. Ich würde mich an Ihrer Stelle nicht allzu sicher fühlen. Daher rate ich Ihnen dringend, mit uns zu kooperieren. Andernfalls werden Sie mit erheblichen Konsequenzen zu rechnen haben, Herr Strecker«, machte Uwe ihm deutlich.

Langsam war seine Gutmütigkeit an ihre Grenzen gestoßen. Das alles war kein Spiel, auch wenn Marcus es scheinbar so darstellte.

»Ich weiß nicht, wo sie ist! Wie oft soll ich das verdammt noch mal sagen«, wehrte sich Marcus. »Ja, es tut mir leid, dass ich nicht gleich etwas gesagt habe, aber was macht das für einen Unterschied?«

Nick fuhr herum, aber Uwe stellte sich ihm in den Weg.

»Lass ihn«, raunte er seinem Freund zu. »Mach jetzt bloß keinen Fehler, den du am Ende bereust. Der ist es nicht wert. Bitte, Nick!« An Marcus gewandt sagte Uwe: »Wenn Ihnen wider Erwarten etwas einfallen sollte, rate ich Ihnen, sich umgehend bei uns zu melden.«

»Fahr mal langsamer«, sagte Nick, als sie im Auto saßen und die Hauptstraße nach Hörnum entlangfuhren. Sie hatten das Krankenhaus verlassen, da Marcus ihnen keine große Hilfe war. Sie waren nicht einen Schritt weitergekommen.

»Warum? Hast du etwas entdeckt?«

»Nein, aber dann sieht man besser, falls es etwas Auffälliges geben sollte.«

»Also diese hässlichen Kasernen könnte man wirklich mal abreißen, oder? Teile davon stehen schon jahrelang ungenutzt herum. Sie sind ein wahrer Schandfleck für die Insel. Das Jugendaufbauwerk da drüben steht auch seit ein paar Jahren leer. Dabei wurde dort wenigstens etwas Sinnvolles für Jugendliche getan, die es woanders schwer haben, eine Arbeit oder Ausbildung zu bekommen. Aber dafür ist nie ausreichend Geld vorhanden«, schimpfte Uwe vor sich hin und zeigte auf eines der Backsteingebäude, die sich zur Wattseite hin erstreckten.

Nicks Augen blieben an den Kasernengebäuden hängen.

»Wäre doch ein wunderbarer Platz für einen weiteren riesigen Hotelkomplex. Was meinst du?«, schlug Uwe vor und zog eine Grimasse.

»Vielleicht ist Anna dort?«, sagte Nick plötzlich, ohne auf Uwes Kommentar einzugehen.

»Wie kommst du darauf?«

»Ich weiß nicht, ist nur so ein Gefühl. Da könnte man gut jemanden verstecken, und niemand würde ihn dort hören oder ohne Weiteres finden.«

»Das glaube ich nicht, da kommt man nicht so einfach rein. Die Gebäude stehen zwar leer, aber werden regelmäßig kontrolliert. Das Fünf-Städte-Heim da drüben ist in Betrieb, steht aber ein bisschen abseits für sich. Das würde doch auffallen. Ich glaube, ein weiterer Gebäudekomplex wird sogar als Lager genutzt. Aber frage mich bitte nicht, wofür. Das habe ich nur gehört. Außerdem eignen sich die Häuser als Gefängnis nicht sonderlich gut. Die Gebäude haben viel zu viele Fenster.«

»War auch nur so eine Idee, vergiss es«, erwiderte Nick.

Sie fuhren schweigend eine Weile weiter. Während Uwe sich auf den Verkehr konzentrierte, heftete Nick seinen Blick auf die Gebäude, an denen sie vorbeikamen. Sie hatten Hörnum längst hinter sich gelassen und passierten gerade das Ortsschild von Rantum, als Nicks Handy klingelte. Er nahm das Gespräch an und starrte während des Zuhörens ungläubig auf das Armaturenbrett vor sich.

»Dreh sofort um!«, sagte er zu Uwe, als das Telefonat beendet war.

»Was ist los?«

»Wir müssen zurück zu den Kasernen, schnell! Gib Gas!«, trieb Nick ihn an.

»Was zur Hölle ist denn los?«, wollte Uwe endlich wissen, bremste den Wagen abrupt und wendete mitten auf der Straße. Der Fahrer des nachfolgenden Wagens kam mit quietschenden Reifen zum Halten. Er hupte aufgebracht und zeigte ihnen einen Vogel. Doch das nahmen weder Uwe noch Nick zur Kenntnis. Uwe trat stattdessen ordentlich auf das Gaspedal, und sie fuhren in die Richtung, aus der sie ursprünglich gekommen waren.

»Das war Christof. In der Zentrale ging eben ein Notruf ein. Eine Frau hat in einem der alten Kasernengebäude etwas gehört. Angeblich wird dort im Keller jemand gefangengehalten!«, erklärte Nick aufgeregt. »Weißt du, was das bedeutet?« Dabei lief ihm eine Gänsehaut über den gesamten Körper. Uwe sah ihn mit weit aufgerissenen Augen an. »Schau nach vorne, Uwe, und hol alles aus der Kiste raus, was sie hergibt! Let's go!«

Der Motor des Wagens heulte auf, als Uwe einen Gang zurückschaltete und ordentlich Gas gab. Sie fuhren in hohem Tempo die lange Straße zurück nach Hörnum. Vorbei am Restaurant ›Samoa‹, vorbei an der ›Sansibar‹, bis sie die Kasernen aus der Ferne erkennen konnten. Leichter Sprühregen hatte eingesetzt, und Uwe musste die Scheibenwischer einschalten. Als sie die Fußgängerampel an dem Jugendferienheim ›Puan Klent‹ erreichten, schaltete diese ausgerechnet in diesem Augenblick auf Rot, und Uwe hielt den Wagen an. Eine Schulklasse war im Begriff die Straßenseite zu wechseln. Einige Schüler alberten herum, andere hatten ihren Blick stur auf ihre Smartphones gerichtet. Schlurfend schlichen ein paar Jugendliche im Zeitlupentempo vor ihnen über die Straße. Dabei schenkten sie ihrer näheren Umgebung nicht einen Funken Beachtung.

»Warum schaltest du nicht das Blaulicht ein? Guck dir die an, denen kann man ja beim Gehen die Schuhe besohlen. So kommen wir nie an!«, stöhnte Nick ungeduldig.

»Nick, bitte! Ich fahre, okay? Meinetwegen schalte ich das Blaulicht ein, aber davon fährt der Wagen auch nicht schneller. Ich kann verstehen, dass du sehr angespannt bist, aber es bringt nichts, wenn ich fahre wie ein Henker. Es geht gleich weiter. Ich hoffe genauso wie du, dass es sich bei der Person um Anna handelt.«

»Entschuldige«, seufzte Nick und strich nervös mit beiden Handflächen über seine Oberschenkel. »Du hast ja recht.«

Die Ampel erlosch, und Uwe fuhr an. Rechts und links der Straße war nichts weiter als mit Heide bewachsene Dünenlandschaft zu sehen. Zwischendurch hatte der Regen der letzten Wochen überschwemmte Flächen hinterlassen. Das Wasser war noch nicht vollständig versickert. Doch Nick hatte derzeit keinen Blick für die Schönheit der Natur. Er wurde nur von einem Gedanken getrieben: Anna! Sie musste es sein, und sie würden gleich am Ziel sein. Am Ortseingang von Hörnum setzte Uwe den Blinker nach links und bog ab. Endlich erreichten sie die alten Kasernengebäude. Kurz vor ihrem Ziel wären sie beinahe mit einem dunklen Wagen mit getönten Scheiben zusammengestoßen, der mit hoher Geschwindigkeit aus der schmalen Straße gefahren kam.

»Hoppla, ja spinnt der?«, schimpfte Uwe und konnte im letzten Augenblick ausweichen, um eine Kollision mit dem anderen Fahrzeug zu vermeiden. »Was rast der so und schneidet die Kurve? Sind sie hinter dem her oder was?«

Kopfschüttelnd fuhr Uwe den holprigen Weg weiter und schenkte dem Wagen keine Beachtung mehr.

»Das waren sie!«, stieß Nick hervor und drehte sich ruckartig in seinem Sitz nach dem Wagen um.

»Wer war das? Kanntest du die etwa?«

»Das waren unsere Inkassoleute!«, erwiderte Nick und griff nach dem Funkgerät. »Ich sage in der Zentrale Bescheid. Sie fahren in südliche Richtung. Wenn sie nach Hörnum rein fahren, sitzen sie in der Falle und landen höchstens im Hafenbecken.«

Während Uwe den Wagen auf die enge Zufahrt entlang steuerte, sprach Nick mit den Kollegen. Uwe hatte das Auto kaum zum Stehen gebracht, da hatte Nick die Beifahrertür aufgerissen und war aus dem Wagen gesprungen.

»Nick, warte auf mich!«, rief Uwe ihm nach, denn er hatte Schwierigkeiten, seinem Freund so schnell zu folgen. Jetzt machte sich sein Übergewicht erneut bemerkbar. Vielleicht sollte er in Zukunft doch etwas mehr auf seine Ernährung und Fitness achten. Letzteres war nicht gerade unwichtig in seinem Job. Er könnte wieder bei der Polizeisportgruppe mitmachen, überlegte er, während er versuchte Nick nicht zu verlieren. Einmal Schwimmen in der Woche und anschließend Sauna reichten bei Weitem nicht aus. An Nicks Kondition und körperliche Fitness würde er zwar nie herankommen, aber das war auch gar nicht sein Ziel. Die beiden Männer trennten immerhin zehn Jahre Altersunterschied. Uwe war im vergangenen Monat gerade 45 geworden.

Unweit der nebeneinander stehenden Gebäude, auf einer freien Fläche, standen eine ältere Dame und ein Junge, der einen kleinen, weißen, wuscheligen Hund an der Leine hielt.

»Da sind Sie ja! Das ging aber schnell. Wir sind gerade angekommen und haben auf Sie gewartet. Ich hatte dummerweise mein Handy in der Ferienwohnung vergessen, deswegen hat es länger gedauert«, begrüßte die Dame die beiden Beamten und kam ihnen ein paar Schritte entgegen.

Sie hatte den Kragen ihrer Jacke aufgestellt, um sich vor dem heftigen Wind zu schützen, der aufgefrischt hatte. Der feine Nieselregen dagegen hatte aufgehört. Der Junge sah ehrfürchtig zu Uwe und Nick auf und hielt sich hinter der Frau versteckt.

»Moin«, erwiderte Nick, »können Sie uns bitte kurz beschreiben, was Sie gehört haben und wo das genau war?«

»Louis ist immer wieder zu einer Stelle gelaufen und hat dort aufgeregt geschnüffelt. Neulich schon, nicht wahr, Oma?«, erklärte der Junge, sah erst zu seiner Oma, dann zu den beiden Beamten und deutete letztendlich mit dem Finger auf das leer stehende Gebäude des Jugendaufbauwerkes Sylt.

»Wir haben gleich nachgesehen, was er dort so interessant fand. Und da haben wir jemanden unten aus dem Keller rufen hören, eine Frau. Sie hat ihren Namen genannt, aber den habe ich in der Aufregung vergessen. Eigentlich ist das Gebäude ja unbewohnt, deshalb habe ich nicht damit gerechnet, dass sich dort jemand aufhält. Ich hoffe, da hat sich nicht nur jemand einen Scherz mit uns erlaubt und Sie sind ganz umsonst gekommen«, erklärte die Großmutter des Jungen.

»Mit Sicherheit nicht«, murmelte Nick. »Können Sie uns bitte gleich zu der Stelle bringen, an der Sie die Stimme gehört haben?«

»Selbstverständlich. Bitte kommen Sie mit!«

Der Junge und Nick gingen vor, sie waren schneller als Uwe und die ältere Dame.

»Wenn ich groß bin, gehe ich auch zur Polizei«, erklärte der Junge Nick mit voller Überzeugung.

»Soso. Hast du dir das gut überlegt? Aber du hast ja noch ein bisschen Zeit«, erwiderte Nick und musste schmunzeln.

Als sie schließlich zu der Stelle kamen, zeigte der Junge auf eine Öffnung im Mauerwerk.

»Da unten! Von dort habe ich etwas gehört und meine Oma auch.«

Nick kniete sich auf den nassen Beton und bog das hohe Unkraut, das die Stelle überwucherte, mit der Hand zur Seite. Jetzt kam ein schmaler Kellerschacht zum Vorschein, der mit einem engmaschigen Metallgitter abgedeckt war. Das Gitter ließ sich nicht ohne Weiteres entfernen, es war ringsherum fest verschraubt und zusätzlich mit einem Schloss befestigt. Die Scheibe des kleinen Fensters darunter war zerschlagen. Einzelne Glasstücke steckten wie spitze Klingen im Rahmen. Nick legte sich fast flach auf den Boden vor den Schacht, um besser sehen und hören zu können.

»Anna! Bist du da unten?«, rief Nick und horchte angestrengt.

Sein Herz klopfte stark vor Aufregung. Keine Antwort. Nichts war zu hören. Mittlerweile war Uwe mit der Großmutter des Jungen an der Stelle angekommen.

»Und?«, keuchte Uwe außer Atem vom schnellen Gehen. Er musste unbedingt etwas für seine Fitness tun, daran führte kein Weg vorbei. So ging es wirklich nicht mehr weiter. Er war eben noch nicht einmal besonders schnell und sehr weit gerannt und war völlig aus der Puste. »Ist da unten jemand, oder sind wir umsonst gekommen?«

»Da war wirklich jemand, ganz bestimmt. Ich hätte Sie sonst bestimmt nicht verständigt. Mein Enkel hat …«, war die Frau dabei zu erklären, als sie von Nick unterbrochen wurde.

»Psst! Seien Sie bitte still.«

Alle schwiegen und lauschten angestrengt.

Dann flüsterte Nick: »Habt ihr das gehört? Da war doch was!«

Und da hörten sie tatsächlich eine Stimme, wenn auch sehr schwach von unten aus dem Kellerschacht.

»Hallo, ich bin hier!«

»Anna? Bist du da unten?«

»Nick?«

»Mein Gott, wir haben dich gefunden! Ich bin gleich bei dir, Sweety!«, rief Nick und sprang auf. »Los, Uwe! Ruf die Hausverwaltung und einen Rettungswagen! Beeil dich!«

Und noch ehe Uwe etwas erwidern konnte, war Nick losgelaufen. Er rannte so schnell er konnte um das Gebäude herum zum Haupteingang. Als er dort angekommen war, nahm er die wenigen Stufen in zwei Sätzen und musste feststellen, dass die Türen fest verschlossen waren. Er rüttelte energisch an dem langen Türgriff, aber es tat sich nichts. Die eigentliche Türklinke war abgeschraubt worden, aber das Schloss darunter schien intakt zu sein.

»Verdammt«, fluchte er und sah sich suchend um. Er konnte aber nichts entdecken, womit sich die Tür öffnen ließ.

Dann ging er die Treppenstufen herunter und sah an der Fassade des Gebäudes empor. Die Fenster lagen etwas zu weit oberhalb, um ohne Weiteres in eines von ihnen einsteigen zu können. Dafür hätte selbst Nick bei seiner Größe eine Leiter benötigt und die Scheibe einschlagen müssen. Aber irgendwie mussten die Entführer in das Gebäude gelangt sein, überlegte er angestrengt. Bis die Hausverwaltung jemanden schicken würde, konnte es Stunden dauern, und er wusste nicht, in welcher körperlichen Verfassung Anna sich befand. Ihre Stimme hatte sehr schwach geklungen. Jede Minute konnte überlebenswichtig sein. Nick lief um die Ecke des Gebäudes zum nächsten Gebäudekomplex, der ein ganzes Stück weiter entfernt lag, dem Fünf-Städte-Heim. Vielleicht gab es dort jemanden, der die Möglichkeit hatte, mit einem Schlüssel in das Gebäude zu gelangen. Er musste es wenigstens versuchen. Erfreulicherweise entdeckte er einen Mann in einem grauen Kittel, der dabei war, die Eingangstür abzuschließen. An seinem Schlüsselbund hingen mindestens 30 Schlüssel, schätzte Nick.

»Hallo, Sie! Warten Sie bitte«, rief Nick laut und lief auf den Mann zu.

Dieser drehte seinen Kopf in Nicks Richtung.

»Moin«, sagte er lediglich und musterte Nick.

»Moin. Sind Sie der Hausmeister, Herr …?«, wollte Nick wissen, als er direkt vor ihm stand.

»Lorenz. Sehe ich vielleicht so aus?«, fragte er mürrisch und widmete sich der Tür.

Der Mann trug unter seinem Kittel eine ausgeblichene Jeans, die an den Knien ganz ausgebeult war, und weiße Turnschuhe mit dunkelblauer Sohle. Seine Hände waren groß und grob. Man konnte ihnen ansehen, dass sie jahrelang schwere Arbeit verrichtet haben mussten. Auf dem Kopf trug er eine dunkelblaue Wollmütze mit einem goldenen Anker, unter der einige graue Haarsträhnen hervorlugten. Das Ankeremblem löste sich bereits an einer Stelle. Und auch sonst sah die Mütze sehr mitgenommen aus. Vermutlich zierte sie bereits seit Jahrzehnten das Haupt ihres Besitzers zu jeder Jahreszeit. Nick wusste, dass es zwecklos sein würde, über die genaue Berufsbezeichnung zu diskutieren. Dafür hatte er weder die Zeit noch die Geduld.

Daher sagte er kurzerhand: »Haben Sie einen Schlüssel für das Gebäude da drüben?«

Nach kurzem Zögern nickte der Mann.

»Ja, das habe ich wohl. Ich habe für alle Gebäude einen Schlüssel, wenn Sie es genau wissen wollen. Ich bin für das Facility Management auf dem gesamten Gelände zuständig.«

Er stemmte die Hände in die Hüften, als wenn er dadurch seine Autorität unterstreichen wollte, und sah Nick abwartend an.

»Schön, Herr Lorenz«, sagte Nick und sparte sich jeglichen Kommentar, »dann schließen Sie mir bitte das Gebäude da drüben auf. Und zwar möglichst schnell.«

»Mal nicht so eilig, junger Mann. Haben Sie einen Durchsuchungsbefehl? Da kann ja sonst jeder kommen,

Uniform hin oder her. Die muss nicht unbedingt echt sein, das hat es alles schon gegeben«, erwiderte Herr Lorenz und spielte demonstrativ mit dem Schlüsselbund in seiner rechten Hand. Die Schlüssel klapperten.

»Den brauche ich nicht. Sie dürfen mir glauben. Hier ist mein Ausweis.« Nick hielt dem Mann seinen Dienstausweis vor die Nase. »Sind Sie nun beruhigt? Hier ist Gefahr in Verzug. Und wenn Sie nicht augenblicklich diese Tür da aufschließen, behindern Sie polizeiliche Ermittlungsarbeit und gefährden eventuell ein Menschenleben. Und was das heißt, muss ich Ihnen wohl nicht weitergehend erklären, oder?«

Der Mann ließ sich durch Nicks Äußerung wenig beeindrucken, sondern verzog nur gequält den Mund.

»Hm. Na gut, dann kommen Sie mit, ich schließe Ihnen auf. Aber auf Ihre Verantwortung. Ich will hinterher auf keinen Fall Ärger bekommen. Damit das klar ist.«

Na also, dachte Nick, warum nicht gleich so. Ungeduldig ging er neben dem Mann her, bis sie den Eingang des anderen Gebäudes erreicht hatten. Das Haus des ehemaligen Jugendaufbauwerks Sylt, dessen großer Schriftzug über dem Eingang prangte, wirkte insgesamt ziemlich heruntergekommen. Die einst blaue Farbe an den Stahlträgern im Eingangsbereich war zu großen Teilen abgeblättert, und Rostspuren traten darunter deutlich hervor. Überall zwischen den Fugen der Pflastersteine wuchs das Unkraut ungehindert empor. Teilweise waren einzelne Steine gänzlich aus dem Verbund herausgebrochen. Ob nun durch Witterungseinflüsse oder Gewalt von außen war mittlerweile unerheblich geworden in Anbetracht des maroden Gesamtzustandes des Gebäudes. Vor dem Eingang standen leere Kübel aus Waschbeton, die sicherlich einmal bepflanzt, den Besucher willkommen heißen sollten. Selbst der Laternenpfahl, der unweit des Eingangs stand, wies Rostspuren auf. Die Fensterscheiben waren fast blind vor Schmutz. Hier musste seit ewigen Zeiten niemand mehr gewesen sein, überlegte Nick, als er sich genauer umsah. Eine schmale Rampe verlief ein ganzes Stück parallel zur Hauswand, sodass Menschen mit Handicap den Eingang bequem erreichen konnten. Das dazugehörige dünne Geländer aus Metall war ebenfalls völlig dem Rostfraß zum Opfer gefallen. Der Hausmeister steckte einen der vielen Schlüssel an seinem Schlüsselbund in das Schloss und drehte den Schlüssel dreimal herum. Dann ließ sich die Tür problemlos öffnen.

»Bitte sehr, Herr Kommissar!«, sagte er zu Nick und ließ ihn eintreten. »Und nun? Hier ist niemand, wie ich bereits sagte. Ich habe erst kürzlich die angrenzende Wiese gemäht, da wäre mir doch aufgefallen, wenn sich hier jemand aufhalten würde.«

»Wo geht es hier in den Keller?«, wollte Nick wissen und sah sich nach links und rechts um.

»Da hinten den Gang lang bis zum Ende und dann die Treppe nach unten. Die Tür ist nicht abgeschlossen. Aber Licht gibt es nicht. Der Strom im gesamten Gebäude ist abgestellt. Ist zu gefährlich sonst. Aber was suchen Sie da eigentlich? Da unten lagert seit Jahren nichts mehr. Dieses Gebäude wird seit langer Zeit nicht mehr genutzt. Ab und zu schaue ich nach dem Rechten. Aber das ist auch alles. Und im Keller war ich bestimmt seit über zwei Wochen nicht mehr.«

»Gibt es einen weiteren Eingang zum Keller?«
»Ja.«
»Und wo genau?«, hakte Nick ungeduldig nach.

»Von draußen. Auf der Rückseite des Hauses gibt es eine Tür, aber die wird nicht mehr benutzt. Ich weiß gar nicht, ob die sich überhaupt öffnen lässt.«

Nick zog sein Handy aus der Tasche, wählte Uwes Nummer und wartete, bis das Gespräch angenommen wurde.

»Uwe, komm bitte zum Haupteingang des Jugendaufbauwerkes. Ich gehe in den Keller und versuche, Anna zu finden. Von draußen gibt es einen weiteren Kellereingang. Der Facility-Manager, Herr Lorenz, wird dir alles zeigen.«

»Warte auf mich, Nick! Wer soll mir alles zeigen? Und wollen wir nicht lieber auf die Kollegen warten? Das kann nicht mehr lange dauern, bis sie da sind. Willst du wirklich allein runter?«

»Ja, ich gehe schon rein, wir haben keine Zeit mehr. Der Mann mit dem grauen Kittel ist Herr Lorenz. Er wartet hier auf dich. Er kennt sich bestens aus.«

Mit diesen Worten legte Nick auf.

»Bitte warten Sie hier auf meinen Kollegen Wilmsen. Er wird gleich hier sein«, sagte er zu dem Hausmeister und wollte gerade in Richtung der Kellertreppe gehen.

»Warten Sie, junger Mann!«, hielt Herr Lorenz ihn zurück. Dann ging er zu einem Schrank, der gegenüber der Tür an der Wand stand, und öffnete ihn. Er nahm eine große Taschenlampe heraus und reichte sie Nick. »Die werden Sie brauchen. Wie gesagt, Licht gibt es da unten nicht. Viel Erfolg!«

»Danke«, sagte Nick, nahm die Lampe und eilte den Gang im Laufschritt entlang zur Treppe, die nach unten in die Kellerräume führte.

Herr Lorenz nickte und sah Nick kopfschüttelnd hinterher, wie er verschwand.

Das war Nicks Stimme, die ich gerade eben gehört hatte. Ich fühlte mich unendlich erleichtert. Er hatte mich tatsächlich gefunden, nachdem ich die Hoffnung auf Rettung beinahe aufgegeben hatte. Ich blieb auf meiner Matratze sitzen, denn ich war nicht mehr in der Lage, mich auf den Beinen zu halten. Immer wieder blickte ich zur Tür. Gleich würde sie sich öffnen, und ich käme aus diesem Gefängnis frei. Doch nichts geschah. Jetzt hörte ich draußen vor dem Kellerschacht jemanden sprechen.

»Anna?«

Ich erkannte Uwe, der meinen Namen rief.

»Ja, Uwe, ich bin hier«, versuchte ich, so laut ich konnte zu antworten.

Meine Kräfte ließen immer mehr nach, und ich musste meine ganze Willenskraft aufbringen, um mich auf den Beinen zu halten. Am liebsten hätte ich mich auf meine Matratze gelegt und geschlafen. Die Knochen und Gelenke taten mir weh, und ich fühlte mich hundeelend. Eine nach der anderen Kältewelle jagte durch meinen Körper.

»Bist du in Ordnung?«, hörte ich Uwe sagen. »Nick versucht gerade, zu dir zu kommen. Ich habe bereits Verstärkung gerufen. Es dauert nicht mehr lange, dann bist du frei. Wir holen dich da gleich raus. Bist du verletzt?«

»Nein, ich bin nicht verletzt, aber bitte beeilt euch!«

»Keine Sorge, Anna, es dauert nicht mehr lange! Wir machen so schnell wir können. Alles wird gut!«, sagte Uwe in beruhigendem Ton.

»Ja«, flüsterte ich.

»Gleich hast du es geschafft!«

Uwes Telefon klingelte, aber ich konnte nicht verstehen, mit wem und was er sprach. Alles hörte sich dumpf in meinen Ohren an, aber ich konnte es kaum erwarten, meinem tristen und einsamen Ort endlich zu entrinnen. Mir war unendlich kalt. Wo blieb nur Nick?

Nick lief einen langen dunklen Gang entlang. Der Lichtkegel seiner Taschenlampe, die ihm der Hausmeister freundlicherweise gegeben hatte, wies ihm den Weg Meter für Meter. Er kam an einigen Türen vorbei. Im Schloss steckte jeweils ein Schlüssel, aber sie waren alle nicht verschlossen. Doch egal, welche Tür er öffnete, hinter keiner der Türen verbarg sich Anna. War er in die komplett falsche Richtung gelaufen? Unten an der Treppe hatte es zwei Möglichkeiten gegeben. Er hatte sich für den Weg nach rechts entschieden, dies schien ihm der richtige zu sein. In der Dunkelheit war es schwierig, sich zu orientieren. Dass es hier unten so verwinkelt sein würde, ließ sich von außen nicht vermuten. Er ging ein Stück weiter, die Lampe vor sich auf den Boden gerichtet. Plötzlich machte der Gang einen scharfen Knick nach rechts, und es wurde etwas heller. Nick erkannte eine Tür mit einem eingesetzten Glaselement. Das musste die Außentür zum Keller sein, von der dieser Herr Lorenz gesprochen hatte, dachte Nick. Auf dem Boden vor der Tür konnte man mehrere schmutzige Fußabdrücke erkennen. Den Profilen und der Größe nach zu urteilen, handelte es sich hier eindeutig um Abdrücke von Männerschuhen. Einige verwelkte Blätter lagen in der Nähe der Tür. Es schien so, als wenn hier vor gar nicht allzu langer Zeit jemand gewesen war. Dies bestätigte Nicks Annahme, dass er auf der richtigen Spur war. Hoffnung keimte in ihm auf. Anna musste sich ganz in seiner Nähe aufhalten. Er rief ihren Namen, erhielt jedoch keine Antwort. Dann folgte er dem Gang weiter und gelangte schließlich an eine weitere Tür, in der kein Schlüssel von außen steckte. War er nun am Ziel? Nick hielt die Lampe in der einen Hand und drückte mit der anderen die Türklinke fest herunter. Die Tür war abgeschlossen.

Dann endlich, nach weiteren quälenden Minuten, die mir wie eine Ewigkeit vorkamen, hörte ich, wie sich jemand an der Tür zu schaffen machte. Ich wagte jedoch nicht, mich bemerkbar zu machen, bis ich nicht genau wusste, wer auf der anderen Seite stand. Hoffentlich sind es nicht meine Entführer, war mein einziger Gedanke in diesem Moment.
»Anna? Bist du da drin?«
Das war Nicks Stimme. Daran gab es keinen Zweifel mehr.
»Ich bin hier!«, rief ich, erhob mich mit letzter Kraft von meinem Lager und bewegte mich auf wackeligen Beinen auf die Tür zu.
Mir wurde für einige Sekunden schwindlig, weil ich zu schnell aufgestanden war. Doch ich hielt mich tapfer aufrecht.
»Gott sei Dank! Ist alles okay mit dir, Sweety?«, hörte ich Nick durch die geschlossene Tür fragen. »Die verdammte Tür ist abgeschlossen, und es steckt kein Schlüssel«, sagte er dann. »Ich schätze, er muss hier irgendwo sein.« Ich stand direkt auf der anderen Seite vor der Tür und konnte hören, wie sich Nick entfernte. Dann rief er: »Ich kann hier nichts finden. Hier ist auch nichts, mit dem ich die Tür aufbrechen könnte. Geh zur Seite, Anna, ich werde versuchen, das Schloss aufzuschießen. Bring dich in Sicherheit und geh vor allem von der Tür weg. Und nicht erschrecken, es wird gleich laut. Hast du mich verstanden?«

»Ja«, erwiderte ich und ging in die Ecke auf der gegenüberliegenden Seite. Dort drehte ich mich mit dem Gesicht zur Wand und hielt beide Hände leicht schützend über meine Ohren.

»Bist du in Sicherheit? Ich zähle bis drei, dann drücke ich ab!«, rief Nick.

»Ja«, antwortete ich und presste die Hände fester auf die Ohren.

»Okay, eins, zwei, drei!«

Dann ertönte ein lauter Knall. Sekunden später sprang die Tür krachend auf, als Nick kraftvoll dagegen trat. Ich ließ die Hände sinken und drehte mich vorsichtig um.

»Anna!«, sagte Nick und stürzte auf mich zu, kaum dass er den Raum betreten hatte.

Er nahm mich in seine Arme, und ich klammerte mich an seinen Körper. Ich hätte ihn am liebsten nie mehr losgelassen. Nick hielt mich ebenfalls fest an sich gepresst.

»Ich bin so froh, dass wir dich endlich gefunden haben! Wie geht es dir? Bist du okay? Haben sie dir etwas getan?«

Nick trat einen Schritt zurück, nahm mein Gesicht in seine Hände und musterte mich genau, um sich von meinem Zustand zu überzeugen. Ich musste wirklich schrecklich ausgesehen haben, so besorgt wie er mich ansah.

»Es geht schon, mir ist nur so kalt«, erklärte ich.

Plötzlich liefen mir Tränen der Erleichterung über das Gesicht. Und dann versagten mir meine Beine ihren Dienst. Ich merkte noch, wie Nick mich festhielt. Dann wurde mir schwarz vor Augen. Wie wir aus dem Keller gelangt waren, wusste ich später nicht mehr, genauso wenig, wie ich ursprünglich hineingekommen war.

Als ich wieder zu mir kam, lag ich in einem Rettungswagen auf einer Liege mit einer goldfarbenen Rettungsdecke bedeckt. Neben mir stand ein Notarzt und hatte mir gerade einen Zugang gelegt, um mir eine Infusion zu verabreichen. Auf der anderen Seite saß Nick und hielt meine Hand. Ich sah zu ihm. Ein Lächeln erschien auf seinem Gesicht.

»Sweety«, sagte er leise und strich mir sanft über die Stirn, »da bist du ja wieder. Fühlst du dich besser?«

Erst jetzt erkannte ich, wie erschöpft er aussah. Dunkle Schatten waren unter seinen Augen zu erkennen, und er sah müde aus. Sicherlich hatte er in den letzten Nächten nur wenig geschlafen, wenn er überhaupt ein Auge zugetan hatte. Ich war überglücklich, in sein Gesicht blicken zu können.

»Schon besser, aber ich glaube, ich habe da etwas nicht mitbekommen«, erwiderte ich und schenkte ihm ein schwaches Lächeln.

»Sie sind stark unterkühlt und dehydriert«, stellte der Notarzt mit ernstem Gesichtsausdruck fest. »Ich verabreiche Ihnen zunächst eine spezielle Nährlösung. In der Klinik kümmern sich die Kollegen um Sie.«

Ich erwiderte nichts, sondern nickte ihm zu. In der offenen Tür des Rettungswagens sah ich Uwe stehen.

»Hallo, Anna!«, rief er mir zu. »Du hast uns ganz schön auf Trab gehalten.« Er lachte und kam etwas näher. »Wie geht es dir denn? Alles in Ordnung? Nun bist du in den allerbesten Händen. Nick lässt dich nicht mehr so schnell aus den Augen.« Er sah erst zu Nick, dann zwinkerte er mir verschwörerisch zu.

»Wir sollten keine Zeit verlieren und losfahren. Gehen Sie bitte von der Tür weg«, forderte der Notarzt Uwe auf und war im Begriff, die Türen zu schließen.

»Wir sehen uns!«, rief Uwe uns nach und hob die Hand.

Nachdem die Türen verschlossen waren und sich das Fahrzeug in Bewegung setzte, schloss ich meine Augen und war erleichtert, dass dieser furchtbare Albtraum endlich zu Ende war.

Im Krankenhaus wurde ich in ein Einzelzimmer gebracht. Nick wich mir nicht mehr von der Seite. Es dauerte nicht lange, und wir hörten schnelle Schritte auf dem Gang und dann eine Stimme, die mir wohlvertraut war. Doktor Frank Gustafson betrat schwungvoll das Zimmer.

»Mensch, Anna, was machst du für Sachen? Hallo, Nick!«

Er klopfte Nick auf die Schulter und musterte mich kritisch.

»Wie fühlst du dich? Hast du irgendwelche Beschwerden? Tut dir irgendetwas weh?«, fragte er, während er meinen Puls fühlte und mir prüfend in die Augen sah.

»Nein, ich bin nur total schlapp und erkältet. Außerdem ist mir schrecklich kalt«, erwiderte ich und rieb mit den Händen über meine Oberarme.

»Das ist kein Wunder. Du hast leicht erhöhte Temperatur«, sagte er und griff nach dem Krankenblatt, das neben mir auf einem kleinen Tischchen lag.

»Ja, ich hatte Fieber, das kommt bestimmt von der Erkältung«, erklärte ich.

Frank studierte die Unterlagen eingehend und runzelte die Stirn. Nick beobachtete ihn währenddessen mit einer gewissen Anspannung.

»Irgendetwas nicht in Ordnung, Frank?«, fragte er nervös und knetete seine Finger.

»Nein, nein, soweit alles im grünen Bereich«, erwiderte Frank und sah von dem Dokument auf. »Anna, du hast eine nicht zu verachtende Unterkühlung erlitten, und dein Blutzuckerspiegel ist viel zu niedrig, da du vermutlich die letzten Tage kaum etwas gegessen hast. Das ist in diesem Fall keine große Überraschung. Deshalb bekommst du eine Nährlösung mit Glucose. Das kriegen wir wieder in den Griff. Darüber brauchst du dir keine Sorgen machen. Dein Ohnmachtsanfall ist ebenfalls nicht verwunderlich. Dein Körper hat durch die ganze Aufregung und Anspannung der letzten Zeit so viel Kortisol ausgeschüttet, das geht unweigerlich auf den Kreislauf. Außerdem kommt die Erkältung dazu, die du dir geholt hast.« Frank kontrollierte die Plastikflasche an dem Infusionsständer neben meinem Bett, in der sich nur noch wenig Flüssigkeit befand. »Ich lasse dir eine weitere Flasche bringen.«

»Heißt das, dass ich heute nicht nach Hause kann?«, fragte ich vorsichtig.

»Ja, meine Liebe, das heißt es leider. Aber ich möchte dich gerne die Nacht über zur Beobachtung hier behalten. Sicher ist sicher.«

Ich sah enttäuscht zu Nick, an dessen Gesichtsausdruck ich erkennen konnte, dass er ebenfalls nicht damit gerechnet hatte, dass ich eine Nacht im Krankenhaus verbringen musste. Aber er lächelte mir aufmunternd zu und streichelte meine Hand.

»Ich möchte in jedem Fall einen Ultraschall vom Bauchraum machen, damit wir irgendwelche Organschäden ausschließen können. Und wenn du das nächste Mal auf die Toilette gehst, sei so nett und heb etwas davon auf.«

Frank grinste und stellte einen kleinen Plastikbecher neben mich auf meinen Nachttisch.

»So, ich muss weiter, heute ist der Teufel los. Aber wir sehen uns nachher wieder.«

Daraufhin verschwand er aus dem Zimmer.

»Sei nicht traurig«, versuchte Nick mich zu trösten. »Frank weiß schon, was er macht. Bestimmt ist es besser, wenn du über Nacht hier bleibst. Wir wollen doch sicher sein, dass alles in Ordnung ist. Brauchst du irgendetwas? Soll ich schnell nach Hause fahren und dir ein paar Sachen holen?«

»Das wäre schön, aber nur, wenn es dir nichts ausmacht«, antwortete ich. »Ich brauche unbedingt meine Zahnbürste. Ich hätte nie gedacht, dass ich mich mal so aufs Zähneputzen freuen würde. Dann kannst du mir meinen Schlafanzug mitbringen. Dieser Stofffetzen ist ja wirklich nicht gerade sehr sexy.«

Ich deutete auf das Krankenhausnachthemd, das ich trug, und verzog das Gesicht. Nick musste lachen.

»Kein Problem, Sweety, ich bin bald zurück. Im Übrigen gibt es nichts, in dem du nicht sexy aussehen würdest.«

Ich freute mich über Nicks Kompliment.

»Ach so!«, ergänzte ich. »Und kannst du bitte mein übriges Waschzeug mitbringen. Steht alles auf der Konsole über dem Waschbecken. Da muss irgendwo meine Haarbürste sein. Die brauche ich dringend. Und frische Unterwäsche.«

»Ich werde alles einpacken, was ich finde«, erwiderte Nick schmunzelnd.

Dann stand er auf, gab mir einen Kuss und machte sich auf den Weg. An der Tür drehte er sich zu mir um. »Ich kann dir gar nicht beschreiben, wie froh ich bin, dass du wieder da bist.«

»Ich auch«, antwortete ich und sah ihm nach, wie er durch die Tür verschwand.

Nachdem ich mir gründlich Gesicht und Hände gewaschen hatte, legte ich mich wieder ins Bett. Eine Krankenschwester hatte mir eine weitere Infusion gemäß Franks Anordnung gegeben. Eigentlich hätte ich gerne geduscht, weil ich mich nach einer Dusche sehnte und mir noch immer kalt war. Aber mein Kreislauf war zu schwach. Damit musste ich bis morgen warten. Auf einen Tag mehr oder weniger kam es mittlerweile nicht mehr an, sagte ich mir. Ich hatte es gerade so auf die Toilette und zum Waschbecken geschafft. Meine Schluckbeschwerden und die Halsschmerzen waren in der Zwischenzeit besser geworden. Wie gerne hätte ich es mir in eine dicke Decke gekuschelt, mit einer Wärmflasche auf dem Bauch, auf unserem Sofa bequem gemacht. Eine schöne heiße Schokolade wäre auch herrlich. Ich seufzte bei dem Gedanken und musste unweigerlich schlucken. Da mich langsam, aber sicher die Müdigkeit überkam, beschloss ich zu schlafen. Die Ultraschalluntersuchung war erst in einer halben Stunde. Ich zog mir die Decke bis übers Kinn und tauchte ab in das Land der Träume. Ich musste fest eingeschlafen sein, denn ich wurde von der Stimme einer Krankenschwester behutsam geweckt.

»Ich bringe Sie zum Ultraschall, Frau Bergmann«, sagte sie und lächelte mich freundlich an.

Sie entfernte den Infusionsschlauch von der Braunüle in meinem Arm und half mir auf.

»Geht es? Machen Sie lieber langsam. Wenn Ihnen schwindlig wird, sagen Sie bitte rechtzeitig Bescheid«, sagte sie.

»Nein, es geht schon«, erwiderte ich. »Muss das sein?«, fragte ich und deutete auf den Rollstuhl, den sie neben mein Bett geschoben hatte.

»Das ist sicherer. Wenn Sie plötzlich ohnmächtig werden sollten, kann ich Sie sonst nicht halten, und Sie verletzen sich wohlmöglich.«

Etwas widerwillig setzte ich mich in den Rollstuhl, und die Schwester schob mich den Gang entlang bis zum Fahrstuhl. Damit fuhren wir eine Etage nach oben. Dem Fahrstuhl gleich gegenüber befand sich der Untersuchungsraum, in den sie mich brachte. An der Tür stand in großen Buchstaben ›Sonografie‹ auf einem Schild. Frank wartete bereits.

»Na, Anna, dann wollen wir mal. Du machst jedenfalls einen wesentlich munteren Eindruck als vorhin. Immerhin hast du wieder Farbe im Gesicht. Leg dich bitte hier drauf.«

Er sah mich freundlich an und deutete auf die Liege. Ich folgte seiner Aufforderung und legte mich auf die mit Papier bespannte Untersuchungsliege.

»Mein Gott, das ist ja ein richtiges Hightech-Gerät«, sagte ich und betrachtete das Monstrum von medizinischem Apparat. »Sind die sonst nicht kleiner?«

»Das ist das Neueste, was der Markt zu bieten hat. Damit siehst du wirklich alles«, antwortete Frank.

Ein gewisser Stolz in seiner Stimme war nicht zu überhören. Dann begann er, mit der Sonde des Ultraschallgerätes über meinen Bauch zu wandern. Das spezielle Gel, das er zuvor auf meinem nackten Bauch verteilt hatte, war kalt und verursachte mir sofort eine leichte Gänsehaut. Während er konzentriert auf den Monitor blickte, beobachtete ich ihn aufmerksam. Mir sagten die schwarz-weißen Schatten, die es dort zu sehen gab, nichts. Dafür fehlte mir das geschulte Auge und das entsprechende Fachwissen. Hoffentlich war alles in Ordnung, überlegte ich, während die Sonde kreuz und quer über meinen Bauch spazieren fuhr. Diese Untersuchung war lediglich eine Vorsichtsmaßnahme, hatte Frank mir erklärt, um zu überprüfen, ob alle meine Organe ausreichend versorgt waren und arbeiteten, da ich einige Tage nicht ausreichend mit Wasser und Nahrung versorgt war. Alles nur reine Routine, beruhigte ich mich selbst, doch ein negativer Restgedanke versteckte sich trotzdem in der hintersten Ecke meines Kopfes.

»Ja«, sagte Frank schließlich mit zufriedenem Gesichtsausdruck und streifte seine dünnen Gummihandschuhe ab, »das sieht alles sehr gut aus, Anna! Ich konnte nichts Auffälliges finden. Funktioniert alles so, wie es sein soll. Und eurem Baby geht es auch gut.«

»Da bin ich ja beruhigt«, erwiderte ich und wischte mit einem Papiertuch, das Frank mir gereicht hatte, die Reste des Gels vom Bauch. »Was sagst du da?«

Ich sah ihn völlig entgeistert an, da ich erst jetzt realisierte, was er gerade gesagt hatte.

Er nickte und sah mich an.

»Ja, du bist schwanger, Anna. Herzlichen Glückwunsch!«

»Aber wie …?«, stotterte ich.

»Na, wie ihr das gemacht habt, wisst ihr wohl selbst am besten.« Auf Franks Gesicht erschien sein typisch breites Grinsen, und ich merkte, wie ich knallrot wurde. »Willst du mir weismachen, du wusstest es bislang nicht?«

Ich schüttelte irritiert den Kopf und sagte: »Nein, wirklich. Ich hatte keine Ahnung!«

Mit dieser Nachricht hatte ich im Traum nicht gerechnet. Ich konnte es noch immer nicht glauben: Nick und ich bekamen ein Kind!

»Nachdem ich deine Blutwerte gesehen habe, war es

fast schon sicher. Aber der Ultraschall beweist es eindeutig, und dein Beta-HCG-Wert belegt es auch.«
»Mein was?«
»Der Beta-HCG-Wert. Das ist der Wert des Schwangerschaftshormons. Man kann ihn anhand des Urins ermitteln. Er ist erhöht. Ich schätze, du bist in der dritten oder Anfang der vierten Woche.«
Mir fehlten die richtigen Worte. Das kam völlig überraschend.
»Ich weiß gar nicht, was ich sagen soll«, erwiderte ich und war überwältigt von dieser Nachricht.
»Aber du freust dich doch, oder? Und Nick auch?«, wollte Frank wissen und sah mich aufmerksam an.
»Doch, natürlich! Sehr sogar. Ich kann es kaum erwarten, es ihm zu sagen.«
»Dann ist ja gut. Ich freue mich jedenfalls für euch, Anna. Und falls ihr einen Patenonkel braucht, ich stehe gern zur Verfügung.«
Er zwinkerte mir schelmisch zu und tätschelte meine Hand.
»Du mit Kinderwagen? Das kann ich mir nur sehr schwer vorstellen. Aber wir kommen auf dein Angebot zurück«, erwiderte ich und musste schmunzeln.

Zurück in meinem Zimmer schaute ich alle paar Minuten auf die Uhr an der gegenüberliegenden Wand. Draußen fegte seit ein paar Stunden ein heftiger Sturm über die Insel und blies die Frühlingsstimmung mit einem Schlag fort. Vor meinem Fenster in einem Mauervorsprung fing sich der Wind und spielte eine pfeifende Melodie. Hoffentlich kam Nick bald, damit ich ihm die Neuigkeit erzählen konnte. Ich platzte fast vor Ungeduld. Es war bereits kurz nach 17 Uhr, als endlich die Zimmertür aufging und Nick mit einer großen Reisetasche in der Hand hereinspazierte.

»Hallo, Nick! Schön, dass du wieder da bist.«

Er stellte die Tasche auf einem der Besucherstühle vor dem Fenster ab und kam zu mir ans Bett.

»Sweety«, sagte er und küsste mich sanft auf die Lippen. »Du siehst schon viel besser aus. Langsam kehrt die Farbe zurück in dein Gesicht.«

»Ungefähr dasselbe hat Frank vorhin auch gesagt.«

»Und hat er sonst noch etwas gesagt? Wie war die Untersuchung? Alles okay mit dir?« Er stutzte und legte irritiert die Stirn in Falten. »Habe ich irgendetwas verpasst? Du strahlst ja so!«

Ich strich ihm mit der Hand über die Wange.

»Setz dich doch«, forderte ich ihn auf.

Er sah mich weiterhin skeptisch an und zog sich einen Stuhl dicht an mein Bett. Dann setzte er sich und sah mich erwartungsvoll an. Ich griff mit beiden Händen nach seiner rechten Hand.

»Nick, ich muss dir etwas sagen«, begann ich, und mein Herz schlug so heftig vor Aufregung, als würde es jeden Augenblick zerspringen.

»Anna, ist wirklich alles in Ordnung? Dir fehlt bestimmt nichts? Du kannst mir alles sagen. Ich werde immer für dich da sein, egal, was es ist. Frank ist mir gerade auf dem Flur begegnet, er hat so komisch geguckt.«

Nicks Stimme klang überaus besorgt. Fast ängstlich sah er mich an.

»Nein, du brauchst dir keine Sorgen machen. Ich bin völlig gesund. Mir fehlt nichts. Ganz im Gegenteil.«

»Da bin ich beruhigt. Ich muss dir auch was sagen«, sagte er und atmete erleichtert aus.

»Oh, etwas Gutes oder Schlechtes?«

»Im Grunde weder das eine noch das andere, um genau zu sein.«

»Dann sag du lieber zuerst«, forderte ich ihn auf.

»Deine Eltern sind da!«, erwiderte er ohne lange Umschweife.

Dabei verzog er den Mund schief und sah mich fast entschuldigend an.

»Das ist keine große Überraschung, oder? Das war ja zu erwarten. Und wie lange schon?«, seufzte ich erschöpft.

»Seit gestern. Ich musste ihnen irgendwann sagen, dass du vermisst wirst. Sie sind schließlich deine Eltern. Und dann standen sie kurz darauf vor unserer Tür. Deine Mutter hat Gepäck für mindestens einen Monat dabei. Du kennst sie ja. Sie ist total aus dem Häuschen. Ich hatte Mühe, sie davon abzuhalten, mit in die Klinik zu kommen. Deine Mutter stand bereits in den Startlöchern. Selbst dein Vater hatte Schwierigkeiten, sie zu bremsen. Ich habe beiden erklärt, dass du absolute Ruhe brauchst, es dir aber ansonsten gut geht und sie sich keine Sorgen zu machen brauchen. Außerdem wärst du in der Obhut von Frank. Das hat sie letztendlich überzeugt. Und morgen darfst du sowieso nach Hause. Pepper freut sich übrigens auch sehr auf dich. Den hätte ich am liebsten heimlich in der Tasche hierher geschmuggelt.«

»Ich vermisse ihn so! Aber wohnen meine Eltern etwa bei uns zu Hause? Wieso sind sie denn nicht ins Hotel gegangen? Das machen sie doch sonst.«

Nick zuckte mit den Schultern.

»Ich konnte sie ja schlecht wegschicken. Sie sind deine Eltern. Ich habe sie im Gästezimmer untergebracht. Allerdings hoffe ich, dass deine Mutter nicht sauer auf mich ist, weil ich sie nicht gerade sehr freundlich empfangen habe. Aber ich hatte den Kopf so voll und habe mir solche Sorgen um dich gemacht. Und sie kann manchmal ziemlich anstrengend sein, gerade wenn sie es besonders gut meint.«

»Oh, Nick, das tut mir leid. Ich kann es mir lebhaft vorstellen. Aber ich glaube, du musst dir keine Gedanken machen, das nimmt sie dir nicht übel. Sie beruhigt sich im Allgemeinen schnell. Außerdem wird sie es verstehen. Aber meine Mutter prescht ja gerne mal nach vorn. Mein Vater ist in solchen Dingen ein bisschen anders. Dem war es bestimmt unglaublich unangenehm, dass sie dich so unangemeldet überfallen haben.« Ich konnte mir das Gesicht meines Vaters bildhaft vorstellen, wie er versucht hat, sie davon zu überzeugen, nicht zu fahren. Aber gegen den Willen meiner Mutter war er stets machtlos. Vielleicht hatte er es nur irgendwann aufgegeben, sich dagegen zu wehren, da es sinnlos war.

»Wahrscheinlich liegst du da gar nicht so falsch. Aber was wolltest du mir denn mitteilen?«, wollte Nick wissen.

Ich griff erneut nach seiner Hand und sah ihm direkt in die Augen. Vor lauter Aufregung kribbelten meine Finger, und mein Herz schlug doppelt so schnell wie sonst. Ich wollte gerade den Mund aufmachen, da klingelte Nicks Handy. Er sah auf das Display.

»Sorry, ganz kurz!«, entschuldigte er sich und stand auf.

Er tigerte mit dem Handy am Ohr durch den Raum, und ich hörte ihn sagen: »Super, Hauptsache ihr habt sie endlich. Und dieses Mal kommen sie nicht wieder so leicht aus der Sache heraus.« Er drehte sich um und sah zu mir.

»Ja, ich werde es ihr ausrichten. Danke! Ja, mache ich. Tschüss.« Damit war das Gespräch beendet. Nick kam zu mir und setzte sich auf den Stuhl an meinem Bett. »Entschuldige bitte, aber da musste ich rangehen. Das war Uwe. Ich soll dir schöne Grüße ausrichten, sie haben deine Kidnapper erwischt. Unten in Hörnum. War zwar nicht so einfach, aber zu guter Letzt hatten sie keine Chance mehr zu entkommen. Sie werden gerade von den Kollegen in die Mangel genommen.«

»Das haben sie nicht besser verdient«, erwiderte ich, und ein Schauer lief mir über den Rücken, wenn ich an sie dachte.

»Aber was wolltest du mir gerade sagen, bevor wir unterbrochen wurden?«, fragte Nick.

Ich holte tief Luft, sah ihn an und sagte: »Nick, wir bekommen ein Baby!«

Gespannt wartete ich auf seine Reaktion. Nick sah mich mit großen Augen ungläubig an. Die Nachricht hatte ihm glatt die Sprache verschlagen, denn er antwortete nicht sofort.

»Ein Baby? Was sagst du da? Ich weiß gar nicht … Ich kann das gar nicht glauben. Das ist ja … großartig!«, rief er freudestrahlend und nahm mich fest in die Arme.

Er drückte mich so stark an sich, dass ich beinahe keine Luft bekam. Als er mich losließ, konnte ich sehen, dass er Tränen in den Augen hatte. Hastig wischte er sie mit dem Handrücken beiseite.

»Freust du dich?«, fragte ich.

»Was für eine Frage! Und wie! Es ist aber alles in Ordnung mit dem Kind?«, fragte er, und sein Gesichtsausdruck schlug um von Freude in Besorgnis.

»Ja«, beruhigte ich ihn und strich über seinen Arm,

»Frank hat gesagt, wir brauchen uns keine Sorgen machen. Alles okay.«

»Ich kann das noch gar nicht glauben. Anna, du kannst dir gar nicht vorstellen, wie glücklich mich das macht.« Nick war völlig ergriffen von der Neuigkeit. Er sah mich an und strahlte über das ganze Gesicht. Dann nahm er meine Hand und drückte sie ganz fest. »Wie lange …? Ich meine, seit wann …?«

»Anfang vierte Woche, meint Frank«, unterbrach ich ihn. »Zu unserer Hochzeit wird man es vermutlich erkennen können.«

»Aber das macht doch nichts. Wir leben schließlich nicht mehr im Mittelalter. Ich kann es kaum erwarten! Wann sagen wir es den anderen? Ich meine damit unsere Eltern, meine Schwester und unsere Freunde.«

»Ich weiß nicht. Vielleicht sollten wir nicht gleich mit der Tür ins Haus fallen. Lass uns ein paar Tage warten. Ich muss alles erst mal selbst verdauen und möchte nach Hause, dann sehen wir weiter.«

»Einverstanden, obwohl ich zugeben muss, dass es mir sehr schwerfällt«, sagte Nick und beugte sich zu mir, um mich zu küssen.

KAPITEL 13

Im Anschluss an die Visite am nächsten Morgen holte mich Nick aus dem Krankenhaus ab. Der Sturm hatte sich über Nacht gelegt, und die Sonne schien von einem blauen Himmel, der lediglich mit einigen kleinen weißen Schönwetterwolken dekoriert war. Nachdem ich meine Entlassungspapiere erhalten hatte, verließen wir zusammen die Klinik. Nick trug meine Tasche und verstaute sie im Kofferraum seines Kombis. Dann fuhren wir in unser Haus nach Morsum. Ich blickte aus dem Fenster und freute mich unendlich auf Zuhause nach der furchtbaren Zeit in Gefangenschaft mit all seinen Entbehrungen.

»Alles okay?«, fragte Nick und sah zu mir herüber auf den Beifahrersitz. »Du bist so still.«

»Ja, mir geht es gut. Ich lasse nur gerade alles Revue passieren. Was ist mit Marcus? Hat er sich noch einmal blicken lassen?«, fragte ich Nick.

»Immer, wenn ich ihn gesehen habe, ging es ihm nicht besonders gut.«

Diese Bemerkung irritierte mich. »Warum? Was ist passiert?«, wollte ich wissen, als ich das Zucken um Nicks Mundwinkel herum sah, und bekam schlagartig ein ungutes Gefühl. »Nick?«

»Ach, das erzähle ich dir ein anderes Mal. So, wir sind gleich da.«

»Ich freue mich so auf unser Zuhause und wahnsinnig auf Pepper. Hat er mich wirklich vermisst?«

»Natürlich, was denkst du denn? Er hat dich überall gesucht und ist mir ständig hinterhergelaufen. Bei jedem Auto, das gekommen oder vorbeigefahren ist, ist er erwartungsvoll zur Haustür gelaufen. Er hat genau gespürt, dass etwas nicht stimmt. Hunde haben dafür ein sehr feines Gespür.«

Wir bogen von der Hauptstraße in Morsum, dem Täärpstig, rechts ab, und nach wenigen Metern konnte ich unser Haus bereits sehen. Der silberfarbene Golf meiner Eltern parkte auf dem Seitenstreifen an der Straße. Mein Wagen parkte wie gehabt auf einem der beiden Parkplätze direkt vor dem Haus. Ich war glücklich und erleichtert, endlich zu Hause zu sein, als Nick den Wagen zum Stehen brachte. Er stieg aus, ging um das Fahrzeug herum und half mir aus dem Wagen. Dann holte er meine Tasche aus dem Kofferraum, und wir gingen gemeinsam den gepflasterten Weg auf das Haus zu. Nick griff in die Jackentasche und zog den Hausschlüssel hervor. Doch auf halbem Weg öffnete sich bereits die Haustür, und Pepper stürmte freudig auf uns zu. Er wedelte heftig mit dem Schwanz und winselte laut vor Begeisterung, uns zu sehen. Er warf mich in seiner grenzenlosen Freude beinahe um. Ich kniete mich zu ihm, streichelte ihn und drückte mein Gesicht fest in sein weiches Fell. Es tat so gut, ihn wieder anfassen zu können. Dieses Gefühl hatte ich ebenfalls vermisst. Dann stand ich auf und begrüßte meine Eltern, die in der offenen Haustür standen und mich beobachteten. Meine Mutter breitete ihre Arme weit aus und umarmte mich. Sie zerdrückte mich fast in ihrer mütterlichen Fürsorge.

»Anna, mein Kind, endlich bist du da! Gott sei Dank! Wir haben uns solche Sorgen gemacht! Geht es dir auch wirklich gut? Was sagen die Ärzte? Wie ist das bloß passiert? Und was waren das überhaupt für Leute? Haben sie dich gut behandelt? Wenn ich diesen Marcus in die Finger bekomme!«, sprudelte es aus ihr heraus.

»Ich schlage vor, wir gehen alle ins Haus, dann kann Anna in Ruhe erzählen«, sagte Nick, ehe ich antworten konnte, und schob mich behutsam durch die Haustür in die Diele.

Jetzt nahm mich mein Vater zur Begrüßung fest in die Arme. Er drückte mich so fest, dass ich fast keine Luft bekam. Gefühlsausbrüche dieser Art kannte ich von ihm äußerst selten. Er war der zurückhaltende, reservierte Typ und ließ seinen Gefühlen nicht sehr häufig freien Lauf. Er schien unendlich erleichtert zu sein, mich wohlbehalten zu sehen.

»Anna, Gott sei Dank, dass du unversehrt wieder da bist. Das muss schlimm für dich gewesen sein«, sagte er mit brüchiger Stimme.

»Ja, Papa, das war es, aber jetzt bin ich froh, dass alles hinter mir liegt«, antwortete ich.

Dann ließ er mich los und lächelte mir zu.

»Du hast bestimmt Hunger, Kind, oder?«, fragte meine Mutter. »Das Essen im Krankenhaus ist meistens die reinste Katastrophe. Und satt wird man davon schon gar nicht. Du siehst außerdem blass und mitgenommen aus. Eine Stärkung kommt da gerade recht. Wir werden dich schon wieder aufpäppeln.«

»Eigentlich war das Essen gar nicht so übel, und großen Hunger habe ich nicht«, erwiderte ich und sah Hilfe suchend zu Nick.

Er grinste nur und zuckte die Achseln.

»Ach, der Appetit kommt beim Essen. Ich habe uns ein zweites Frühstück vorbereitet, und Papa hat frische Brötchen besorgt. Nick, du hast heute Morgen gegessen wie ein Spatz. Nur von Kaffee und diesem Körnerkram kann doch kein erwachsener Mann leben«, stellte meine Mutter resolut fest und ging zielstrebig vor in die Küche.

Wir folgten ihr gehorsam, denn es wäre ohnehin zwecklos gewesen, sich ihren Anweisungen zu widersetzen. Sie war voll in ihrem Element. Die Aussicht auf ein schönes Frühstück erschien mir verlockend, obwohl ich mich am liebsten gleich auf unser gemütliches Sofa gelegt hätte. Ich fühlte mich müde und matt. Die letzte Nacht konnte ich zwar seit Langem wieder in einem richtigen Bett verbringen, aber richtig gut geschlafen hatte ich trotz allem nicht. Frank hatte mir nahegelegt, mich die nächsten Tage unbedingt zu schonen und auszuruhen.

Jetzt saßen wir in unserer Küche, und ich erzählte ausführlich, was in den letzten Tagen passiert war. Angefangen von meiner Begegnung mit Marcus in Munkmarsch, den beiden Männern, die mich mit meinem Wagen verfolgt und angehalten hatten und sich später als meine Kidnapper herausstellten, bis hin zu meiner Rettung durch den kleinen Hund mit seinen Besitzern. Während meiner Berichterstattung überkam mich eine Gänsehaut, als ich all das reflektierte. Sicherlich müsste ich das alles in den nächsten Tagen bei der Polizei zu Protokoll geben.

»Hattest du nicht entsetzliche Angst?«, fragte meine Mutter und rührte angestrengt in ihrer Kaffeetasse. Sie hatte vom Zuhören ganz rote Wangen bekommen.

»Natürlich hatte ich Angst. Ich wusste weder, wo ich

war, warum ich entführt wurde noch was mit mir geschehen würde. Die Zusammenhänge wurden mir erst im Nachhinein klar. Nach einer Weile schlug die Angst allerdings in Resignation um. Da war mir beinahe alles egal. Ich durchlebte ein Wechselbad der Gefühle, ein ständiges Auf und Ab zwischen Hoffnung und Verzweiflung«, erwiderte ich und drehte gedankenverloren den Teelöffel in meiner Hand, mit dem ich längst einen Joghurt essen wollte.

»Was haben diese Typen gesagt? Haben sie angedeutet, warum sie dich entführt haben?«, wollte mein Vater genau wissen.

»Nein«, ich schüttelte den Kopf, »sie haben gar nicht richtig mit mir gesprochen. Nur ganz zu Beginn einmal haben sie kurz eine Bemerkung gemacht. Aber daran kann ich mich kaum erinnern. Ich weiß nur noch, dass es irgendwie um meinen Freund ging, was ich zunächst nicht verstand.« Ich blickte zu Nick, der seinen Kaffeebecher mit beiden Händen umklammert hielt und mir aufmerksam zuhörte. »In der Regel kam nur einer von ihnen und hat mir wortlos eine kleine Flasche Wasser und etwas zu essen gebracht, dann ist er gleich wieder verschwunden. Die einzige Gesellschaft, die ich während dieser Zeit hatte, war eine kleine Maus, die mich ab und zu besuchen kam. Aber vermutlich nur, weil sie etwas von meinen Keksen haben wollte.«

Ich musste bei dem Gedanken an das kleine Nagetier, vor dem ich mich zunächst so erschrocken hatte, lächeln. Meine Eltern folgten meinen Ausführungen wie gebannt, und Nick streichelte währenddessen meine Hand. Das Leuchten in seinen Augen verriet mir, dass er nicht nur glücklich war, mich wieder an seiner Seite zu haben, sondern auch unser kleines Geheimnis, das uns verband. Bislang war Frank der Einzige, der es kannte. Aber er würde und durfte es nicht verraten.

Als ich zu Ende erzählt hatte, schüttelte meine Mutter den Kopf und sagte: »Das hätte ich Marcus niemals zugetraut, dass er dich in eine solch brisante Lage bringt und dir noch nicht einmal hilft. Kann man ihn dafür nicht belangen?« Sie sah zu Nick.

»Das muss im Einzelnen untersucht werden. Dann kann er unter Umständen wegen unterlassener Hilfeleistung oder Strafvereitelung nach §258 StGB zur Verantwortung gezogen werden. Vor allem, wenn er wusste, wer die Kidnapper waren – und davon ist auszugehen. Er hat es gegenüber Uwe und mir sogar mehr oder weniger zugegeben«, erklärte Nick.

Gerade, als er den letzten Satz ausgesprochen hatte, klingelte es an der Haustür. Pepper, der bis dahin nicht von meiner Seite gewichen war, sprang sofort auf und lief bellend in die Diele.

»Wer kommt jetzt?«, fragte ich in die Runde und sah zur Uhr. Es war 11.30 Uhr.

»Keine Ahnung!«, sagte Nick, stand auf und ging in die Diele, um zu öffnen. »Ich erwarte keinen Besuch. Für die Post ist es zu früh.«

Wir hörten Nicks Stimme, wie er jemanden freundlich begrüßte. Dann erkannte ich die andere Stimme. Der Besucher war unser Freund Uwe Wilmsen. Nick kam mit ihm in die Küche. Ich stand von meinem Stuhl auf und wurde von Uwe herzlich begrüßt.

»Na, Anna, schön, wieder zu Hause zu sein, was? Hast du dich ein bisschen erholt in der Zwischenzeit? Du siehst jedenfalls viel besser aus als gestern«, stellte er fest und musterte mich eingehend. Dann begrüßte er meine Eltern und gab ihnen die Hand.

»Ja, danke, es geht langsam. Ich bin jedenfalls froh, wieder zu Hause zu sein. Immerhin konnte ich die letzte Nacht in einem richtigen Bett schlafen und eine richtige Toilette benutzen. So viel Zivilisation war ich gar nicht mehr gewöhnt.« Wir mussten lachen. »Aber nimm doch bitte Platz! Möchtest du etwas essen und einen Kaffee?«, fragte ich und deutete auf einen der freien Stühle am Tisch.

»Höchstens einen Kaffee, danke. Ich muss auf meine Ernährung achten«, erwiderte er und sah dabei verschwörerisch zu Nick. »Aber warum ich eigentlich gekommen bin«, fuhr er fort. »Wir haben vorhin mit Marcus gesprochen. Er hat die Operation gut überstanden, muss aber für ein paar Tage in der Klinik bleiben. Und er hat ausgesagt, dass die beiden Typen, die ihn verfolgt haben, wirklich Annas Entführer waren.«

»Operiert?«, fragten meine Eltern und ich fast wie aus einem Mund.

»Stimmt, das wusstest du noch nicht. Er ist gestern Mittag in die Notaufnahme eingeliefert worden, nachdem er seinen Inkassojägern in Westerland in die Arme gelaufen ist«, ergänzte Uwe und schielte auf den Korb mit den Brötchen.

»Und? Haben sie ihn erwischt? Was haben sie mit ihm gemacht?«, fragte ich vorsichtig.

»Naja«, fuhr Uwe fort, »sie haben sich erst eine wilde Verfolgungsjagd am Strand und auf der Seepromenade geliefert, und letztendlich ist Marcus die Holztreppe am Strandübergang an der ›Beach Box‹ hinuntergestürzt. Wisst ihr? Das ist da, wo es diese leckeren Burger und Pommes gibt.«

Er schluckte bei dem Gedanken an das Essen, denn das Wasser lief ihm im Mund zusammen. Burger und Pommes gehörten von nun an der Vergangenheit an und waren vom aktuellen Speiseplan ersatzlos gestrichen worden. Jedenfalls musste er in der nächsten Zeit auf solche Genüsse verzichten.

»Das hat er nicht besser verdient«, stellte meine Mutter daraufhin mit entschlossenem Gesichtsausdruck fest.

»Aber Mama!«, entgegnete ich.

»Ist doch so! Überlege bitte, was er dir angetan hat. Diese Typen hätten alles Mögliche mit dir anstellen können. Und wer weiß, was passiert wäre, wenn diese Frau und der Junge dich nicht zufällig gefunden hätten. Nicht auszudenken!«

Da musste ich ihr allerdings recht geben. Wahrscheinlich hätte ich sogar unser Baby verlieren können, stellte ich mit Entsetzen fest. Dann schüttelte ich diesen Gedanken schnell ab.

»Aber trotzdem kann man das nicht so sagen. Hat er sich sehr schwer verletzt bei dem Sturz?«, fragte ich Uwe.

»Sein Schutzengel hat es wirklich gut mit ihm gemeint. Er hat sich zwei Rippen gebrochen sowie das Handgelenk und sich verschiedene Prellungen zugezogen. Und dann kommt die gebrochene Nase dazu, aber die hatte er vorher schon.«

Uwe sah zu Nick und zwinkerte ihm zu. Ich ahnte, dass es etwas gab, was die beiden mir absichtlich verschwiegen. Aber das würde ich herausbekommen, was zwischen Nick und Marcus vorgefallen war. Dafür war meine angeborene Neugierde viel zu groß.

Uwe fuhr fort: »Aus dieser Höhe zu fallen, hätte ganz anders ausgehen können. Er kann von Glück reden, dass er sich bei dem Sturz nicht das Genick gebrochen hat. Passanten haben die ganze Aktion beobachtet und besorgt die Polizei alarmiert. Die Kollegen haben sich anschließend eine wilde Verfolgungsjagd mit den Geldeintreibern durch die Westerländer Fußgängerzone geliefert, allerdings sind ihnen die Typen dabei entwischt. Einige Leute dachten zunächst, das wäre alles nicht echt und gehöre zu Filmaufnahmen. Aber das könnt ihr bestimmt alles ausführlich in der Sylter Rundschau nachlesen. Jedenfalls wurden die Kerle wenig später in Hörnum geschnappt und sitzen nun in Untersuchungshaft.«

»Haben sie die Entführung zugegeben?«, erkundigte ich mich.

»Zunächst haben sie sich in Schweigen gehüllt und auf ihren Anwalt verwiesen. Aber nach einer Weile haben sie schließlich zugegeben, dass sie dich entführt und eingesperrt haben. Soweit wir wissen, sind sie nur Handlanger gewesen, dahinter steckt jemand anderes, ihr Auftraggeber. Dessen ursprünglicher Plan war es, mit dir als Geisel Marcus unter Druck zu setzen, damit der schnellstmöglich das Geld zurückzahlt, das er sich geliehen hatte. Aber Marcus hat es nicht ernsthaft interessiert. Er war sich sicher, dass sie dir nichts tun würden, da er das Geld so oder so nicht hatte. Zunächst war er wohl sogar davon ausgegangen, dass es sich nur um einen üblen Scherz handelte, da er ja gar nicht mit dir zusammen ist. Doch dann dämmerte es ihm. Ich glaube, er war sich nicht im Klaren darüber, in was er sich da manövriert hatte, und hat es zu sehr auf die leichte Schulter genommen.«

»So war er schon immer«, sagte ich nachdenklich. »Was passiert mit ihm?«

»So ohne Weiteres kommt er aus der Nummer nicht

raus. Das steht fest. Sein Verhalten hat in jedem Fall Konsequenzen. Da kommt einiges auf ihn zu, von den gesundheitlichen Aspekten mal abgesehen. Die Operation ist wohl gut gelaufen, hat Frank gesagt, aber ob er die Hand jemals wieder so einsetzen kann wie bislang, bleibt abzuwarten.«

Wir sahen alle etwas betreten vor uns hin. Uwe trank einen Schluck Kaffee aus dem Becher, den ihm meine Mutter hingestellt hatte. Dann belegte er sich doch ein frisches Brötchen mit Salami, auf die er schon die ganze Zeit geschielt hatte. Plötzlich lief Pepper erneut bellend zur Tür, und im gleichen Augenblick klingelte es schon.

»Hier ist ja was los«, sagte meine Mutter und erhob sich von ihrem Stuhl. »Bleib sitzen, Nick, ich gehe aufmachen.«

Sie verließ den Raum und kam kurz darauf mit der ganzen Familie Hansen zu uns in die Küche. Britta kam als Erste durch die Tür, gefolgt von Jan und den beiden Kindern. Sie strahlte über das ganze Gesicht, als sie mich erblickte.

»Anna! Ich bin so erleichtert, dass du wieder da bist! Nicks Anruf gestern war eine regelrechte Erlösung. Es war so furchtbar, überall die Vermisstenanzeige mit deinem Bild zu sehen. Wie geht es dir? Bist du in Ordnung? Ich hoffe, du hast dich von dem Schock erholen können. Das muss so furchtbar sein. Ich glaube, ich wäre vor Angst gestorben.«

Ohne meine Antwort abzuwarten, umarmte sie mich in ihrer typisch herzlichen Art.

»Da schließe ich mich an«, sagte Jan und nahm mich ebenfalls zur Begrüßung in den Arm. »Schön, dass du wieder da bist, Anna.«

»Wir haben dir Blumen mitgebracht, Tante Anna!«, meldete sich Ben zu Wort und streckte mir einen herrlichen Frühlingsstrauß entgegen.

»Danke schön, der ist aber schön«, sagte ich und steckte meine Nase in den bunten Strauß, um daran zu riechen. Er duftete wunderbar.

»Den haben wir mit ausgesucht«, erklärte Tim, der direkt neben seinem Bruder stand.

»Den habt ihr wirklich gut ausgesucht. Der ist wunderschön und riecht richtig nach Frühling!«

Sie strahlten und sahen zu ihrer Mutter, die ihnen aufmunternd zulächelte.

»Dürfen wir mit Pepper draußen im Garten spielen?«, fragte Ben.

»Klar! Geht nur! Sein Ball muss im Garten liegen. Meistens schleppt er ihn auf die Terrasse. Am besten schaut ihr mal da nach«, antwortete ich.

»Machen wir! Komm Tim, komm mit Pepper«, forderte Ben seinen Bruder und den Hund auf.

Dann eilten die beiden Jungen, gefolgt von Pepper, nach draußen. Meine Mutter holte derweil eine Vase aus dem Schrank, füllte Wasser hinein und nahm mir die Blumen ab.

Britta zog eine gekühlte Flasche Sekt aus ihrem Korb und sagte: »Das muss unbedingt gefeiert werden!«

Nick nahm ein paar Sektgläser aus einem der Küchenschränke und stellte sie vor uns auf den Tisch. Dabei sah er mich fragend an, aber ich schüttelte flüchtig den Kopf, sodass er sofort verstand und es sonst niemand mitbekam. Mit einem lauten Knall flog der Korken aus der Flasche, als Jan sie öffnete und die Gläser füllte. Dann begann Britta, die Gläser an alle Anwesenden ringsherum zu verteilen.

Plötzlich stutzte sie und sagte: »Wir haben eins zu wenig. Nick, ich glaube, du hast dich verzählt.«

Doch ehe Nick etwas erwidern konnte, sagte ich: »Nein, ich möchte nichts trinken, vielen Dank. Ich bin nicht hundertprozentig auf dem Posten und habe so viele Medikamente nehmen müssen. Wenn ich jetzt einen Sekt trinke, schlafe ich auf der Stelle ein, und dafür ist es zu früh am Tag.«

Ich lachte so überzeugend, wie ich konnte. Britta sah mich skeptisch an. An ihrem Blick konnte ich erkennen, dass sie meinen Worten nicht so recht Glauben schenken wollte. Sie kannte mich zu gut und zu lange, um zu wissen, dass ich bei einem Schlückchen Sekt niemals Nein sagen würde. Dabei spielten Müdigkeit oder Tageszeit keine Rolle.

»Also«, ergriff Jan das Wort. »Auf die erfolgreiche Befreiung von Anna! Und auf Nick, ihren unermüdlichen Retter!«

Nick war es sichtlich unangenehm, denn er winkte sofort beschwichtigend ab.

»Das war nicht allein mein Verdienst!«

»Jetzt sei bitte nicht so bescheiden. Du hast Anna schließlich aus dem Keller befreit und nicht aufgegeben, bis du sie ausfindig gemacht hast. Du hattest den richtigen Riecher, noch bevor der Notruf eingegangen war«, mischte sich Uwe ein.

In seinem Bart hing ein Krümel des Brötchens, das er gerade genussvoll verzehrt hatte. Nick lächelte mir zu. Dann erhoben alle die Gläser und prosteten mir zu. Ich stieß mit meiner Teetasse an. In unserer Küche hatte sich in kurzer Zeit eine illustre Runde versammelt. Als sich alle munter durcheinander unterhielten, nahm mich Britta ein Stück zur Seite.

»Ist wirklich alles in Ordnung mit dir? Ich mache mir ehrlich gesagt Sorgen um dich. Ein Gläschen Sekt lässt du dir doch sonst nicht entgehen«, fragte sie und sah mich aus ihren blauen Augen eindringlich an.

»Mir geht es gut soweit. Wirklich. Du brauchst dir keine Gedanken machen. Ich bin noch ein wenig matt und müde nach der ganzen Aufregung«, antwortete ich und versuchte, das Gespräch in eine andere Richtung zu lenken.

»Und bei dir? Gibt es da etwas Neues in Sachen Jan? Hast du mit ihm wegen deines Verdachtes gesprochen? Du weißt schon, was du mir neulich im Café erzählt hast.«

Ich wollte ihr nicht gleich erzählen, was ich in Munkmarsch beobachtet hatte. Die letzten Tage hatte ich diese Geschichte völlig verdrängt. Mit großer Wahrscheinlichkeit gab es in der Zwischenzeit neue Erkenntnisse. Und vielleicht hatte sich schon alles aufgeklärt. Ich war sicher nicht mehr auf dem neuesten Stand.

»Ja, es ist alles wieder in Ordnung. Das war ein dummes Missverständnis. Da kommst du nie drauf! Im Nachhinein komme ich mir richtig blöd vor.«

Sie senkte verlegen den Blick und nippte an ihrem Glas.

»Ach. Also gab es gar keine andere Frau? Aber worum ging es dann?«

»Doch, es gab eine Frau, aber das war nicht so, wie ich dachte«, erklärte Britta.

Ich sah sie mit hochgezogenen Augenbrauen fragend an, da ich mir darauf keinen Reim machen konnte. Daraufhin erzählte sie mir, dass sie Jan mit einer anderen Frau zusammen in Westerland gesehen hatte und sich ihre schlimmsten Befürchtungen zunächst bestätigten. Der Beschreibung nach war es dieselbe Frau, mit der ich ihn in Munkmarsch gesehen hatte, überlegte ich, sagte jedoch nichts dazu.

»Und dann?«, fragte ich neugierig. »Wie ging es weiter? Wer war sie denn nun?«

»Jan hat sich mit ihr getroffen, weil er von ihr ein gebrauchtes Segelboot gekauft hat, was er mir zum zehnten Hochzeitstag schenken wollte. Es sollte eine Überraschung werden, und ich sollte im Vorfeld nichts davon mitbekommen. Selbst die Kinder und seine Eltern ahnten nichts davon. Daher diese Heimlichtuerei, das Treffen und die Telefonate. Aber da ich so niedergeschlagen war, hat Jan mich eher in sein Geheimnis eingeweiht und mir das Boot geschenkt.«

Ich sah sie ungläubig an und musste die Worte erst sacken lassen.

»Da wäre ich nicht im Leben drauf gekommen! Ich bin davon ausgegangen, dass es bei dem Treffen um etwas anderes ging«, sagte ich und berichtete ihr daraufhin von dem Resultat meiner Beschattungsaktion am Hafen.

Anschließend mussten wir beide furchtbar anfangen zu lachen. Die Gespräche der anderen verstummten augenblicklich, und sie sahen zu uns.

»Was ist denn so amüsant?«, wollte meine Mutter neugierig wissen.

Ich winkte nur ab und wischte mir die Lachtränen aus den Augen.

»Schon gut«, erwiderte ich. »Ist nicht so wichtig.«

Auch Britta weinte vor Lachen und konnte sich kaum beruhigen.

»Ihr ward schon als Kinder immer so albern«, stellte meine Mutter kopfschüttelnd fest und konnte sich ihrerseits ein Grinsen nicht verkneifen.

Nachdem unsere Gäste nach und nach gegangen waren, machten Nick und ich es uns auf dem Sofa gemütlich.

Pepper war vom Spielen mit den Zwillingen müde und schlief tief und fest auf seinem Platz unter der Treppe. Meine Eltern beschlossen, dass sie dringend Bewegung bräuchten. Daher wollten sie einen Strandspaziergang unternehmen, anschließend einige Besorgungen in Westerland erledigen und auf dem Rückweg in Tinnum im Hofcafé ›Kleiner Kuhstall‹ Kaffeetrinken gehen. Mein Vater liebte die Atmosphäre dort sehr. Die Einrichtung war liebevoll und individuell arrangiert worden und das Angebot an selbstgebackenem Kuchen köstlich. Besonders hatte es meinem Vater der alte Kachelofen im Erdgeschoss angetan. Auf einigen der Kacheln waren typische Bauernhoftiere abgebildet. Aber ich ahnte, dass die plötzliche Unternehmungslust meiner Eltern auf einem ganz anderen Grund basierte. Sie machten sich auf den Weg, um Nick und mir Ruhe und Zweisamkeit nach der Dramatik der letzten Tage zu ermöglichen. Dafür war ich ihnen ausgesprochen dankbar. Ich wollte allein mit ihm sein.

»Herrlich, diese Ruhe, oder?«, fragte Nick. »Wie fühlst du dich? War der viele Besuch nicht zu anstrengend für dich?«

Er legte mir behutsam eine Hand auf den Bauch. Ich lächelte ihn an.

»Es geht mir ausgezeichnet. Außerdem bin ich nicht krank, nur schwanger«, beruhigte ich ihn. »Daran wirst du dich in nächster Zeit gewöhnen müssen.«

»Entschuldige, du hast ja recht, aber man kann nicht vorsichtig genug sein. Wann sagen wir es ihnen?«, fragte Nick.

»Du kannst es kaum erwarten, was? Papa hat gesagt, dass sie morgen Vormittag fahren wollen. Ich habe fest damit gerechnet, dass sie über die Ostertage bleiben würden, aber da habe ich mich geirrt. Ich schlage vor, wir sagen es ihnen heute Abend beim Essen. Bist du damit einverstanden?«

»Das ist eine gute Idee. Dann hat deine Mutter ein Thema, das sie auf der Rückfahrt ausgiebig mit deinem Vater erörtern kann«, erwiderte Nick mit einem Schmunzeln in der Stimme.

»Du bist unmöglich!«

Ich boxte ihn liebevoll in die Seite, und wir mussten beide anfangen zu lachen.

»Nick«, sagte ich dann, »hattest du nicht auch eine Überraschung für mich?« Er sah mich fragend an. »Ja, kurz bevor ich entführt wurde, hast du von einer Überraschung gesprochen.«

»Ach, stimmt. Ja, ich wollte dich eigentlich an diesem Tag auch entführen, aber eher in anderem Sinne und zwar in unser Lieblingsrestaurant.«

»Ins ›Sylter Stadtgeflüster‹?«

»Genau.«

»Oh, schade, dass ich das verpasst habe.«

»Wir können es jederzeit nachholen«, stellte Nick fest.

»Wie wäre es mit heute Abend? Wir haben doch etwas zu feiern. Oder möchtest du lieber ohne meine Eltern dorthin?«, fragte ich.

»Nein, das ist okay. Wir können doch sonst immer allein gehen. Am besten rufe ich gleich an und bestelle uns einen Tisch. Was hältst du davon?«

»Das wäre toll. Und jetzt würde ich gerne ans Meer.«

»Jetzt sofort?«, wollte Nick wissen und wirkte ein bisschen überrascht.

»Ja, jetzt gleich. Ist das okay für dich?«

»Natürlich, wenn du möchtest. Frische Luft kann nie

schaden. Und Pepper muss seine Nachmittagsrunde drehen, obwohl er völlig erledigt ist nach der Toberei im Garten mit den Jungs. Na, dann lass uns losfahren!«

Er küsste mich auf die Stirn.

Nachdem Nick telefonisch einen Tisch für 19.30 Uhr in dem Restaurant bestellt hatte, fuhren wir nach Westerland und stellten den Wagen in der Bismarckstraße ab. Dann stiegen wir aus und gingen zu Fuß zum Strandübergang hinter dem Bistro ›Badezeit‹. Zwischen den Wolkenlücken ließ sich immer öfter die Sonne blicken. Pepper trottete die ganze Zeit brav neben uns her. Nur ab und zu blieb er stehen, um intensiv an Laternenpfählen oder Stromkästen zu schnüffeln. Mit Sicherheit hatten hier bereits andere Vierbeiner ihre Markierungen hinterlassen. Wir schlenderten ein Stück die Seepromenade entlang in Richtung der Musikmuschel. Viele Menschen tummelten sich hier, da es erst früher Nachmittag war und die Geschäfte noch für ein paar Stunden geöffnet. Kurz vor der Musikmuschel blieben wir stehen, lehnten uns gegen das weiße Holzgeländer und blickten aufs Meer. Nick stand hinter mir und hielt mich mit beiden Armen umfasst. Ich genoss dieses Gefühl der Geborgenheit, das ich die letzten Tage so sehr vermisst hatte, und lehnte mich gegen ihn, meinen Kopf an seinem Hals. Wir sahen auf die unendliche Weite des tosenden Meeres mit dem immer wiederkehrenden Wellenspiel. Der Sturm des vergangenen Tages hatte das Meer so aufgewühlt, dass es noch nicht zur Ruhe gekommen war. Ich atmete bewusst die salzhaltige Luft mit ihrem typischen Meeresgeruch tief ein und aus. Auf einem der Strandkörbe war gerade eine stattliche Silbermöwe gelandet und verschaffte sich von dort aus einen

Überblick über den Strand auf der Suche nach Fressbarem. Pepper beobachtete sie interessiert und hätte sie zu gerne verscheucht, denn er zog ruckartig an seiner Leine.

»Da fällt mir gerade etwas ein«, bemerkte Nick und steckte die Hand in die Hosentasche seiner Jeans. Dann zog er ein kleines Stück Metall hervor und hielt es mir hin. »Hier, das gehört doch dir!«

»Mein Ring!«, erwiderte ich überrascht und griff danach. »Ich war mir sicher, ich hätte ihn verloren.«

»Das hattest du auch.«

»Woher hast du ihn?«

»Er lag in der Nähe eines Tatortes. Dort, wo wir auch deinen Wagen gefunden haben.« Nick machte eine nachdenkliche Pause. »Damals befürchtete ich, du wärst …« Nick sprach nicht zu Ende, sondern blickte aufs Meer.

»Ich wäre … tot?«, beendete ich den Satz und bekam eine Gänsehaut.

Er nickte bloß und sah mir tief in die Augen. Dann umschloss er mich fest und legte sein Kinn auf meinen Kopf. Wir sagten eine Weile nichts und sahen auf die Weite des Meeres.

Schließlich drehte ich mein Gesicht zu Nick, sodass ich in seine Augen blicken konnte, und sagte leise: »Ich bin so glücklich mit dir.«

Ein Lächeln erschien auf seinem Gesicht. Dann wurde sein Gesichtsausdruck ernster.

»Das bin ich auch, Sweety. Ich möchte mir gar nicht vorstellen, was passiert wäre, wenn die Sache nicht glimpflich ausgegangen wäre«, antwortete er und strich mir mit der Hand über das Haar.

»Darüber müssen wir uns glücklicherweise keine Gedanken machen. Diesen Sturm haben wir jedenfalls gut gemeistert«, erwiderte ich. »Freuen wir uns lieber auf das, was vor uns liegt. Und da kommt einiges auf uns zu in nächster Zeit. Langweilig wird es mit Sicherheit nicht.«

»Das glaube ich allerdings auch. Mit dir ist es nie langweilig, Anna. Ich hoffe nur, der nächste Sturm lässt sich sehr viel Zeit«, antwortete Nick, lachte dabei und zog mich noch fester an seinen Körper.

Weitere Krimis finden Sie auf den folgenden Seiten und im Internet:
WWW.GMEINER-SPANNUNG.DE

HEIKE MECKELMANN
Küstenschatten
....
978-3-8392-2036-8 (Paperback)
978-3-8392-5317-5 (pdf)
978-3-8392-5316-8 (epub)

EISIGE ZEITEN Am Strand vom Grünen Brink entdecken Urlauber eine grausam zerstückelte Leiche. Dabei handelt es sich um einen Mann, der erst wenige Tage zuvor auf einer Fähre eine Prostituierte schwer misshandelt hat. Die Polizei versucht verzweifelt die Wahrheit ans Licht zu bringen, doch es fehlt ihr an Spuren. Das auffällige Tattoo am Nacken des Opfers ist der einzige Hinweis. Welche Rolle spielt die verängstigte Frau? Für die Kommissare Westermann und Hartwig beginnt in ihrem zweiten Fall auf der Insel ein blutiges Katz-und-Maus-Spiel.

DOMINIK KIMYON
Stallgeruch
. . . .
978-3-8392-2033-7 (Paperback)
978-3-8392-5313-7 (pdf)
978-3-8392-5312-0 (epub)

STADT, LAND, MORD Die Angst geht um im beschaulichen Eichsfeld: Die frisch verlobte Linda Becker liegt tot zwischen ihren Alpakas. Ein düsteres Geheimnis aus ihrer Vergangenheit nimmt sie mit ins Grab. Doch während ihre Familie auffällig schnell versucht, zur Tagesordnung überzugehen, geschieht ein weiterer Mord. Kriminalhauptkommissar Christian Heldt aus Göttingen gerät bei den Ermittlungen in einen Sog aus Intrigen, Hass und Selbstsucht, der ihn und die Menschen um ihn herum in Lebensgefahr bringt.

SANDRA DÜNSCHEDE

Friesennebel
Kriminalroman

SANDRA DÜNSCHEDE
Friesennebel
....
978-3-8392-2028-3 (Paperback)
978-3-8392-5303-8 (pdf)
978-3-8392-5302-1 (epub)

VERNEBELTE WAHRHEIT Gustav Nissen, Bewohner des Pflegeheims ›Olenglück‹, wird von Nordic-Walkern tot im Legerader Wald in Nordfriesland gefunden. Schnell stellt sich heraus, dass der Mann keines natürlichen Todes gestorben ist. Hatte der Sohn des Toten, der durch die hohen Heimkosten sein Erbe gefährdet sah, seine Finger im Spiel? Oder leistet im Heim jemand illegal Sterbehilfe? Kommissar Thamsen verfolgt mehrere Ansätze, doch erst ein Undercovereinsatz seines Freundes Haie im Pflegeheim scheint den Nebel zu lichten …

WWW.GMEINER-VERLAG.DE
Wir machen's spannend

HANKE / KRÖGER
Heidezorn
....
978-3-8392-2029-0 (Paperback)
978-3-8392-5305-2 (pdf)
978-3-8392-5304-5 (epub)

SPIEL MIT DER ANGST Als mehrere Frauen in Lüneburg brutal getötet werden, gerät Katharina von Hagemann in ihren bisher persönlichsten Fall. Die Kommissarin verdächtigt ihren ehemaligen Lebensgefährten. Doch Maximilian kann nicht der Täter sein – er sitzt hinter Gittern. Sie hatte ihn selbst in einem früheren Fall des Mordes überführt. Während Katharina an ihre Grenzen stößt und sich von allen allein gelassen fühlt, mordet der Täter weiter und kommt ihr dabei gefährlich nahe.

CHRISTINE RATH
Windflüstern

978-3-8392-2042-9 (Paperback)
978-3-8392-5329-8 (pdf)
978-3-8392-5328-1 (epub)

DIE SCHÖNEN REICHEN

Leise flüstert der Wind in den Sylter Dünengräsern. Er trägt rätselhafte Worte über den Strand hinaus aufs Meer … Worte, die niemand hören darf. Sie erzählen von einer geheimen Liebe und von einem heimtückischen, mörderischen Plan. Als der vermögende Verleger Hans Ewers tot am Strand gefunden wird, deutet zunächst alles auf Selbstmord hin. Doch Lisas Freund Uwe, ein pensionierter Kommissar, misstraut der trauernden Witwe Elena und ermittelt auf eigene Faust. Die Spur führt ihn mitten in die Turbulenzen des exklusiven Sylter Poloturniers. Doch plötzlich geschieht dort ein weiterer mysteriöser Mord …

Das Neueste aus der Gmeiner-Bibliothek

Unser Lesermagazin

Bestellen Sie das kostenlose Krimi-Journal in Ihrer Buchhandlung oder unter www.gmeiner-verlag.de

Informieren Sie sich ...

www ... auf unserer Homepage:
www.gmeiner-verlag.de

@ ... über unseren Newsletter:
Melden Sie sich für unseren Newsletter an unter www.gmeiner-verlag.de/newsletter

f ... werden Sie Fan auf Facebook:
www.facebook.com/gmeiner.verlag

Mitmachen und gewinnen!

Schicken Sie uns Ihre Meinung zu unseren Büchern per Mail an gewinnspiel@gmeiner-verlag.de und nehmen Sie automatisch an unserem Jahresgewinnspiel mit »mörderisch guten« Preisen teil!